UN BATEAU POUR L'ENFER

DU MÊME AUTEUR

Aux éditions Gallimard
L'Enfant de Bruges, roman, 1999
À mon fils à l'aube du troisième millénaire, essai, 2000
Des jours et des nuits, roman, 2001

Aux éditions Denoël
Avicenne ou la route d'Ispahan, roman, 1989
L'Égyptienne, roman, 1991
La Pourpre et l'Olivier, roman, 1992
La Fille du Nil, roman, 1993
Le Livre de Saphir, roman, 1996 (Prix des libraires)

Aux éditions Pygmalion
Le Dernier Pharaon, biographie, 1997

Aux éditions Calmann-Lévy
L'Ambassadrice, biographie, 2002

Aux Éditions 1
Le Livre des sagesses d'Orient, anthologie, 2000

Aux éditions Albin Michel
Les Silences de Dieu, roman, 2003 (Grand Prix de littérature policière)

Aux éditions Flammarion
Akhenaton, le dieu maudit, biographie, 2004

GILBERT SINOUÉ

UN BATEAU
POUR L'ENFER

Récit

calmann-lévy

© Calmann-Lévy, 2005

ISBN 2-7021-3406-8

Remerciements

Ce livre n'aurait jamais vu le jour sans André Journo, qui fut le premier à évoquer pour moi l'affaire du *Saint-Louis*. Une affaire de laquelle – je le reconnais humblement – j'ignorais tout.

Ma très sincère gratitude va à Diane Afoumado qui, des mois durant – tant à Washington qu'à New York –, a accompli un extraordinaire travail d'archiviste, permettant ainsi une relation aussi fidèle que possible des événements. Sans sa contribution, confronté à une telle masse d'informations, jamais je n'aurais réussi à rédiger cet ouvrage dans des délais raisonnables.

Mes remerciements à Corinne Molette qui, avec sa patience coutumière, a bien voulu consacrer plusieurs jours à la relecture du manuscrit.

Et, enfin, je tiens à exprimer ma reconnaissance à mon éditeur, Jean-Étienne Cohen-Séat, pour la confiance qu'il m'a témoignée.

Avertissement au lecteur

Il ne s'agit pas d'une œuvre de fiction.

Tous les événements contenus dans ce récit sont authentiques et se sont bien déroulés entre le 13 novembre 1938 et le 17 juin 1939. Tous les passagers mentionnés ont existé. Le lecteur pourra en consulter la liste en fin d'ouvrage. Un seul couple est imaginaire, celui de Dan Singer et de son épouse Ruth. L'identité d'Aaron Pozner est sujette à caution. Il est probable que, à l'instar de certains passagers, il préféra témoigner sous un nom d'emprunt.

Dans leur très grande majorité, les télégrammes et les documents cités ont été recensés dans les archives des organismes suivants : United States Holocaust Memorial Museum de Washington, Center for Advanced Holocaust Studies, American Jewish Historical Society, American Jewish Joint Distribution Commitee.

Nous les remercions chaleureusement pour leur contribution.

De même, un certain nombre de détails historiques rapportés trouvent leur source dans le livre de Gordon Thomas et Max Morgan-Witts, *The Voyage of the Damned*, paru aux États-Unis en 1974 et repris en 1976, pour la version française, aux éditions Belfond.

PROLOGUE

Berlin, novembre 1938

Ruth Singer se leva en sursaut et jeta un coup d'œil affolé au réveil. Qui pouvait faire un tel vacarme en plein milieu de la nuit ? Elle secoua vigoureusement l'épaule de son mari, mais sans trop se faire d'illusions ; pour réveiller Dan, il eût fallu la fin du monde. Quand ils étaient plus jeunes, seule Judith avait eu le pouvoir de l'arracher à son sommeil. Il suffisait d'un sanglot, même étouffé, pour que Dan bondisse hors du lit et se précipite au chevet de leur petite fille. Mais voilà quinze ans que Judith était partie. Aujourd'hui elle était mariée et mère de deux enfants.

Ruth cria :

« Dan ! Réveille-toi ! »

Elle n'obtint qu'un grognement d'ours. Alors elle se leva, gagna la fenêtre et écarta le rideau.

Dans un premier temps, elle ne vit pas grand-chose. La Sprengelstrasse était déserte, éclairée par la lumière blafarde des lampadaires. Pourtant des cris montaient de quelque part ; des cris ponctués de bris de verre. Une rixe, songea Ruth. Des voyous sans doute. Berlin connaissait des heures troubles. Plus rien n'était comme avant. Rien ne serait plus comme avant.

Un nouveau cri, déchirant cette fois, la fit sursauter violemment. Alors, elle se jeta sur Dan.

9

« Il se passe quelque chose ! Lève-toi. »

L'homme battit des paupières.

« Quoi encore ? Un fantôme ?

— Ne sois pas stupide ! Viens. »

Tout en parlant, elle tirait sur le bras de son mari.

« Du calme, du calme... On arrive. »

Elle l'entraîna jusqu'à la fenêtre et écarta les battants.

« Écoute... »

Dan Singer tendit l'oreille.

Rien. On n'entendait que le floc-floc de quelques gouttes de pluie venues mourir sur l'asphalte.

Il se tourna vers son épouse en écartant les bras.

« Tu as encore fait un cauchemar... »

Il allait regagner son lit lorsqu'un bruit de cavalcade retentit dans la rue.

Un homme courait.

Une dizaine d'individus étaient à ses trousses.

L'homme courait à perdre haleine. On eût dit un animal ; on eût dit des chasseurs.

« Mais c'est Jakob ! s'écria Ruth. Je le reconnais. C'est Jakob.

— Jakob ? Tu veux parler de Jakob Felton ? Celui qui a le magasin de primeurs ?

— Lui !

— Tu as encore de bons yeux. D'ici, je n'arrive pas à voir ses traits. Il... »

Dan s'interrompit.

Un autre groupe venait de surgir à l'autre extrémité de la rue. Le dénommé Jakob était pris en tenaille. Il se jeta contre la première porte et s'y colla avec tant de force qu'on avait l'impression qu'il voulait s'y fondre, se diluer dans le battant, disparaître.

Maintenant, on pouvait mieux distinguer l'uniforme brun porté par les chasseurs. C'était celui des *Sturm Abteilungen*. Les SA.

La meute avait établi sa jonction, elle n'était plus qu'à quelques mètres de Jakob Felton. Et Jakob les fixait, les yeux exorbités. Il tremblait.

Quelqu'un ricana.

« Regardez-le. Il va se pisser dessus.

– Le courage juif », persifla une voix.

Là-haut, à la fenêtre, Dan Singer serra sa femme contre lui comme si, la protégeant, il espérait protéger Jakob.

Le premier coup de matraque s'abattit sur le bas-ventre de Jakob.

Il y eut un deuxième coup. Mais il n'atteignit que le vide. Jakob était tombé à genoux, il s'était recroquevillé comme une feuille qu'une flamme effleure.

Le troisième coup toucha son crâne. Alors Jakob s'écroula front contre terre. Curieusement, il ne criait ni ne gémissait. Pas le moindre soupir. Il haletait seulement comme un animal blessé. Peut-être priait-il? Non. Il se murmurait : « Pourquoi, Adonaï*? Pourquoi? »

À présent, les bruits sourds des coups de bottes accompagnaient le son mat des matraques.

Un filet de sang coulait du front de Jakob. Et le sang rejoignit sur l'asphalte l'eau de la pluie. Sous peu, l'eau et le sang mêlés glisseraient le long du caniveau pour rejoindre celui des coreligionnaires de Jakob Felton qui connaissaient le même sort, à la même heure, dans d'autres quartiers de Berlin et dans d'autres villes d'Allemagne.

Dan Singer chuchota à l'oreille de sa femme :

« Rappelle-toi cette date. N'oublie pas... »

C'était la nuit du 9 novembre 1938.

En bas, dans la rue, sous la violence des coups, Jakob venait de rendre son âme au Seigneur.

Ce n'est que le surlendemain que l'on apprit qu'une centaine d'hommes, de femmes avaient été pareillement assassinés. Officiellement, on dénombra cent soixante et onze maisons et huit cent quatorze magasins détruits, cent quatre-vingt-onze synagogues incendiées, trente-six morts et autant de blessés, vingt mille Juifs emprisonnés « à titre préventif ».

_____

* En hébreu, l'un des surnoms de Dieu.

Mais Heydrich* admit lui-même que « les chiffres réels devaient être bien plus considérables ». À l'aube du 10 novembre, les Berlinois découvrirent avec étonnement que certaines rues de leur capitale étaient jonchées de bris de verre.

La veille, un rapport de police, parmi d'autres, avait précisé :

« Sur ordre du chef de groupe, il faut faire sauter ou incendier immédiatement l'ensemble des synagogues juives. Les maisons voisines qui sont habitées par une population aryenne ne doivent pas être endommagées. L'action doit être menée en civil. Les mutineries et les pillages sont proscrits. La notification d'exécution doit parvenir pour huit heures trente au chef de brigade ou à ses services. »

Golly, qui n'avait pas seize ans, habitait à quelque quatre cents kilomètres de là, à Brême, loin de Berlin et du couple Singer. Elle écrivit dans son journal intime :

« Nous nous étions couchés tôt. Moi et ma famille, nous dormions tous les quatre quand nous avons entendu frapper à la porte d'entrée. Frapper violemment. Mon père a dévalé l'escalier, il a ouvert la porte devant laquelle se tenaient deux nazis en uniforme brun. "Dis à ta famille de s'habiller rapidement, vous venez avec nous. Dépêchez-vous !" Nous n'avions pas le choix. Nous nous sommes habillés en vitesse, et les deux soldats nous ont conduits dans la salle d'une caserne du centre-ville. En entrant, nous avons réalisé que tous les Juifs de la ville avaient été

---

* Reinhard Heydrich. Ayant refusé d'épouser une jeune fille enceinte de ses œuvres, il fut chassé de la marine en avril 1931 « pour cause d'indignité ». Il entra le 14 juillet 1931 dans la SS, le « corps noir », comme simple agent, mais il allait gravir très rapidement tous les échelons de la hiérarchie : le 31 mars 1933, à vingt-neuf ans, il est promu *Oberführer* (titre entre colonel et général). Peu de temps après, Heinrich Himmler le charge de constituer un service de renseignements spécifiquement SS. Heydrich va s'occuper de ce travail, qu'il mènera à bien, au-delà de toutes espérances, avec une fougue et une intelligence peu communes. Il fut le fondateur du SD (*Sicherheitsdienst*) : Service de renseignements de sûreté, d'espionnage et de contre-espionnage du parti et des SS.

raflés et emmenés dans cette salle. Personne ne savait pourquoi. Personne ne savait ce qui allait se passer. Ils nous ont laissés sur nos chaises pendant des heures, des heures d'affilée, jusqu'à ce que finalement ils séparent les femmes des hommes et qu'ils emmènent les hommes. Nous ne savions pas où ils allaient. Ils ont emmené mon père et mon frère.

Au matin, ma mère et moi et toutes les femmes avons été autorisées à rentrer chez nous. C'est là que nous avons découvert ce qui s'était passé pendant la nuit, pendant que nous étions enfermées dans la salle. Les "chemises brunes" avaient brisé toutes les vitrines des commerces juifs, forcé les maisons et les appartements juifs, cassant tout ce qu'ils pouvaient. L'affaire de mon père fut dévastée cette nuit-là. Et évidemment notre synagogue fut incendiée.

Le jour d'après, sans me douter de rien, je suis retournée à l'école, c'était le lendemain de la *Kristallnacht*. J'ai monté l'escalier pour rejoindre ma classe et j'ai croisé par hasard mon professeur principal, M. Koch, qui s'est approché et m'a dit, l'air vraiment attristé : "Mlle Golly, je suis profondément désolé, mais les Juifs ne doivent plus venir en cours." Je n'avais pas d'autre choix que de m'en aller. Je suis rentrée à la maison la tête baissée, tous mes projets d'avenir venaient de voler en éclats[1]. »

Cette même nuit, plus de trente mille Juifs avaient été emmenés hors de la ville. Destination inconnue. Mais des voix qui savaient répétaient inlassablement : Les camps. Les camps...

Ce fut la nuit de Cristal.

Dan Singer se souvint avec un serrement de cœur que, à l'instant de leur mariage, lui et Ruth avaient brisé un verre – comme l'exige la tradition – en souvenir de la destruction du Temple. Aujourd'hui, ces vitrines éclatées étaient le signe qu'un nouvel exil allait commencer.

Pourquoi ? Pourquoi, Adonaï ?

Première partie

1

Parce que tout avait commencé par la faute d'un Juif.

Au début de l'année 1938, Goering avait exprimé son désir d'accélérer l'aryanisation, tandis que Heydrich et Himmler estimaient beaucoup trop lent le rythme adopté par l'émigration juive. Le 28 octobre 1938, leur impatience les décida à déporter dix-sept mille Juifs polonais. Parmi ceux-ci se trouvait la famille Grynszpan. À l'instar de milliers d'autres, on les avait entassés dans des wagons scellés et expédiés de l'autre côté de la frontière, vers le camp situé près du petit village de Zaboszyn.

Seul l'un des enfants Grynszpan avait échappé à la rafle. Il se trouvait à Paris. Il s'appelait Herschel. Il n'avait pas dix-sept ans. Ses parents avaient réussi à le faire sortir d'Allemagne deux ans plus tôt. Il espérait obtenir des autorités françaises un permis de séjour temporaire; permis qui lui avait été refusé.

Lorsqu'il apprit la nouvelle de la déportation de sa famille, Herschel sentit le monde vaciller et il dut se dire, comme Jakob Felton, « Pourquoi, Adonaï? ».

Dix jours plus tard, le 7 novembre, sa décision était prise. Il se procura une arme. Il fallait tuer. Il fallait vider sa désespérance.

Il traversa Paris dans le petit matin et se campa devant le bâtiment qui abritait la délégation allemande.

Tuer. Certes. Mais tuer qui? lequel? combien d'entre eux?

Herschel entra dans l'ambassade. Presque aussitôt, il se trouva face à un homme qui traversait le vestibule.

Il sortit son revolver. Sa main ne tremblait pas. Il tira. L'homme s'écroula, touché en pleine poitrine.

Il s'appelait Ernst von Rath. Il occupait la fonction de troisième secrétaire. Mais cela, Herschel ne le sut que plus tard. Une fois arrêté et menotté.

À l'annonce de cet acte, l'éclat de rire de Goebbels résonna jusqu'à la Porte de Brandebourg. Il tenait son prétexte. On allait enfin pouvoir mener une opération de grande envergure contre ces Juifs qui empestaient l'air aryen. C'est ainsi que commença la nuit de Cristal.

La réaction (apparente) du monde fut immédiate. L'Allemagne fut traitée de « nation barbare ». On rapporte que la propre femme de Himmler entendit son mari au téléphone dire son fait au ministre de la Propagande : « Êtesvous fou, Goebbels? Quel gâchis! Nous avons honte d'être allemands. Nous perdons tout notre prestige à l'étranger. J'essaie par tous les moyens de conserver les richesses de la nation, et vous, vous les jetez par les fenêtres. Si cela ne cesse pas immédiatement, je vous plante là, et vous pourrez rester dans votre merde[2] ! »

Hitler, lui, fit mine de ne rien savoir de la nuit de Cristal et joignit sa voix aux autres plaintes. Faux. Le soir même du pogrom, au cours d'un repas, alors qu'il se vantait d'avoir bluffé les Français et les Anglais à Munich, un aide de camp se pencha à l'oreille de Goebbels qui se retourna et marmonna quelques mots au Führer. Selon un témoin présent au dîner (Fritz Hesse), il devint clair pour chacun que le ministre de la Propagande confiait au *Reichmarschall* qu'une attaque massive venait d'être déclenchée sur ses ordres contre les boutiques juives et les synagogues. Toujours selon Hesse, il n'y eut aucun doute que le Führer approuvait, car « dans son enthousiasme, il poussa des cris perçants et se flanqua de grandes claques sur les cuisses[3] ».

Le 12 novembre, soit quatre jours après la funeste nuit, Goering, qui avait protesté contre les destructions de biens pour des raisons strictement économiques, convoqua un

Conseil des ministres afin de décider qui « paierait la casse ». Il annonça qu'une lettre de Bormann lui avait été envoyée sur ordre de Hitler, dans laquelle il exigeait que la question juive fût réglée « maintenant, une fois pour toutes et dans son ensemble ». Le Führer lui avait même téléphoné la veille de la réunion, l'enjoignant de prendre « des mesures décisives et coordonnées ». Encouragés par ces directives, les ministres tombèrent d'accord pour que ce soient les Juifs eux-mêmes qui payent. Une « amende » d'un milliard de marks leur fut donc imposée « pour les dégâts occasionnés lors de la nuit de Cristal ».

« Je n'aimerais pas être un Juif en Allemagne ! » s'exclama Goering, en mettant fin au débat.

Le Führer, de son côté, se contenta de déclarer à l'intention des puissances étrangères qui manifestaient une inquiétude grandissante quant au traitement réservé aux Juifs : « Puisque leur sort les préoccupe tant, qu'elles les prennent donc en charge ! »

Quelques mois plus tard, le 21 janvier 1939, il déclara au ministre des Affaires étrangères tchécoslovaque, Chvalkovsky : « Aucune garantie allemande ne sera accordée à un État qui ne se débarrasserait pas de ses Juifs. La mansuétude de notre part a été pure faiblesse et nous la regrettons, il faut détruire cette vermine. Ce sont nos ennemis jurés et il n'en restera pas un en Allemagne, à la fin de cette année. Ils n'échapperont pas à ce qu'ils ont fait en novembre 1918. Leur jour des comptes est venu*[4]. »

Presque aussitôt, une circulaire sur la question juive fut dépêchée à tous les consulats et missions diplomatiques.

---

* Hitler attribuait la défaite allemande de 1918 à un complot de la « juiverie internationale ». Il n'était pas le seul à penser cela. Nombre d'Allemands et d'Autrichiens avaient la même conviction. C'est à cette époque que fut répandu le mythe du *Dolchstoss*, ou « coup de poignard dans le dos ». Le 26 mars 1919, on pouvait lire dans le quotidien *Arbeiter Zeitung* de Vienne : « Un instant le colosse [allemand] a touché terre ; mais la blessure mortelle n'est pas venue de l'extérieur. Elle vint de l'intérieur. »

Elle portait ces mots : « Le but de la politique de l'Allemagne est l'émigration de tous les Juifs qui vivent sur son territoire. »

Or, depuis l'avènement du national-socialisme, à peine plus de cent mille Juifs – sur les cinq cent mille recensés en Allemagne – avaient légalement ou illégalement quitté le pays et trouvé une patrie d'adoption.

Paradoxalement, au lieu de provoquer un grand mouvement de solidarité, cette émigration avait suscité l'hostilité des populations, que ce fût en Amérique, en France, en Hollande, en Norvège ou encore en Grande-Bretagne. Autre paradoxe, et non des moindres, dans le même temps que les nations occidentales condamnaient l'attitude germanique, elles persistaient à maintenir fermées leurs frontières aux Juifs désireux de fuir l'Allemagne.

Le 15 novembre 1938, au cours d'une conférence de presse, le président Roosevelt lut une déclaration dans laquelle il fit observer : « Les nouvelles d'Allemagne ont profondément choqué l'opinion américaine. Je ne puis, moi-même, croire sans peine que de telles horreurs puissent se produire au XXᵉ siècle, dans un pays civilisé. Pour savoir à quoi nous en tenir, j'ai demandé au secrétaire d'État de rappeler immédiatement notre ambassadeur à Berlin. Son rapport dictera notre attitude. »

La condamnation officielle resta verbale. Les États-Unis conservèrent des relations normales avec le IIIᵉ Reich...

Le 29 janvier 1939, dans un discours au Reichstag pour le sixième anniversaire de l'accession des nazis au pouvoir, Hitler déclara ouvertement la guerre à ce qu'il appelait « la juiverie mondiale ». Il accusa l'Angleterre, l'Amérique et la France d'être continuellement poussées à la haine de l'Allemagne par toutes sortes d'agitateurs, juifs et non juifs, alors que lui, Hitler, ne souhaitait que le calme et la paix (*sic*). Il conclut : « Au cours de ma vie, j'ai souvent été prophète et j'ai toujours été tourné en ridicule. Pourtant, une fois de plus, je vais lancer une prophétie : si les financiers juifs internationaux, au-dedans et au-dehors de l'Europe, réussissaient à plonger, encore une fois, les nations dans une guerre mondiale, le résultat ne serait pas la bolchevisation de la terre, et par conséquent la victoire de la juiverie, mais l'annihilation de la race juive en Europe ! »

Au lendemain de la nuit de Cristal, assis dans sa cuisine, Dan Singer réfléchissait devant un café froid, la tête entre les mains. Voilà cinq ans qu'il tentait de se rassurer, de rassurer les siens. Après tout, n'était-il pas médecin ? Son métier ne consistait-il pas à apaiser les tourments des êtres qui venaient le consulter ?

Il rassurait. Mais le pourrait-il encore ? Il avait tout noté, tout engrangé dans son esprit. Trois mois après l'avènement de la Bête – un 30 janvier 1933 – on apprenait qu'un premier camp avait été inauguré près de Munich.

Le 1ᵉʳ avril fut ordonné le boycott des entreprises et des négoces juifs. Le 7, interdiction leur était faite d'enseigner dans les universités ou de travailler dans les services publics. C'est ainsi que Dan s'était vu condamner l'accès à l'hôpital où il pratiquait depuis plus de vingt ans. Il s'était rabattu sur une clientèle privée. Mais très vite, cette faculté lui fut elle aussi retirée. Alors, à court de moyens, lui et sa famille avaient dû abandonner l'appartement qu'ils occupaient à Dahlem, un quartier résidentiel de Berlin, pour aller trouver refuge ici, dans cette partie de la ville à prédominance juive.

Le 10 mai 1933, au cours d'un autodafé, on avait brûlé les livres écrits par des Juifs, des opposants politiques, ou tout auteur qui ne se situait pas dans la ligne du Parti nazi. Un an se passa sans que de nouveaux préjudices soient infligés. Singer – comme tant d'autres –, dans son optimisme aveugle, avait pensé qu'on en resterait là. Grossière erreur. Ce n'étaient que les prémices. À partir de mai 1934, tous les Juifs furent exclus de l'armée. Le 15 septembre 1935, les lois de Nuremberg privèrent les Juifs de leur citoyenneté allemande. Ils n'avaient plus le droit de se marier avec des Aryens, plus le droit de porter le drapeau allemand. Le 15 novembre, le gouvernement promulgua la première définition officielle du Juif : « Est juif quiconque a deux grands-parents juifs et se déclare membre de la communauté juive. » En avril 1938 fut décrété l'enregistrement obligatoire de tous les biens et propriétés juifs en Allemagne. En août, Adolf Eichmann créait le bureau d'expulsion juif à Vienne afin d'accélérer le processus. Le 5 octobre, à la requête des autorités suisses, l'Allemagne apposait un « J » sur les passeports appartenant aux Juifs, et ce, afin de réduire leur émigration vers la Suisse. Le 28 octobre, dix-sept mille Juifs polonais vivant en Allemagne étaient expulsés. Et pour finir, en novembre, la nuit de Cristal.

Partir, songea Singer, il devait partir au plus vite. Fuir cet environnement où sourdait l'horreur. Voilà cinq ans qu'il luttait contre l'idée de tout abandonner. Il était né dans ce pays. De même que son père, son grand-père et son arrière-grand-père. Il n'avait jamais connu une autre terre que celle-là. C'était la sienne. *Sa* terre. Il y avait construit sa vie.

Partir... Mais où aller ?

L'Amérique... Certes. Son cousin Max vivait à New York. Mais l'Amérique, à l'instar de la plupart des nations occidentales, avait limité l'accès aux réfugiés en imposant des quotas. Depuis l'avènement de Roosevelt, le pays connaissait une situation critique. La crise économique avait miné les finances, créant plus de douze millions de chômeurs, contraignant la nation à un repli sur soi. Un isolationnisme qui avait été confirmé trois ans auparavant, en 1935, par ce que l'on avait appelé l'« Acte de Neutralité ». Les États-Unis affirmaient ainsi qu'ils n'avaient aucune intention de s'immiscer dans les problèmes du monde, plus particulièrement ceux de l'Europe.

La Grande-Bretagne ? Empêtrée au Moyen-Orient, elle avait grandement restreint l'immigration juive en Palestine et elle-même abritait déjà près de vingt-cinq mille réfugiés. Il n'était pas question d'accepter un émigrant de plus, surtout si celui-ci arrivait d'un pays – en l'occurrence l'Allemagne – qu'elle risquait fort d'avoir à affronter militairement.

La France ? Submergée par la vague de réfugiés qui avaient fui la guerre civile d'Espagne, elle avait annoncé qu'elle avait atteint un point de saturation.

Où aller ? Car Singer n'était pas le seul à vouloir fuir. Sur les quatre cent mille Juifs qui demeuraient encore en Allemagne, un grand nombre d'entre eux éprouvaient le même désir. Qui voudrait d'un peuple d'émigrés?

L'Amérique..., se dit à nouveau Singer. Malgré la décision du gouvernement de prendre ses distances vis-à-vis du monde, ce pays restait disposé à accueillir vingt-six mille émigrants allemands par an. Seulement voilà : combien de Juifs parmi eux? Vaste question à laquelle l'Américain moyen, le « col bleu », avait déjà répondu par la voix de son porte-parole, le révérend Charles E. Coughlin. Tous les dimanches après-midi, sur une station de radio appartenant au réseau CBS, pour un auditoire composé de plus de quinze millions d'auditeurs, ce prêtre d'origine canadienne, surnommé « le père de la haine », prêchait ouvertement en faveur des thèses nazies. Il recevait près de quatre-vingt mille lettres de soutien par semaine et des dons de diverses organisations qui adhéraient aux idées du Führer. À New York, un certain Fritz Kuhn, émigré allemand, tenait le même discours devant un parterre de fanatiques rassemblés dans l'enceinte du Madison Square Garden.

Où aller?

Roosevelt avait lancé un appel au monde afin que l'on trouvât un endroit « où seraient admis les réfugiés juifs en nombre presque illimité ». Madagascar! avait proposé Hitler. Roosevelt avait écrit à Rome et suggéré l'Éthiopie, alors sous mandat italien. Les vastes territoires de Russie, avait alors répliqué Mussolini. La Russie avait surenchéri : Pourquoi pas l'Alaska? Roosevelt proposa alors l'Angola, colonie portugaise. Le Portugal refusa, suggérant qu'il existait bien d'autres régions d'Afrique « plus appropriées ». En désespoir de cause, Roosevelt évoqua l'Afrique centrale. D'autres mentionnèrent la vallée de l'Orénoque au Venezuela, le Mexique, les plateaux du Sud-Ouest africain, le Tanganyika, le Kenya, la Rhodésie du Nord, le Nyasaland*! Personne n'avait encore songé à la Lune.

---

* Aujourd'hui le Malawi, petit pays enclavé d'Afrique de l'Est.

Les traits de Dan se crispèrent. Un lépreux, voilà ce qu'il était. Lui et les siens. Des rebuts. La lie de l'univers. La boue des cuves.

Où aller ?

« À quoi rêves-tu, mon Dan ? »

La voix de sa femme le fit sursauter.

Il ne répondit pas tout de suite. Il prit une cigarette, l'alluma, tandis que Ruth se glissait près de lui.

« Tu es inquiet, n'est-ce pas ? »

Il continua de garder le silence, puis annonça soudainement :

« Nous ne sommes plus chez nous. Nous devons quitter l'Allemagne. »

Elle médita un instant avant de demander :

« Et nos petits-enfants ? Et notre fille, Judith ?

— Je convaincrai son mari.

— Il ne voudra pas. Tu sais combien il est attaché à... »

Le médecin frappa du plat de la main sur la table.

« Je le convaincrai ! »

Ruth inclina doucement le visage. Une immense lassitude avait envahi son regard.

« C'est bien. Et où irons-nous ?

— Je songe à l'Amérique. Là-bas nous serons en sécurité. Et puis à New York, il y a Max. Il nous accueillera.

— L'Amérique ? Mais tu sais parfaitement que les quotas d'immigration ont été réduits à une peau de chagrin. Et crois-tu que Max se souvienne encore de toi ? Ça doit faire au moins dix ans que tu ne l'as pas vu, que vous ne vous êtes pas écrit. Et, si ma mémoire est bonne, vous n'avez jamais été vraiment très liés. »

Dan prit les mains de sa femme et les emprisonna dans les siennes.

« Tu ne comprends pas, Ruth. Tu me parles de divergences familiales et moi je te parle de vie et de mort. Je n'imagine pas une seconde que Max rechignera à nous ouvrir les bras lorsque je lui expliquerai la situation. »

Elle détourna le visage pour ne pas montrer qu'elle pleurait.

« Partir, murmura-t-elle la voix brisée. Partir... Tout abandonner ? »

Il répliqua :

« Ruth, voilà deux mille ans que nous sommes en partance. Une errance de plus ou de moins... Qu'est-ce que cela change ? »

Ruth se tut pendant quelques instants, puis :

« Et crois-tu qu'ils nous laisseront librement nous en aller ? Tu sais mieux que moi que les visas de sortie nous sont interdits. Voudrais-tu faire comme certains de nos frères ? Franchir une frontière au mépris de notre vie, violer les lois pour nous faire jeter en prison, en Suisse ou ailleurs ?

– Je trouverai une solution. N'importe laquelle ! Nous partirons à pied, en rampant, à genoux. Je supplierai s'il le faut. »

Un petit rire fusa d'entre les lèvres de Ruth.

« Toi ? Toi, tu supplieras ? Fier comme tu es ? Digne comme tu es ? »

Dan plongea ses yeux dans ceux de son épouse.

« Aujourd'hui, ma Ruth, la dignité consiste à rester vivant. »

Il ajouta très vite :

« Je trouverai la solution. Ce soir. Demain. Je la trouverai ! »

2

Ce ne fut pas Dan Singer qui trouva cette solution, mais les autorités nazies.

Début avril, au cours d'un déjeuner de travail réunissant Goebbels, Heydrich et Goering dans un salon privé de l'hôtel Adlon, à Berlin, il fut décidé – avec la bénédiction du Führer – d'autoriser les Juifs à quitter librement le territoire allemand. En échange de quoi leurs biens seraient naturellement confisqués, ainsi que tous leurs avoirs bancaires. De même, ils s'affranchiraient d'une taxe à hauteur de la « générosité » dont le IIIe Reich faisait preuve à leur égard, payable de préférence en devises étrangères. Au cours de ce même déjeuner, le Dr Goebbels indiqua qu'un premier bateau transportant un millier de passagers prendrait bientôt la mer. Il aurait un double emploi. D'une part, il présenterait au monde la preuve que l'Allemagne ne s'opposait nullement au départ des Juifs, qu'elle ne leur voulait aucun mal ; de l'autre, ce navire – le *Saint-Louis* – serait utilisé (ce n'était pas la première fois) pour accomplir une mission d'espionnage sous la houlette de l'*Abwehr**. En réalité – mais seuls les murs du salon privé de l'hôtel Adlon l'avaient entendu – cette décision n'était que provisoire et en cachait une autre : bientôt, on trouverait une vraie solution au problème juif. Définitive.

---

* Les services de renseignements de l'armée.

« Mais je ne vois pas très bien où est notre intérêt dans cette affaire ? » s'enquit Goering.

Un petit rire échappa à Goebbels.

« C'est très simple. En les laissant partir, nous prouverons au monde que nous ne sommes pas les tortionnaires des Juifs qu'il prétend. Mais surtout, et c'est là le point central de la manœuvre, nous démontrerons que les prêches ne valaient guère plus qu'un pet de cheval. Les autres pays fanfaronnent, ils poussent des cris d'orfraie, mais, le moment venu, aucun d'entre eux n'assumera la responsabilité d'accueillir les représentants de cette sous-race. Nous aurons alors les coudées franches. Personne n'osera plus élever la moindre critique à notre égard !

– Je vous trouve bien optimiste, Herr Goebbels. Comment pouvez-vous être aussi sûr de votre fait ?

– Je n'en suis pas sûr. J'en suis certain ! Qu'il s'agisse de l'Angleterre, de la France ou des autres nations, personne n'en voudra. Vous verrez ! Aux États-Unis mêmes, un sondage paru dans le magazine *Fortune* démontre que 89 pour cent des Américains s'opposent à ce que leur gouvernement assouplisse les lois sur l'immigration ! Alors ? Où voulez-vous qu'ils aillent ? »

Il ajouta très vite :

« Bien sûr, il reste toujours Cuba.

– Cuba ? » s'étonna Heydrich.

Goebbels confirma.

« Le mois passé, nous avons eu entre les mains la copie d'un rapport confidentiel adressé au département d'État et signé par le consul américain à La Havane, Harold Tewel. Dans ce rapport daté du 18 mars, intitulé "Les réfugiés européens à Cuba", Tewel décrit la situation des Juifs qui ont déjà émigré dans ce pays et suggère même l'installation supplémentaire de vingt-cinq mille réfugiés européens. Le gouvernement cubain vient de confirmer cela en annonçant qu'il était disposé, moyennant finances bien évidemment, à continuer d'accueillir tous les réfugiés qui le souhaitent. Mais cela peut changer. »

Un sourire énigmatique apparut sur les lèvres du ministre tandis qu'il poursuivait :

« La situation politique de ce pays est d'une incroyable instabilité. Pas moins de trois présidents se sont succédé en cinq ans. C'est une véritable poudrière. Il suffirait de quelques manifestations subtilement inspirées pour que les autorités y réfléchissent à deux fois avant d'ouvrir leurs portes.

– Et nous disposons de suffisamment de moyens sur place pour... inspirer de telles manifestations ?

– Parfaitement. Faites-moi confiance. Ce sera un coup médiatique dont le monde se souviendra. »

Extraits du rapport Tewel

Il existe en ce moment à Cuba environ 2 500 Juifs réfugiés, arrivés essentiellement d'Allemagne et de Pologne. Concentrée sur La Havane, une partie d'entre eux survivent grâce au soutien financier que leur prodiguent des amis ou des parents qui résident sur le territoire américain. Selon mes informations, nombreux sont ceux qui ne disposent d'aucun proche en Amérique susceptible de garantir qu'ils ne deviendront pas, une fois entrés dans le pays, une charge pour l'État. Et ceux qui en possèdent ne seraient pas – toujours selon mes informations – nécessairement les bienvenus. Leurs parents ou amis jugeant préférable de continuer à subvenir, mais à distance, à leurs besoins. Cette attitude s'explique par le fait que les proches en question craignent qu'un afflux massif de réfugiés (non autonomes financièrement) n'accentue au sein de la population américaine une opposition déjà très grande à l'arrivée d'émigrants juifs qui, eux, auraient les moyens de subvenir à leurs propres besoins [...]. Actuellement, nous estimons que le rythme des réfugiés oscille entre 400 et 500 personnes par mois.

[...] Le 1ᵉʳ juin 1938, le colonel Manuel Benitez Gonzalez, directeur cubain du Bureau central pour l'émigration, a publié une lettre circulaire précisant les conditions requises pour l'admission des étrangers. Les étrangers en transit devront établir au préalable une demande de visa d'entrée aux États-Unis et verser une caution de deux cents dollars par personne pour le cas où leur demande serait rejetée. Par ailleurs, ceux qui n'auront pas fait cette demande préalable devront effectuer – avant

leur départ pour Cuba – un virement d'un montant de cinq cents dollars par personne, en faveur du Bureau central pour l'émigration et ce, par l'intermédiaire de la compagnie maritime chargée de les transporter.

Le 17 novembre 1938, en promulguant le décret n° 2507, le gouvernement cubain a apporté une clarification supplémentaire quant au statut des futurs réfugiés européens. Ce décret précise : « La République cubaine se réserve le droit de sélectionner parmi les émigrants ceux qui seraient les plus aptes à participer au développement de la population, de son industrie et de son commerce. »

Le 15 janvier 1939, le décret n° 55 a annulé le versement de cinq cents dollars préalablement exigé, dans le cas où les arrivants n'étaient que des touristes et des personnes en possession d'un visa cubain.

Depuis la promulgation de ce décret, la plupart des réfugiés qui ont l'intention, une fois à La Havane, d'entamer des procédures en vue de l'obtention d'un visa d'entrée aux États-Unis s'inscrivent d'office en tant que personnes « voyageant uniquement pour leur plaisir ». Néanmoins, afin d'obtenir ce visa touristique, il leur faut s'acquitter d'une somme « non officielle », laquelle varie de cent à cent cinquante dollars, à quoi s'ajoutent trente-cinq dollars « pour les frais de présence à Cuba » et diverses autres « redevances » en cas de renouvellement du permis de séjour. En échange de quoi, un document signé par le colonel Benitez Gonzalez leur est remis. En voici copie :

« En accord avec les dispositions du paragraphe (a) de l'article 4 du décret n° 55, daté du 15 janvier 1939 et du paragraphe 3 du décret n° 2507 du 17 novembre 1938, ce bureau vous autorise l'entrée et le séjour à Cuba, le temps qu'il vous sera nécessaire, en qualité de touriste, à l'obtention d'un visa d'immigration pour les États-Unis d'Amérique ou pour tout autre pays. "M... assure ne souffrir d'aucune maladie ou affection et s'engage à ne pas travailler sur le territoire national". »

Selon des informations vérifiées, entre le 1ᵉʳ juillet 1938 et le 16 janvier 1939 (date à laquelle le décret n° 55 est entré en vigueur), un montant de 544 467 dollars a été déposé sur le compte du Trésor cubain. Et d'après un journal de La Havane[5], depuis le 25 février 1939, 222 563 dollars supplémentaires ont été versés en faveur de 440 réfugiés juifs, dont la plupart n'ont pas encore débarqué.

[...] Les exigences financières « non officielles » imposées représentent une lourde dépense, tant pour les réfugiés que pour

29

ceux qui leur apportent leur soutien. La plupart du temps, ces ponctions laissent leur victime quasiment sans ressources.. D'autre part, rien ne peut assurer, en cas de changement dans l'administration cubaine, que ces autorisations de séjour seront respectées par le successeur de Manuel Benitez Gonzalez. [...]

À propos de l'opinion cubaine vis-à-vis de l'immigration :

[...] Dans un éditorial publié le 21 janvier 1939, le principal quotidien de La Havane Diario de la Marina faisait observer que le Venezuela qui, lui, n'est pas endetté, et possède de vastes espaces et d'importances ressources naturelles, pratique une « bonne politique d'immigration sélective » à l'égard des « Israélites victimes de persécutions raciales ». Ce même éditorial souligne que le Mexique, quant à lui, a rejeté cette catégorie d'émigrants. Il fait remarquer aussi que ces deux pays ne sont pas les seuls à agir de la sorte : de nombreuses autres nations agissent de même, les États-Unis d'Amérique en premier [...][6].

Le rapport développe ensuite un plan détaillé de colonisation de l'île des Pins* par de futurs réfugiés que Tewel évalue à environ vingt-cinq mille personnes.

Pour bien comprendre le contenu de ce rapport, qui évoque principalement le sort de la communauté juive d'Allemagne et le devenir du *Saint-Louis,* il est nécessaire de remonter le temps. Revenons au 12 mars 1938. C'est à cette date que les troupes allemandes entrent dans Vienne. Le 10 avril, plus de 99 pour cent des Autrichiens approuvent l'Anschluss. Le « Grand Reich » est né. Les cent mille Juifs d'Autriche sont pris au piège, comme le sont leurs coreligionnaires allemands depuis l'instauration des lois de Nuremberg, en 1935. À cette époque, Goebbels déclare : « On raconte que les Juifs de Vienne se suicident en masse. Ce n'est pas vrai. Le nombre total de suicides n'a pas varié. Une seule différence : au lieu que ce soient les Allemands, ce sont les Juifs qui se suicident maintenant. »

---

* À quelques milles de La Havane. Environ trois mille kilomètres carrés de superficie. C'est là que l'on avait érigé le célèbre Presidio, une prison pour détenus politiques. Jusqu'en 1960, la majorité des terres appartenaient aux Américains. Après la prise du pouvoir par Castro, l'île fut rebaptisée Isla de la Juventud, « île de Jouvence ».

La représentation diplomatique des États-Unis est littéralement assiégée par les Juifs candidats à l'émigration. Une minorité américaine – dont la communauté juive – s'inquiète du sort de ces milliers de gens chassés du pays où ils vivaient, souvent depuis des générations. Les autres craignent que les pressions internationales ne contraignent Washington à assouplir les lois sur l'immigration. Il faut savoir que depuis 1929, les visas d'entrée étaient limités à cent cinquante mille, desquels vingt-sept mille seulement étaient réservés aux ressortissants d'Allemagne et d'Autriche.

Cordell Hull, le secrétaire d'État américain aux Affaires étrangères, et son adjoint Sumner Welles proposèrent alors d'organiser une conférence internationale qui réglerait le sort des réfugiés. Le président Roosevelt accepta et s'empressa aussitôt de rassurer ses électeurs : les quotas d'immigration ne seraient pas augmentés, tandis que Cordell Hull répondait à l'inquiétude de l'ambassadeur américain à Londres : « Cette action devrait conserver un caractère privé, tant par l'origine des fonds qui y seraient consacrés que par la composition des différents comités nationaux. » Les gouvernements réglementeraient à leur gré l'admission et le séjour des réfugiés, sans avoir à modifier leurs lois et leurs règlements en vigueur ; en outre, le financement serait supporté par des organismes privés. Trente-trois pays furent invités : vingt républiques d'Amérique centrale et du Sud ; la Grande-Bretagne et ses satellites du Commonwealth (Canada, Australie, Nouvelle-Zélande, Afrique du Sud) ; et en Europe, la Belgique, le Danemark, la France, l'Italie, la Norvège, les Pays-Bas, la Suède et la Suisse. L'Italie de Mussolini refuse, et l'Afrique du Sud n'envoie qu'un simple observateur.

Les Américains proposent que la conférence se réunisse en Suisse, résidence de la Société des Nations. Le gouvernement helvétique se récuse de crainte de désobliger la SDN*

---

* Société des Nations, qui deviendra plus tard l'ONU.

et, surtout, d'irriter l'Allemagne. La France accepte d'être le pays hôte, mais à condition qu'on ne s'éloigne pas de la Suisse. C'est l'hôtel Royal à Évian qui est choisi. La conférence s'ouvre le 8 juillet 1938 et se tient à huis clos. Elle a pour objectif de « faciliter l'émigration des réfugiés politiques en provenance d'Autriche et d'Allemagne, prévenir le chaos d'une fuite éperdue devant la violence nazie en Autriche annexée et qui pourrait faire tache d'huile, former une nouvelle instance internationale habilitée à négocier avec les autorités allemandes ».

Très vite, la rencontre tourne à un vulgaire marchandage où s'affichent les égoïsmes. Parmi les orateurs des trente-trois États venus uniquement justifier la fermeture de leur pays à l'immigration, la France, par la voix du président de la commission des Affaires étrangères au Sénat, Henri Bérenger, déclare qu'elle est « au point extrême de saturation, si elle ne l'a pas déjà dépassé[7] ». Tandis que le chef de la délégation britannique, lord Winterton, annonce de très vagues possibilités d'établissement en Afrique anglaise. Tout juste pourra-t-on laisser espérer l'installation de « quelques centaines de familles de colons » en Nouvelle-Calédonie et de « quelques milliers » à Madagascar.

Parlant au nom des États-Unis, Taylor vante les mérites de son pays qui, dit-il, peut être « fier de la libéralité de ses lois et de ses méthodes actuelles[8] ». Quant aux dominions et aux nations d'Amérique latine, unanimes, à l'exception de la République dominicaine, à proclamer leur incapacité à accueillir de nouveaux réfugiés – sauf peut-être des travailleurs agricoles –, ils s'abandonnent parfois à des excès de langage frappés au coin d'un antisémitisme rampant. Ainsi l'Australie déclare-t-elle préférer l'immigration britannique, car, n'ayant point de « problème racial réel » chez elle, elle juge inutile « d'en créer un[9] ». Mêmes relents douteux dans les déclarations péruviennes : « L'Europe si troublée doit comprendre qu'un continent au moins doit rester libre de la haine et de l'esprit de vertige[10]. »

La conférence clôt ses travaux le 16 juillet. La seule décision prise est la création d'un Comité international pour les réfugiés connu sous l'appellation « Comité d'Évian ». Le discours de clôture prononcé par Henri Bérenger souligne la portée des résultats obtenus : « La France est heureuse d'avoir pu montrer, dans le beau cadre harmonieux de la montagne et du lac, qu'elle était en mesure, par la fidélité de ses institutions républicaines et l'ordre public de sa démocratie, de recevoir toutes les nations du monde et de leur assurer, dans la plus parfaite tranquillité matérielle et morale, un asile pour les délibérations gouvernementales en vue de la paix et de l'indépendance de toutes les patries, de la liberté de tous les citoyens du monde. » Et tout ce beau monde peut, la conscience tranquille, assister aux réceptions offertes par la République française à Leurs Majestés britanniques.

Du côté allemand, on exulte. Goebbels avait vu juste. Un grand journal de Berlin titre : « PERSONNE N'EN VEUT! » Le secrétaire d'État Weizsäcker résume ainsi les résultats obtenus : « Bien que beaucoup de pays produisent des Juifs, il semble qu'aucun ne soit disposé à en consommer! » Deux mois plus tard, Hitler ironise, à Nuremberg, au cours d'un de ses fameux discours : « Ces démocraties poussent de hauts cris devant la cruauté sans bornes avec laquelle l'Allemagne tente de se débarrasser des Juifs. Tous ces grands pays démocratiques n'ont que quelques habitants au kilomètre carré, alors que l'Allemagne en a plus de cent quarante. L'Allemagne n'a cessé, des dizaines d'années durant, d'accueillir des centaines de milliers de ces Juifs. Mais aujourd'hui que le mécontentement populaire s'amplifie et que la nation allemande n'est guère disposée à se laisser exploiter plus longtemps par ces parasites, on gémit à l'étranger. Oui, on gémit. Mais cela ne veut pas dire que ces pays aient l'intention de résoudre par une action efficace le problème qu'ils posent avec hypocrisie. Bien au contraire, ils affirment le plus froidement du monde qu'il n'y a pas de place chez eux. Bref, de l'aide – non ; des leçons de morale – ça, oui! »

Telle une traînée de poudre, l'annonce du III⁰ Reich autorisant ceux qui le souhaitent à quitter librement l'Allemagne se propagea à travers la communauté juive. Lorsque Dan Singer en prit connaissance, il fit une chose qu'il n'avait pas faite depuis longtemps. Il se couvrit les épaules de son tallith et murmura les premiers mots du *Chema Israël* : *Chema Israël, Adonaï Elohainu, Adonaï Ehad.* « Écoute, Israël, l'Éternel notre Dieu, l'Éternel est Un. » Puis il se précipita pour annoncer la nouvelle à Ruth.

Le lendemain, un 15 avril, il se rendit au consulat cubain, fit la queue pendant des heures, paya la somme de neuf cents dollars en échange de six visas d'entrée, deux pour lui et Ruth, et quatre pour sa fille Judith, son époux et leurs deux enfants. Soit cent cinquante dollars par personne*. Ensuite, il consacra les trois jours qui suivirent à trouver une agence de voyage. Ce ne fut pas tâche aisée. La plupart des bureaux avaient été pris d'assaut et avaient vendu leur quote-part de billets. Ce fut seulement dans la première semaine de mai que la Fortune lui sourit. L'un de ses anciens patients lui indiqua l'adresse d'une agence située dans la banlieue berlinoise. Son frère en était le directeur. C'est ainsi qu'il réussit à acquérir six billets de première classe aller-retour. C'était la condition *sine qua non* imposée aux futurs voyageurs « en cas de circonstances indépendantes de la volonté de la compagnie maritime Hapag ». Il était temps. Nous étions le 2 mai. Il n'y avait plus un seul billet à vendre dans toute l'Allemagne. En rentrant chez lui, Dan calcula la somme qui lui restait pour payer le train à destination du port de Hambourg et pour vivre : à peine de quoi tenir jusqu'au jour du départ prévu pour le 13 mai. De toute façon, le règlement était sans équivoque : les voyageurs n'étaient pas autorisés à emporter plus de dix Reichsmarks par personne, et deux cent trente Reichsmarks

---

* Selon un calcul très approximatif, l'équivalent de trois mille Reichsmarks. Précisons que cette somme était quasi hors de portée pour une communauté qui avait été dépossédée de tous ses biens. La plupart des passagers n'avaient réussi à s'en acquitter que grâce à la générosité de parents ou d'amis qui vivaient à l'étranger.

d'« argent de poche » qu'ils étaient obligés de dépenser à bord.

C'est en posant les billets sur la table de l'entrée qu'il lut pour la première fois le nom du navire qui allait les emmener au bout du monde : le *SS Saint-Louis*.

3

Ce matin-là, le ministre des Affaires étrangères de Roumanie, Grégoire Gafenco, entra dans la chancellerie du Reich afin d'informer le Führer des projets que caressait l'Angleterre, à savoir une alliance avec les Russes qui aurait pour conséquence de garantir une aide à la Pologne. Dès que le Führer entendit mentionner l'Angleterre, il bondit tel un fauve de son fauteuil et hurla : « Si l'Angleterre veut la guerre, elle peut l'avoir ! » Et il précisa : « Et ce sera une guerre "inimaginablement" destructrice ! Comment les Anglais envisageraient-ils une guerre moderne, alors qu'ils ne peuvent même pas mettre sur le terrain deux divisions complètement équipées[11] ? »

Le lendemain, il fêtait ses cinquante ans. Sa récente explosion de colère n'avait fait que souligner son impatience. Le temps fuyait, et il était convaincu qu'il n'avait plus que quelques années pour accomplir sa mission sacrée. L'anniversaire fut célébré par un gigantesque défilé militaire, essentiellement destiné à impressionner ses futurs adversaires. Bien que de nombreux Allemands eussent été hostiles à cette démonstration de force, la majorité sentit monter en elle une vague de fierté. Ce cinquantième anniversaire fut aussi le moment que ses adorateurs atten-

daient pour chanter les louanges du chancelier. On clama :
« Le Führer est le seul homme de notre siècle qui possède
la force de manier la foudre de Dieu et de lui donner nouvel emploi par amour de l'humanité. » Pour certains, il
était devenu plus que le Messie, c'était Dieu lui-même, celui
qui ordonnait tout, qui disposait de tout, le Créateur du
monde.

Et dans les jours qui suivirent, on enseigna aux enfants
des écoles à lui rendre hommage par ce chant :

Adolf Hitler est notre sauveur, notre héros,
L'être le plus noble de la terre entière.
Pour Hitler nous vivons,
Pour Hitler nous mourons.
Notre Hitler est notre Seigneur,
Qui gouverne un merveilleux monde neuf[12].

Ce culte qui avait grandi à une vitesse vertigineuse bas-
culait à présent dans l'absurde. À l'occasion d'une rencontre organisée par le Parti, une conférencière rapporta
le plus sérieusement du monde ses expériences « avec un
chien qui parlait ». Quand on lui demandait : « Qui est Adolf
Hitler ? », le chien répondait : « *Mein Führer.* » La conférencière fut interrompue par les protestations d'un nazi
quelque peu indigné. Au bord des larmes, elle répondit : « Cet animal est doué d'intelligence. Il sait qu'Adolf
Hitler a promulgué des lois contre la vivisection et le mas-
sacre rituel d'animaux par les Juifs ; et c'est par gratitude que
ce petit cerveau de chien reconnaît en Adolf Hitler son
chef. »

L'Église, elle, ne considérait Hitler ni comme le Messie ni
comme Dieu. Elle s'empressa tout de même de l'honorer
pour son cinquantième anniversaire. Dans toutes les églises
allemandes, des messes furent célébrées « pour implorer
la bénédiction de Dieu sur le Führer et son peuple ». Et
l'évêque de Mayence fit appel aux catholiques de son dio-
cèse afin qu'ils prient spécialement pour « le Führer, chancelier, inspirateur, protecteur et bienfaiteur du Reich ». Le

pape Pie XII, tout récemment élu*, ne manqua pas d'envoyer ses chaleureuses félicitations.

Pourtant, celui qui était au centre de tous ces honneurs ne décolérait guère. La parution récente aux États-Unis d'une version condensée et non autorisée de *Mein Kampf* n'avait fait qu'accroître sa rage à l'égard de ses contempteurs. L'édition en question était parsemée des extraits d'un article rédigé par un journaliste, Alan Cranston, lequel attirait l'attention sur les démesures du maître de l'Allemagne. En dix jours, il s'en vendit un demi-million d'exemplaires, avec, sur la couverture, ces mots imprimés : *Pas un sou de droits d'auteur pour Adolf Hitler**.

Cet affront fut suivi d'un autre, venu du président Roosevelt, sous la forme d'un message envoyé à la fois à Hitler et à Mussolini (qui venait d'envahir l'Albanie) et demandant instamment des assurances contre de nouvelles agressions : « Vous avez fréquemment affirmé que ni vous ni le peuple allemand ne voulaient la guerre, dit Roosevelt à Hitler. Si cela est vrai, on peut l'éviter. »

Le chancelier décida de répondre. Jamais son audience n'avait atteint un tel sommet. Son discours ne fut pas seulement entendu dans toute l'Allemagne et dans certaines parties de l'Europe, mais radiodiffusé par les principales stations de radio des États-Unis. Il était bien loin, le temps de Vienne où l'artiste peintre, rejeté par les Beaux-Arts, donnait des conférences à qui voulait bien l'écouter. À l'époque, rares étaient ceux qui faisaient cas de ses diatribes. Désormais, voilà que le monde tremblait...

---

* Le 12 mars 1939.
** Des représentants du Führer intentèrent à cette occasion un procès pour atteinte à la propriété littéraire. Procès qu'ils gagnèrent. Les éditeurs durent cesser d'imprimer et de distribuer la version Cranston.

Le capitaine Gustav Schröder examina pour la troisième fois le télégramme que lui avait expédié Claus-Gotfried Holthusen, le directeur de la Hapag, la compagnie maritime propriétaire du *Saint-Louis*. Le mot lui était parvenu en pleine mer, alors que le *Saint-Louis* venait de quitter New York et faisait route vers Hambourg. Le contenu du câble intimait l'ordre à Schröder de se présenter toutes affaires cessantes, dès son arrivée, au siège de la Hapag.

Avec un geste d'irritation, le capitaine replia le télégramme et l'enfouit dans la poche de sa veste. Il en avait par-dessus la tête de ces sempiternelles relances. Depuis quelques mois, il se sentait littéralement harcelé. Harcelé par ses supérieurs, harcelé par les autorités de ce IIIᵉ Reich pour lequel il n'éprouvait que mépris et répulsion. Harcelé aussi par la présence de ces six agents de la *Geheime Staatspolizei*, la Gestapo*, déguisés en pompiers, qu'on avait imposés à son bord pour prévenir d'éventuelles actions de sabotage. Ces chiens de garde passaient leur temps à guetter les faits et gestes des passagers (ceux de Schröder aussi, bien sûr) à la recherche d'on ne savait quel espion potentiel. Ce n'était pas tout. En héritant trois mois plus tôt du commandement du *Saint-Louis*, Schröder avait aussi hérité d'un personnage qu'il honnissait par-dessus tout : Otto Schiendick, steward de seconde classe et parallèlement *Ortsgruppenleiter*, chef de groupe local du Parti nazi. Cet individu était par-

---

* Ce nom générique de Gestapo a été utilisé par les Français occupés pour désigner, à tort, des organismes aussi différents que l'Abwehr (service de contre-espionnage de l'armée allemande, dirigé par l'amiral Canaris), la *Kriminalpolizei* ou Kripo (police criminelle), le *Sicherheitsdienst* ou SD (Service de renseignements) ou encore la *Sicherheitspolizei* ou Sipo (police de sûreté, faisant partie de la SS). Créée par décret de Goering en 1933, passée en 1934 sous l'autorité de Himmler, la Gestapo fut essentiellement l'organe exécutif du SD et de la Sipo.

venu à faire limoger certains membres de l'équipage qui, selon lui, manifestaient une attitude contraire à la doctrine nazie. Pire encore, c'était lui qui avait été responsable de la disgrâce de Friedrich Buch, le précédent capitaine du *Saint-Louis*. Humilié, accusé de toutes les trahisons, Buch s'était vu débarqué, encadré par deux agents de la Gestapo. Dieu sait ce qu'il était advenu de lui. À sa manière, Schröder résistait. En refusant de porter l'insigne nazi, il témoignait non seulement de son opposition à Schiendick, mais aussi de sa volonté de démontrer que lui, Schröder, demeurait seul maître à bord. En réalité, il n'y avait pas que leurs divergences politiques qui séparaient les deux hommes : tout les opposait. Schröder faisait partie de cette génération en voie de disparition pour qui l'éthique, le sens de l'honneur et la courtoisie faisaient encore partie des qualités essentielles de l'homme. Otto Schiendick n'était qu'un rustre, dépourvu de manières. L'un demeurait imprégné des traditions du XVIIIᵉ siècle, l'autre dérivait dans le XXᵉ. Schiendick s'exprimait avec vulgarité ; Schröder conservait en toute occasion une qualité de langage proche de la préciosité, d'où le surnom de « Comte sur le pont » dont certains de ses collègues l'avaient affublé. Il n'était pas grand, 1,60 m environ. Pas un pouce de graisse. Un visage oblong orné d'une petite moustache grise. Sec comme un sarment. L'œil bleu, presque métallique. Un physique qui correspondait en tout point à ce qu'il était : un personnage volontaire et énergique*.

D'après le témoignage de Karl Glissmann, l'un des marins du *Saint-Louis* :

> « Il n'avait pas le genre classique d'un capitaine, tel qu'on aurait pu se l'imaginer, un homme grand et corpulent, à la voix de basse. Il dégageait un air d'honnêteté sous son allure de professeur. C'est vraiment ce qu'il était avec ses

---

* Ancien combattant, il avait été décoré pendant la Première Guerre mondiale.

bonnes manières. Jamais un juron, jamais une remarque déplacée ou méchante *[13]. »

Arrivé devant l'entrée de la Hapag, Schröder leva machinalement la tête vers l'édifice. Il aimait cette compagnie. Il l'aimait sans doute parce que, comme lui-même, elle appartenait à un autre siècle. Il savait son histoire par cœur. En 1847, la Hamburg-Amerikanische Packetfahr-Actien-Gesellschaft (Hapag) avait été fondée par un groupe d'hommes d'affaires allemands. Un an plus tard, le *Deutschland* inaugurait la première traversée de l'Atlantique nord. En 1892, le *Fürst Bismarck* battait le record de la traversée Hambourg-New York en effectuant le trajet en 6 jours, 11 heures et 44 minutes. En 1896 fut lancé le *Pennsylvania*, capable de transporter près de 2575 passagers. Et en 1914, l'*Imperator*, baptisé par le Kaiser Guillaume II en personne, doubla ce nombre. Belle carrière, jamais souillée, empreinte d'une certaine noblesse et fière d'une indépendance qui aurait pu se perpétuer si le IIIe Reich n'était devenu le principal actionnaire de la Hapag**. Depuis que les autorités avaient fait main basse sur la compagnie, la plupart des navires ne servaient plus uniquement au transport des civils, mais aussi à des espions missionnés par l'Abwehr, infiltrés parmi les membres d'équipage.

Le capitaine Schröder prit une profonde inspiration et franchit le portail du bâtiment au-dessus duquel flottait le drapeau orné de la croix gammée.

Ruth Singer n'arrivait pas à maîtriser ses larmes. Et tous les efforts de son mari pour l'apaiser n'y faisaient rien. Elle s'écria entre deux sanglots :

---

* Glissmann avait dix-neuf ans à l'époque. Son témoignage ainsi que ceux de certains survivants ont été recueillis dans un document filmé intitulé *Le Voyage du Saint-Louis.*
** Le 1er septembre 1970, la Hapag fusionna avec la Norddeutscher Lloyd (NDL), basée à Brême. Et en 1997, elle célébra son cent cinquantième anniversaire.

« Je ne peux pas le croire ! C'est impossible. Tu dois le raisonner, Dan, tu dois le faire ! »

Dan Singer écarta les bras en signe d'impuissance.

« J'ai tout essayé. Je lui ai dit que j'avais miraculeusement réussi à obtenir des visas et des billets pour Judith et nos deux petits-enfants. Il n'a rien voulu savoir. Il ne veut pas quitter Berlin. Il affirme avoir mûrement réfléchi. Pour lui, ce serait une désertion.

— Une désertion ?

— C'est l'expression qu'il a employée. Désertion. Julius pense qu'en partant, nous agirons comme des coupables. »

Ruth cria presque :

« Des coupables ? Mais il a perdu la tête !

— Je sais, *mein Liebe*, je sais. Tu connais notre gendre. Julius est un utopiste. Un artiste, à sa manière. Il est convaincu que nos peurs sont démesurées, que Hitler n'est qu'une parenthèse, que le monde ne restera pas les bras croisés, sans réagir. Que tôt ou tard, l'Amérique ou l'Europe interviendront pour mettre fin à ce qu'il appelle "un soubresaut de l'Histoire". »

Ruth se prit la tête entre les mains.

« *Un soubresaut*. Les SS, les sévices, le sang versé, les brimades, l'humiliation... ne seraient donc que des soubresauts ? »

Elle se dressa avec violence :

« Et Anna ? Et Georg ? A-t-il pensé aux enfants ? Ils n'ont pas vingt ans à eux deux. Que souhaite-t-il pour leur avenir ? La mort ? »

Elle bondit vers le téléphone.

Dan n'essaya pas de l'en empêcher.

La main tremblante, elle dut s'y prendre à deux fois avant de réussir à composer sur le cadran le numéro de sa fille.

La suite, Dan ne devait plus s'en souvenir. C'était un mélange de souffrance criée, de menaces et de supplications. Lorsque Ruth laissa tomber le combiné, son époux eut à peine le temps de la retenir. Elle avait perdu connaissance.

42

Le capitaine Schröder fixa le directeur de la Hapag comme s'il découvrait un fantôme.

« Des Juifs ? répéta-t-il abasourdi.

— Des Juifs. Parfaitement. Ils seront huit cent quatre-vingt-dix-neuf au départ. Destination La Havane. Vous appareillerez samedi prochain, le 13. Lors de votre première escale, à Cherbourg, trente-huit passagers supplémentaires embarqueront.

— Qui sont-ils ?

— Pour la plupart, des enfants et des réfugiés espagnols de la guerre civile. »

Un imperceptible sourire anima les lèvres de Gustav Schröder. Il pensa en son for intérieur : « Le 13... Pourvu que, pour ces malheureux, ce soit un jour de chance. »

« Qu'avez-vous ? s'impatienta Holthusen.

— Rien. Je suis surpris, c'est tout.

— Surpris ?

— Disons que je trouve la décision des autorités quelque peu... inattendue.

— Il ne nous revient pas de la commenter. N'est-ce pas ?

— Certes », approuva Schröder.

Il enchaîna très vite, la voix ferme :

« J'aimerais pour ce voyage vous faire part d'une exigence.

— Je vous écoute.

— Je ne veux plus d'éléments perturbateurs sur mon navire. Je n'ose imaginer ce que sera leur attitude parmi de tels passagers. J'exige que l'on m'en débarrasse.

— Vous voulez parler des...

— Des "pompiers" et de l'Ortsgruppenleiter, Otto Schiendick. »

Le directeur de la Hapag se pencha légèrement en avant :

« Êtes-vous au courant de notre situation, capitaine Schröder ?

— Bien sûr. Je sais que la Hapag traverse une crise.

— Une crise grave ! Comme elle n'en a jamais connu dans son histoire. Notre flotte part et revient à moitié vide. Les passagers ont déserté. Nous avons un besoin urgent de renflouer nos caisses. Pour nous, ces départs sont une aubaine. C'est grâce à ces exilés que nos bateaux pourraient redevenir rentables. »

Il demanda à brûle-pourpoint :

« Quel âge avez-vous, capitaine ? »

Sans attendre la réponse, il poursuivit sur un ton lourd de sous-entendus :

« Vous ne voudriez tout de même pas vous retrouver en cale sèche à cinquante-cinq ans ? »

Schröder éluda la question et s'enquit :

« Que décidez-vous ?

— À quel propos ?

— Je viens de vous le dire : Schiendick ! Je n'en veux plus ! »

Holthusen garda un moment le silence, puis :

« Capitaine, nous nous connaissons depuis de longues années. J'ai beaucoup d'estime pour vous. J'ai jugé que, entre tous les hommes au service de la Hapag, vous étiez le plus apte à accomplir cette mission (il hésita un instant sur le terme) *spéciale*. Je vous apprécie vraiment et vous avez toute mon estime.

— Je vous en sais gré. Mais je ne vois pas très bien le rapport avec ma requête.

— Disons que... je n'aimerais pas qu'il vous arrive des ennuis. De graves ennuis... »

Schröder croisa les mains sur ses genoux. L'allusion était on ne peut plus claire. Holthusen venait de lui rappeler les limites à ne pas franchir.

« Parfait, dit-il. Je n'insiste plus. En revanche, rien ne pourra m'empêcher d'informer l'équipage du voyage qui l'attend et de la nature des passagers qu'il devra servir.

— Bien entendu.

— Et j'ajouterai, précisa Schröder, que ceux qui ne voudront pas accompagner ces personnes auront tout loisir de quitter immédiatement le navire. »

Une expression perplexe anima les traits de Holthusen.

« Vous ne pensez pas sérieusement qu'Otto Schiendick et ses acolytes saisiront cette occasion pour plier bagage ?

– Je ne suis pas naïf à ce point. Mais ce sera une façon de leur faire comprendre que je n'entends aucunement que l'on remette en question mes futures directives. »

Schröder venait à peine de refermer la porte que le téléphone sonna dans le bureau de Holthusen. Le directeur décrocha et son visage se rembrunit presque aussitôt. C'était Troper, Morris Troper, le président-directeur général pour l'Europe de l'American Jewish Joint Distribution Committee*, plus communément appelé le Joint ou le JDC. Il téléphonait de Paris.

Avocat d'origine américaine, l'homme avait été, jusqu'en 1939, président de la NYSSCPA**. Sa première réaction en apprenant la nouvelle du « projet *Saint-Louis* » avait été de pousser un soupir de soulagement. Mais une extrême tension s'insinua en lui au fur et à mesure qu'il prenait conscience des difficultés qui ne manqueraient pas de surgir. Après les formules d'usage, il questionna Holthusen : « Êtes-vous certain que les Cubains accepteront de recevoir d'un seul coup un si grand nombre de réfugiés ? » Holthusen décida de rester dans le flou et se contenta de rappeler à Troper les règles que les passagers étaient tenus de respecter : « Dépenser leurs deux cent trente Reichsmarks à bord du navire, et s'acquitter d'un billet retour "en cas d'imprévu". » Son exposé terminé, il s'empressa de s'excuser auprès de Troper : un rendez-vous de la plus haute importance. Et il prit congé. Le responsable européen du Joint raccrocha, encore moins rassuré qu'avant son coup de fil. Il

---

* Le Comité de secours juif américain, l'un des nombreux organismes responsables de l'aide aux victimes du nazisme. Créé en 1914, et toujours très actif, il a permis entre autres, en 1990, l'évacuation et le rapatriement en Israël de quinze mille Juifs éthiopiens et a fourni à près de deux cent cinquante mille Juifs de l'ex-Union soviétique, rescapés de l'Holocauste, couvertures, médicaments et vivres.
** New York State Society of Certified Public Accountants. Organisme fondé en 1897, qui a pour but de veiller à la moralité des experts-comptables. Trente mille membres y sont affiliés à ce jour.

réfléchit un long moment puis décida de rédiger deux télégrammes. Le premier à l'intention du directeur du Joint, à New York, afin de le prévenir du départ du *Saint-Louis* et de lui faire part de ses appréhensions. Le second reprenait les mêmes termes et était adressé à Sir Herbert Emerson, tout récemment nommé directeur du Comité international pour les réfugiés politiques*. Il ne restait plus à Troper qu'à prier.

4 mai 1939

Cher Monsieur Houghteling**

Veuillez trouver ci-jointe la copie d'un rapport strictement confidentiel que je trouve du plus haut intérêt, reçu récemment par le consul américain à Cuba, à La Havane, et qui concerne les réfugiés.

Sincèrement vôtre.

AM Warren
Chef de la division des visas

Dans les milieux cubains bien informés, une rumeur court selon laquelle un convoi de plus de mille Juifs s'apprête à quitter un port d'Allemagne dans les jours à venir. Ce convoi devrait atteindre La Havane au début du mois de juin. [...] Ainsi que le signale le Diario, *le département de l'immigration cubain affirme tout ignorer de cette affaire. De surcroît, ce même département, en accord avec la loi en vigueur, a clairement affirmé qu'il n'était pas dans son intention de permettre à des milliers de réfugiés de débarquer sur le sol cubain, d'autant que le Mexique et les États-Unis ont indiqué qu'ils s'opposeraient à leur admission sur leur territoire.*

[...] Le ministère du Travail a lui aussi fait savoir qu'il interviendrait dans le cas où des milliers de Juifs viendraient à

---

* Seule réalisation concrète de la Conférence d'Évian.
** Commissaire américain pour l'immigration et la naturalisation.

débarquer. [...] Leur présence risquerait de priver d'emplois les travailleurs cubains.

Il apparaît aussi dans d'autres journaux de La Havane et à travers certains encarts publicitaires qu'un navire de vingt-cinq mille tonneaux, appartenant à la Hamburg American Line, le Saint-Louis, est attendu pour la mi-mai avec à son bord près d'un millier de réfugiés juifs.

[...] Il est probable que le directeur général pour l'Immigration (le colonel Benitez) n'a pas délivré aux passagers de visas officiels en bonne et due forme, mais des permis issus d'un bureau créé de toutes pièces par lui, en échange d'un versement de cent cinquante dollars par passager. Ainsi que je le signalais dans un précédent rapport daté du 17 mars 1939, le directeur général pour l'Immigration gère l'admission des réfugiés européens au gré de sa fantaisie et selon ses propres inclinations.

[...] Sur les ondes, les éditoriaux continuent de critiquer sévèrement l'admission de nouveaux réfugiés. Et un hebdomadaire de La Havane, daté du 3 mai, a révélé qu'un important membre du Congrès a soumis une requête au président cubain, exigeant de celui-ci qu'il promulgue un décret, je cite, « mettant fin à l'arrivée sans cesse renouvelée de réfugiés juifs, lesquels inondent littéralement la République, et qui rende caduques les autorisations déjà émises et ce, tant que le Parlement n'aura pas voté de loi châtiant les responsables de cette immigration frauduleuse, qui se moquent des lois de la République »[14].

7 mai 1939

Ce matin-là, un vent glacial soufflait dans la gare centrale de Berlin. Pourtant, nous étions en plein cœur du printemps. Sous les croix gammées noires sur fond rouge et le regard narquois des SS, des centaines de silhouettes se dirigeaient d'un pas nerveux vers le train qui les emmènerait à plus de deux cent quatre-vingts kilomètres de là, à Hambourg. De nombreuses malles les suivaient, puisque le droit leur avait été accordé d'emmener tout ce qu'ils souhaitaient à hauteur d'un conteneur par famille. Vingt-sept malles rien que pour les Karliner, se souviendra Herbert qui avait tout juste douze ans à l'époque[15]. La Gestapo les avait surnommées « les malles des Juifs ». Il y avait aussi les Adelberg, Samuel et Berthold ; les Begleiter, Alfred, Naftali et Sara ; les Dresel, Alfred, Richard, Ruth et Zila ; les Brandt. Jeunes et vieux, hommes et femmes. Tous, les traits tendus, l'œil cerclé de bistre. Tous, sauf les enfants, heureux comme des enfants, excités à l'idée de prendre le train, émerveillés par avance parce qu'ils allaient embarquer sur un beau navire. Ils étaient tous là, et pourtant il restait encore six jours avant le grand départ. C'était la peur, l'indicible peur qu'un changement de dernière minute vînt tout bouleverser qui les avait poussés à quitter au plus vite leurs villes respectives, quitte à patienter dans un hôtel de passe.

Aux côtés de son époux, Ruth Singer avançait en silence. Elle ne voyait rien, elle n'entendait rien. Toutes ses pensées allaient vers sa fille Judith et ses petits-enfants restés à Berlin. Les reverrait-elle jamais ? Quand ? Où ? Dans quel pays ?

Comme s'il avait lu dans les pensées de sa femme, Dan lui prit le bras, le serra très fort en murmurant :

« Tu verras. Tout va bien se passer. Judith nous rejoindra. Ne te fais pas de souci. »

Ruth acquiesça faiblement. Elle voulait y croire. Y croire de toutes ses forces, parce qu'elle savait que si quelque chose devait arriver à ses petits-enfants et à sa fille, elle mourrait.

4

Berchtesgaden, 10 mai 1939

Gustav Hilger, attaché aux affaires économiques à l'ambassade d'Allemagne à Moscou, semblait totalement pris de court par la question du Führer : « Pensez-vous que Staline soit prêt à établir une véritable entente avec l'Allemagne ? »

L'attaché se contenta de résumer la thèse déjà entendue, à savoir que l'Union soviétique n'était pas militairement menaçante, puisque la paix lui était indispensable pour construire son économie.

À peine se fut-il retiré que Hitler se tourna vers von Ribbentrop* et lui déclara : « Si Hilger voit juste, je ne dois pas céder aux ouvertures de paix que me propose Staline. Je dois interrompre la consolidation de ce géant aussi vite que possible. »

---

* Depuis le 4 février 1938, il était ministre des Affaires étrangères de Hitler en remplacement de von Neurath.

Une valise cabossée à la main, il claudiquait dans la nuit tombée. Il claudiquait pareil à un animal blessé entre les caisses et les ballots entreposés le long du hangar 76. Et sous l'œil blafard de la lune, son crâne chauve luisait étrangement. Son cœur battait la chamade, et il se dit que toute la ville devait l'entendre. Il s'appelait Aaron Pozner. Six mois plus tôt, lors de la *Kristallnacht*, ils étaient venus l'arracher à son domicile. Le lendemain, on l'avait jeté dans un wagon en compagnie des quelque huit mille autres Juifs enlevés, comme lui, en cette sinistre soirée de novembre. Le train avait pris la direction d'une petite ville, au nord de Munich. En un lieu bucolique où peintres et écrivains avaient coutume de séjourner pendant la belle saison, cherchant l'inspiration dans les vastes marais qui s'étendent au nord et à l'est de la ville sur des dizaines de kilomètres. Seulement, Aaron Pozner n'était pas un artiste. Il était professeur d'histoire, et ce n'est pas dans l'une des coquettes maisons qui peuplaient le Barbizon de la capitale bavaroise que les SS lui offrirent l'hospitalité, mais dans un camp. En y pénétrant, Aaron eut à peine le temps de lire un nom sur le panneau métallique qui surplombait l'entrée : Dachau*.

Le lendemain, on lui avait rasé le crâne et il avait dû échanger ses vêtements contre un costume de toile rugueuse où était imprimée une étoile. Pendant les premiers jours de sa détention, son seul lien avec le monde des vivants avait été une photo de sa femme Rachel et de ses jeunes enfants Ruth

---

* C'est au printemps 1933 que les nationaux-socialistes choisirent ce coin perdu pour y établir un lieu de tortures et d'exécutions qui deviendra le K.L. Dachau. Il servit à la fois aux adversaires du régime, socialistes, communistes, monarchistes bavarois, Juifs, nazis dissidents, et aux ennemis personnels des membres de la nouvelle caste dirigeante. Dachau, organisé d'emblée par la SS, devint le modèle des camps du système concentrationnaire.

et Simon. Mais la photo lui avait été confisquée par un gardien qui avait uriné dessus.

Qu'avait-il fait? Qu'avait fait Aaron pour qu'on le traitât ainsi? Pourquoi ces pendaisons autour de lui? Pourquoi ces castrations à la baïonnette? Pourquoi ces frères étranglés, ces flagellations publiques, cette fosse tapissée de chaux vive où les cadavres s'entassaient jour après jour? Il devait se poser ces questions longtemps après, il ne trouva jamais de réponse. Pas plus qu'il ne sut pourquoi, un matin de mai, il fut libéré avec un groupe d'autres détenus à la condition de quitter l'Allemagne dans un délai de quatorze jours*. Il retrouva sa femme et ses enfants qui l'attendaient sur le quai de la gare de Nuremberg. Elle lui expliqua qu'elle avait réussi à rassembler l'argent nécessaire pour lui acheter un visa cubain et un billet en classe touriste sur un bateau en partance pour La Havane : le *Saint-Louis*. Elle le rejoindrait plus tard, lui avait-elle promis. Quatorze jours pour tout abandonner ou la mort. Brisé, il accepta de partir. Une fois ailleurs, il les ferait venir à ses côtés, il construirait pour eux une nouvelle vie. Mais dans le train qui le menait à Hambourg, il fut pris d'une crise de désespoir. Non. Il ne pouvait pas abandonner les siens. Alors que l'on faisait un arrêt en gare de Cologne, il bondit hors de son compartiment; un compartiment sur la vitre duquel était inscrite la lettre « J ». À coups de botte, un garde le força à faire demi-tour. Il n'eut plus d'autre choix que de poursuivre son voyage. Arrivé en fin de soirée à Hambourg, alors qu'il descendait du train, il fut de nouveau confronté aux agents de la Gestapo. Était-ce son crâne rasé qui suscitait cette hargne? Ses traits tirés? Son corps décharné? Autant d'interrogations qui, elles aussi,

----

* En fait, Goebbels avait accordé un sursis aux familles juives les plus aisées pour quitter l'Allemagne, ne laissant partir d'abord que les plus pauvres. Il estimait que « plus l'immigrant serait pauvre, et donc encombrant pour le pays qui le recevrait, plus ce pays réagirait vivement et plus l'effet en serait favorable pour le ministère de la Propagande ». Dans cette perspective, des passagers à l'image de Pozner, rendus misérables et sales, apparaîtraient aux yeux du monde entier comme un exemple de ce qu'était un Juif.

resteraient sans réponse. Fuir, fuir les coups qui s'abattaient sur lui et ensuite raser les murs, arriver au bateau. Le bateau de la liberté. On le rattrapa. On le rossa. Ses tibias meurtris ne le portaient presque plus. C'est pour cela que maintenant il claudiquait. Il n'était plus question qu'il tombe une fois encore sur les agents. Il allait se terrer jusqu'au moment de l'embarquement. Il leva la tête : la masse du *Saint-Louis* avait surgi des ténèbres. Une masse blanc et noir, cent soixante-quinze mètres de long. L'étambot fuselé et l'étrave élancée. Deux cheminées peintes en rouge, noir et blanc. Dix-sept mille tonneaux. Cinq ponts au-dessus de la ligne de flottaison ; trois autres enfouis sous sa surface. À peine dix ans d'âge. C'était un magnifique bateau, luxueusement décoré, qui avait connu – avant l'avènement du IIIe Reich – des soirées de strass et de paillettes, soirées lumineuses où se côtoyaient les riches voyageurs de toutes les nationalités.

Mais Pozner, lui, ne vit que le drapeau qui flottait à la poupe où figurait le symbole en forme de croix à branches coudées : la *svastika*. Dire que cette figure inspirée de la mythologie hindoue signifiait : « Qui conduit au bien-être. »

Le quai était désert. Sur sa droite, son regard croisa un amas de peaux empilées près du hangar. Étant né dans une communauté agricole, Pozner savait que personne n'approcherait de ces peaux avant plusieurs semaines ; le temps qu'elles sèchent au soleil. La puanteur qui s'en dégageait avait de quoi écarter le policier le plus curieux. Pour Pozner, après Dachau, ces peaux représentaient un jardin parfumé. Sans hésiter, il alla s'y terrer, ferma les yeux, et attendit que le jour se lève.

C'est ainsi qu'il ne vit pas l'homme qui descendait la passerelle.

Un homme vêtu d'un uniforme de steward. Blond, une quarantaine d'années. Avec sa bedaine et son double menton, Otto Schiendick avait tout du forain. Il remonta le quai et, une fois hors du port, sauta dans un taxi qui le conduisit au siège local de l'Abwehr. Il connaissait bien ce lieu. C'est là que, quatre ans auparavant, il avait été recruté par les services secrets. Très vite, son habileté à faire passer des messages lui avait valu l'estime et la considération de ses supérieurs ; en particulier celles du commandant Udo von Bonin, chef de la section responsable des activités d'espionnage aux États-Unis. Sous la houlette du vice-amiral Canaris, les services secrets avaient réussi à tisser une véritable toile d'araignée formée d'espions en tout genre dont New York était le centre névralgique. On y dénombrait pêle-mêle des individus tels que Paul Bante, citoyen d'origine allemande, naturalisé américain en 1938 ; Alfred Brokhoff, pareillement citoyen allemand et naturalisé américain en 1923 (celui-ci travaillera plus de dix-sept ans comme docker dans le port de New York, avant d'être finalement arrêté en 1942) ; Max Blank, arrivé aux États-Unis en 1928 (bien qu'il n'obtînt jamais la nationalité américaine, il travailla dans une librairie spécialisée dans la littérature allemande et dans la vente de livres par correspondance, au sein même de la ville de New York). On pourrait citer aussi Heinrich Clausing, Conradin Otto Dold, Richard Eichenlaub ou encore Rudolf Ebeling. Tout ce monde faisait partie d'un groupe de trente-trois espions à la solde du IIIe Reich, qui formait le célèbre réseau Duquesne*. Or, le *Saint-Louis* reliait régulièrement New York à Hambourg. Quoi de plus naturel qu'il fût employé, comme d'autres navires battant pavillon allemand, pour servir de plate-forme aux opérations de l'Abwehr. Ce fut au cours de l'une de ces traversées que Schiendick s'illustra, échappant aux fouilles organisées par le FBI en dissimulant – semble-t-il – dans un tube scellé inséré dans son anus les courriers que ses intermédiaires lui confiaient. Son rôle était devenu encore plus essentiel depuis que l'un des deux agents qui représentaient la Hapag à Cuba – un certain Robert Hoffman – avait mis en place un réseau de transmission particulièrement efficace, entre l'Amérique et La Havane – La Havane servant de passerelle. Une fois arrivé à Cuba, Schiendick avait ordre d'entrer en relation avec le

---

* Du nom de son fondateur, Frederick Joubert Duquesne. Le réseau fut démantelé le 2 janvier 1942 et ses membres furent condamnés à trois cents ans de prison par la justice américaine.

représentant du bureau de la Hapag : le surnommé Robert Hoffman. Ce dernier était chargé de lui remettre un « colis » pour l'Abwehr.

Hoffman était depuis quelques semaines déjà dans le collimateur des agents secrets américains qui se trouvaient sur place. Parmi ceux-ci : l'attaché naval Ross E. Rowell. Il y avait à peine quatre mois qu'il était en poste à La Havane, et il avait réussi à se faire une opinion quant à l'efficacité du réseau mis en place par l'Abwehr. Dans l'un des rapports qu'il fit parvenir à ses supérieurs, il décrivait Hoffman comme un personnage froid, imperméable à toute forme d'émotion, spécialiste de la corruption et du chantage. Mais il n'y avait pas que Hoffman. Un autre agent avait été lui aussi identifié. Il s'agissait de Julius Otto Ott, propriétaire d'un restaurant appelé *Swiss Home* et situé en plein cœur de La Havane. Rowell le décrit de manière aussi précise que peu flatteuse : « Un homme âgé de trente-cinq à quarante ans. C'est un nain (pas plus de 1,35 m) affublé d'une bosse dans le dos. Il a le teint terreux, des taches de rousseur et porte parfois des lunettes[16]. » Toujours selon Rowell, le restaurant servait de lieu de rassemblement à de nombreux agents nazis qui, la plupart du temps, se faisaient passer pour des réfugiés juifs. Parallèlement, l'Américain était parvenu à dépister deux autres lieux, véritables nids d'espions eux aussi : l'hôtel Nacional et l'hôtel Sevilla. D'entre tous les courriers émis par ces agents et que Rowell avait réussi à intercepter, il en était un qui, plus que les autres, avait eu le don d'émouvoir les autorités américaines. Et pour cause, le rapport en question indiquait que l'Abwehr mettait tout en œuvre pour s'accaparer plusieurs tonnes de nitroglycérine aux États-Unis, en vue de saboter les usines clés du pays.

Tapi sous les peaux puantes près du hangar 76, Aaron Pozner ne pouvait savoir toutes ces choses. D'ailleurs, l'eût-il su qu'il n'en aurait rien eu à faire. La seule chose qui comptait pour lui, c'était de rester en vie jusqu'à l'aube, puis monter à bord du *Saint-Louis*. Ensuite, il ressusciterait.

Assis bien droit derrière son bureau, le capitaine Gustav Schröder finit d'expliquer la situation à l'officier en second, Klaus Ostermeyer, ainsi qu'à Ferdinand Müller, le commissaire de bord. Deux hommes qu'il estimait et qui avaient toute sa confiance. Il venait de les informer de la plainte déposée contre lui par Otto Schiendick auprès de la Gestapo. La veille au soir, un agent du nom d'Erich Staüb était venu lui rendre visite et l'avait sommé de s'expliquer à propos des accusations portées contre lui par le steward.

« Que me reproche-t-on ? avait rétorqué le capitaine, imperturbable.

– Vous auriez proposé à l'équipage de démissionner !

– C'est exact. »

L'agent avait froncé les sourcils.

« À un détail près, précisa Schröder. J'ai clairement expliqué que les passagers que nous nous apprêtions à emmener n'étaient pas des passagers comme les autres. »

Une moue dédaigneuse s'afficha sur le visage de l'agent de la Gestapo.

« Des Juifs.

– Sachant l'aversion qu'éprouvent certains membres de mon équipage à l'égard de ces gens – Otto Schiendick en particulier – j'ai jugé préférable de ne pas leur imposer cette promiscuité. Sachez que j'ai pour devoir de faire régner le calme et la sécurité à bord. Je ne puis tolérer le moindre écart. Il y va de la sécurité de mes passagers et de celle du navire dont j'ai la charge. »

Il prit une brève inspiration avant de demander :

« En quoi est-ce répréhensible ? »

L'agent de la Gestapo se contenta de grommeler :

« Vous ne pouvez nier qu'il s'agit d'une incitation au refus de servir le Reich. C'est extrêmement grave !

– Croyez-vous que l'on puisse servir le gouvernement

dans l'indiscipline et le désordre ? Est-ce ainsi que vous envisagez la grandeur du Reich ? Vous me surprenez, Herr Staüb. »

Les deux hommes se toisèrent un moment, puis le capitaine estima plus judicieux de baisser la garde. Il avait une mission humanitaire à remplir. C'était la seule chose qui comptait. Ses traits se détendirent et il se força à sourire.

« Allons ! Nous n'allons tout de même pas faire un plat de cet incident. Nous n'avons que faire de ces susceptibilités infantiles, n'est-ce pas ? »

Il désigna une petite table où une bouteille était posée.

« Je vous propose de mettre un terme à cette discussion autour d'un verre de schnaps. Qu'en dites-vous ? »

L'homme avait hésité avant de se dérider à son tour.

Le récit terminé, une expression de malaise avait envahi les visages d'Ostermeyer et de Müller.

« Vous avez pris de gros risques, capitaine, avait murmuré ce dernier. Il n'est pas bon de se faire remarquer par ces gens.

— Il n'est pas bon non plus, Herr Müller, qu'un capitaine se laisse dicter la loi par de vulgaires paysans ! »

Ni l'officier en second ni le commissaire n'eurent besoin de se concerter pour savoir que l'allusion visait principalement Otto Schiendick. D'ailleurs, ce dernier attendait derrière la porte.

« Qu'il entre », ordonna Schröder.

Aussitôt, l'Ortsgruppenleiter fut introduit dans la cabine. Il avait la mine sombre et se contenta d'un vague salut. Il détestait être convoqué.

« Je tiens à vous préciser, commença Schröder d'une voix neutre, que vous avez le droit de garder le silence. Mais si vous le faites, sachez que l'affaire sera rapportée à nos instances supérieures. »

Le steward répliqua sèchement :

« Encore faudrait-il que je sache quelle est la raison de ma présence ici. Je ne...

— Vous êtes ici, coupa Schröder, glacial, pour répondre d'une tentative de mutinerie. Et je m'empresse de vous dire que les accusations que vous avez portées à mon encontre ont été jugées infondées par la Gestapo. »

Otto Schiendick réprima un sursaut.

« Oui, Schiendick, vous avez bien entendu. Rien ! Ils n'ont rien retenu. Vos allégations ont fini au panier. »

Il marqua une pause avant de s'enquérir :

« Est-ce clair ? »

Le steward conserva le silence.

Le capitaine enchaîna :

« Vous n'êtes pas sans savoir quel est le châtiment encouru, en vertu du code pénal maritime, si vous êtes reconnu coupable. À titre d'information, je vous rappelle les articles essentiels. »

Il récita sur un ton ferme :

« "Sera condamné à cinq ans d'emprisonnement tout homme d'équipage qui a, après une sommation formelle du capitaine ou d'un officier spécialement désigné à cet effet par le capitaine, refusé d'obéir ou résisté à un ordre concernant le service, donné pour assurer la garde ou la sécurité du navire et lorsque la non-exécution de cet ordre est de nature à entraîner des conséquences dommageables. Article 61 – Toute personne impliquée dans un complot ou dans un attentat contre la sûreté, la liberté ou l'autorité du capitaine sera punie de la peine de mort." »

Schröder marqua un court temps d'arrêt avant de conclure :

« "Il y a complot dès que la résolution d'agir est concertée entre deux ou plusieurs personnes embarquées à bord d'un navire." »

Le steward s'enflamma d'un seul coup.

« Jamais ! Je n'ai jamais essayé de soulever l'équipage ! Je rejette formellement cette accusation.

– Vous l'avez fait ! »

Le steward se figea. Un combat se livrait dans sa tête. Il était partagé entre l'envie d'envoyer son interlocuteur au diable vauvert et l'obligation de mener à bien la mission d'espionnage dont l'avaient chargé les services secrets. Il ne fut pas long à se décider.

En fait, à leur insu, les deux hommes étaient enchaînés l'un à l'autre par d'invisibles maillons. Schiendick tenait absolument à réussir sa mission ; Schröder avait la responsabilité de mener ses passagers à bon port.

« Je suis désolé, capitaine. Il s'agit d'un malentendu. »

Les mots lui arrachaient la gorge.

« Non ! insista Schröder. Il ne s'agit pas d'un malentendu. Et vous le savez parfaitement. Et si c'était le cas, dites-vous que je ne tolérerai pas un malentendu de plus. Nous sommes-nous compris, Herr Schiendick ?

— Oui, capitaine.

— Autre avertissement. J'exige que les passagers que nous allons transporter soient traités de la même manière que ceux qui ont déjà voyagé avec nous par le passé. Cette règle s'applique aux trois cent trente membres d'équipage, vous y compris. »

Schiendick acquiesça, la mine sombre.

« Parfait. Vous pouvez disposer. »

À peine le steward sorti, l'officier en second s'étonna :

« Surprenante docilité, capitaine, vous ne trouvez pas ? »

Le commissaire surenchérit :

« Surprenante, et inquiétante même. »

Il se tourna vers Schröder.

« Vous y croyez ?

— Pas le moins du monde. Mais je me dis que pendant quelque temps au moins, le temps de la traversée, M. Schiendick se tiendra coi. »

Il avait prononcé cette affirmation, mais en réalité il n'y croyait pas plus que ses officiers.

Il ajouta :

« Et maintenant, messieurs, préparons-nous à accueillir nos passagers. »

Dan et Ruth Singer avaient sagement pris place dans la longue file qui, depuis plus de deux heures déjà, patientait devant le service des douanes. De l'endroit où ils se trouvaient, on pouvait apercevoir le *Saint-Louis*.

Le cœur de Dan s'emballa. Comme le regard d'Aaron Pozner quarante-huit heures plus tôt, celui de Dan se riva sur le drapeau qui flottait à la poupe, orné du symbole en forme de croix à branches coudées.

Ils allaient embarquer sur le bateau du diable.

Son attention se porta ensuite sur le navire. Un homme en uniforme se tenait sur le pont. De là où il se trouvait, Dan avait du mal à voir le détail de son visage. Il distinguait seulement un homme de taille moyenne, d'une cinquantaine d'années, une petite moustache sur la lèvre supérieure. « C'est peut-être le capitaine », pensa Dan Singer. Celui en qui reposaient tous leurs espoirs.

On pouvait presque palper la tension et la fébrilité qui alourdissaient l'atmosphère. Entre autres, celles des Juifs orthodoxes qui craignaient de n'avoir pas le temps d'embarquer avant le début du shabbat. Nous étions un vendredi.

Tout en marchant, Dan ne pouvait s'empêcher de s'interroger sur le destin de ces êtres qui, comme Ruth et lui, s'apprêtaient à quitter le pays de leur enfance. Dès lors qu'ils seraient à bord du navire, ils n'appartiendraient plus à aucun lieu, aucune nation, et aucune terre ne serait leur. Le seul territoire qui continuerait de leur appartenir aurait pour nom : souvenance. Mémoire. Un être meurt définitivement lorsque l'on n'évoque plus son souvenir. Ce doit être pareil pour les pays et pour nos héritages culturels. Singer se demanda comment il ferait pour ne plus jamais penser à l'Allemagne, à l'appartement de la Hollmannstrasse où il avait vu le jour une soixantaine d'années plus tôt. À son école. Aux courses à vélo dans les allées du Tiergarten. À la voix de sa mère. Il se sentait déchiré, un peu comme une feuille de papier arrachée d'un cahier. Non. Ne jamais oublier. Ce serait son obsession désormais. Ne jamais oublier la nuit de Cristal, ne jamais oublier l'horreur. Dans mille ans, il faudrait en parler encore. Tout devient si banal avec le temps et l'accumulation des meurtrissures quotidiennes. Ce qu'ils étaient en train de vivre en ce mois de mai 1939 n'était pas un épisode commun de l'Histoire. Ce n'était pas une tragédie non plus. C'était bien pire que cela : une injure faite à la dignité de l'homme. Tuer un homme n'est pas si grave. La mort ne dure que quelques secondes. Mais lui voler sa dignité, c'est autre chose. Nul n'est conçu pour vivre à genoux.

Ne jamais oublier...

Tout à coup, là-bas, sur la droite, au pied du hangar, quelque chose bougea. Dan était-il victime d'une hallucination ? Un homme décharné venait d'émerger d'un monticule de peaux entreposées. Le crâne chauve, l'œil aux abois, il se mit à avancer vers la file. Qui pouvait bien être cet individu ?

« Regarde, chuchota Dan à son épouse. On dirait un fantôme.

— Un fantôme ne s'embarrasse pas d'une valise. Or, cet homme en tient une à la main.

— Il s'approche. Je me demande si...

— Oui, tu as raison. Il doit faire partie des nôtres. »

Aaron Pozner accéléra le pas, rasant le mur de tôle du hangar 76, essayant de se faire le plus discret possible. En vérité, il aurait voulu disparaître, devenir invisible, n'être plus rien, pour ne pas avoir à affronter l'œil méprisant des douaniers. Il avait vu la manière dont ils traitaient les passagers. Fouilles corporelles, valises renversées, injures. Et pourtant, la plupart de ceux qui s'apprêtaient à embarquer avaient l'air de « gens biens ». Alors, comment allaient-ils l'aborder, lui, Pozner, puant et dépenaillé ?

Instinctivement, Dan Singer l'invita d'un signe de la main à se glisser dans la file, devant lui et Ruth. Aaron fut incapable d'articuler un « merci ». Aucun son ne sortait de sa gorge.

Trente minutes plus tard, il fut à hauteur du douanier. Aussitôt l'homme eut un violent mouvement de recul et s'exclama l'air écœuré :

« Saloperie ! »

Il prit son collègue à témoin.

« Tu sens cette puanteur ? »

L'autre se contenta de hausser les épaules.

« Il sent le Juif, c'est tout. »

Avec une moue dégoûtée, le douanier ordonna à Aaron d'ouvrir sa valise et d'en verser le contenu sur la longue table.

Du bout des doigts, il souleva quelques vêtements, un nécessaire de rasage, un petit cadre où figurait une photo des enfants de Pozner que sa femme lui avait confié sur le quai de la gare de Hambourg. Dans un mouvement désinvolte, le douanier le laissa choir. Le verre se brisa.

« Maladroit ! » hurla le douanier.

Il pointa son index sur le sol et ordonna :

« Ramasse ! »

Aaron Pozner s'exécuta sans mot dire. Il aurait balayé tout le hangar si on le lui avait demandé, il aurait gratté les souillures avec ses ongles. Tout ce qu'on aurait exigé de lui, il l'aurait accompli. Tout. Pourvu qu'on ne le renvoie pas à Dachau.

Une fois les bris ramassés, il les rangea soigneusement dans la valise et attendit, immobile.

« Remballe tes saletés et tire-toi », aboya le douanier.

Pozner n'eut pas le temps d'obtempérer. Les mains de Dan Singer l'avaient devancé. Tandis qu'il rangeait les affaires de Pozner, Singer gardait son regard fixé dans celui du douanier. S'y lisait toute la rage du monde.

Le douanier perçut-il l'intensité du sentiment ? Sans doute, puisqu'il se détourna, et fit signe au passager suivant d'avancer, négligeant de procéder à la fouille du médecin et de son épouse.

Leur tour était venu de s'engager sur la passerelle. Un steward vêtu de blanc les attendait. Avec courtoisie, il leur proposa de prendre leur valise et de les accompagner jusqu'à leur cabine. Ils se laissèrent faire comme dans un brouillard.

Le même accueil fut réservé à Aaron Pozner, bien que l'odeur qu'il dégageait eût de quoi faire le vide autour de lui. Sa première réaction fut un mouvement de recul. La peur, toujours. Et puis, c'était la première fois qu'un Allemand lui parlait comme on parle à un être humain. Il porta sa valise contre son thorax et s'y agrippa comme un naufragé à sa bouée. Le steward réitéra son offre, mais à nouveau Pozner refusa. Il ne fut rassuré qu'une fois isolé dans sa cabine D-375, située sur le pont D. C'était incroyable ! On ne l'avait pas injurié, on ne l'avait pas brutalisé. Était-il possible que l'on puisse basculer si vite du monde des morts à celui des vivants ? Ce navire signifiait-il la fin de tous les cauchemars ? Peut-être. Mais il aurait besoin de beaucoup de temps avant que cette idée ne s'installât définitivement.

La famille Dublon remonta elle aussi la passerelle dans le sillage de Pozner. Elle était composée de Willy-Otto, de son épouse Erna et de leurs deux filles Lore et Eva. Il y avait aussi l'oncle Erich, le frère de Willy. Ce dernier marqua un temps d'arrêt, sortit un petit carnet à spirales et un stylo de la poche de son veston et commença à noter quelque chose. Il aurait écrit longtemps si son frère ne l'avait pressé d'avancer. Il bloquait le passage.

« Crois-tu vraiment que ce soit le bon moment pour écrire tes Mémoires ? » lança Willy.

Erich fit un sourire. Son frère avait en partie raison. Ce n'était pas ses Mémoires qu'il avait décidé d'écrire, mais le journal du voyage qu'il allait entreprendre, et qu'il destinait à Peter Heiman, son très cher ami d'enfance. Ce détail, on ne l'apprendra que soixante ans plus tard*.

Les uns après les autres, les passagers du *Saint-Louis* gagnaient leurs cabines respectives. La plupart étaient des femmes et des enfants**.

Dan Singer se laissa choir sur sa couchette et invita Ruth à s'allonger contre lui. Ce qu'elle fit. Elle ne tenait plus sur ses jambes.

Il lui caressa doucement les cheveux en chuchotant :
« C'est fini, ma mie, c'est fini. »

---

* L'histoire de ce journal de bord est une aventure en soi. Nous verrons plus loin de quelle façon il est parvenu entre les mains de la famille Heiman, aujourd'hui installée à Malibu, en Californie.

** Deux cents enfants, trois cents femmes, quatre cents hommes, parmi lesquels sept cent quarante-trois disposaient de visas d'immigration pour les États-Unis. Source : American Jewish Joint Distribution Committee of New York.

Elle ne répondit pas, se contentant de rester blottie contre lui.

Le médecin reprit avec passion :

« Le pire est derrière nous. Plus que seize jours. Une fois en Amérique, nous convaincrons, j'en suis sûr, Judith et son mari de nous rejoindre. »

Ruth se fit toute petite.

Elle pensa : « Adonaï, faites que Dan ait raison. Il faut qu'il ait raison. »

Aucun des passagers, pas plus que le capitaine du *Saint-Louis*, n'aurait pu avoir accès au contenu du télégramme posté une semaine auparavant par le haut-commissaire pour les réfugiés, en réponse à un autre télégramme, expédié celui-ci par l'organisme connu sous le nom de HICEM*.

8 mai 1939

*Haut-commissaire pour les réfugiés
sous la protection de la Société des Nations*

*Le président,
Hias-Ica Emigration Association **
89, bd Haussmann Paris 8ᵉ*

Monsieur,

J'ai été chargé par le haut-commissaire d'accuser réception de votre télégramme daté du 5 mai 1939 qui nous informe de ceci :

---

* Basé au Portugal, cet organisme est né en 1927 de la fusion de trois agences concernées par les problèmes de l'immigration juive dans le monde : Hebrew Sheltering and Immigrant Aid Society (HIAS), Jewish Colonisation Association (ICA) et Emig-Direkt. Il avait pour tâche principale de venir en aide à ceux qui désiraient fuir l'Europe, en leur procurant des visas et des moyens de transport. Grâce à son admirable travail, plus de quatre-vingt-dix mille vies échappèrent aux fours crématoires. Le HICEM était essentiellement financé par l'American Joint Distribution Committee (AJDC).

** Organisation juive fondée à New York en 1909, réunissant la Hebrew Sheltering House Association (1884) et la Hebrew Immigrant Aid.

APPRENONS HAMBURG AMERICAN LINE HAPAG ENVISAGE
ENVOYER PAQUEBOT SAINT-LOUIS TREIZE MAI NEUF CENTS ÉMI-
GRANTS CUBA – STOP – NOTRE COMITÉ HAVANE COMMUNIQUE
DIRECTEUR DÉPARTEMENT IMMIGRATION ESTIME ARRIVÉE
SIMULTANÉE GRAND NOMBRE IMMIGRANTS HAUTEMENT INDÉ-
SIRABLES – STOP – AVONS AVERTI HAPAG INTERMÉDIAIRE HILF-
SVEREIN BERLIN MAIS SANS RÉSULTAT – STOP – PERMETTONS
SUGGÉRER VOTRE INTERVENTION DIRECTE AUPRÈS HAPAG
RENONCER ENVOI MASSIF

*À la réception du télégramme ci-dessus, le haut-commissaire
a envoyé ce matin même à la Hamburg American Line le câble
suivant :*

J'AI ÉTÉ INFORMÉ PAR LE HICEM DE PARIS QUE VOUS AURIEZ
L'INTENTION DE TRANSPORTER 900 RÉFUGIÉS VERS CUBA À
BORD DE VOTRE BATEAU LE SAINT-LOUIS EN PARTANCE LE
13 MAI – STOP – DE GRANDES DIFFICULTÉS RISQUENT DE COM-
PROMETTRE LEUR DÉBARQUEMENT À CUBA AUSSI JE VOUS
RECOMMANDE FORTEMENT D'ANNULER CE VOYAGE

Je demeure monsieur votre serviteur dévoué

Lord Duncanan[17]

Ce même 8 mai, à l'instigation de l'ex-président cubain,
Grau San Martín*, plus de quarante mille manifestants en
colère s'étaient rassemblés au centre de La Havane pour protester contre l'arrivée de nouveaux immigrants sur le territoire cubain. Mais cela non plus, les huit cent quatre-vingt-
dix-neuf passagers du *Saint-Louis* ne pouvaient le savoir...

_____

* Professeur à la faculté de médecine de La Havane, il fut élu président par deux fois ; la première entre 1933 et 1934, et la seconde
entre 1944 et 1948. Il s'allia aux étudiants radicaux ainsi qu'à la junte
militaire. Personnage pour le moins trouble, ses présidences furent mar-
quées par la corruption et le népotisme.

Deuxième partie

5

Arrivée simultanée d'un grand nombre d'immigrants... C'était sans doute une des phrases les plus alarmantes du télégramme expédié le 8 mai.

En effet, le *Saint-Louis* n'était pas le seul bateau en partance pour Cuba. L'*Iberia* avait appareillé d'Espagne et devait accoster le 22 mai. L'*Orduna*, parti d'Angleterre, était annoncé pour le 27 mai. L'arrivée du *Flandre*, parti de France, était prévue pour le 28. Quant au *Saint-Louis*, il était attendu le 29. On comprend dès lors l'inquiétude des responsables du HICEM et du haut-commissaire. Il y avait bien peu de chances, sinon aucune, que le gouvernement cubain acceptât d'accueillir en si peu de temps autant de réfugiés. À cette situation se greffait un autre élément bien plus grave encore, passé sous silence : le fameux décret n° 55 du 15 janvier 1939 – autorisant les réfugiés à venir en tant que touristes – avait été brusquement abrogé le 5 mai, sur décision du président cubain Federico Laredo Brù, par un autre décret, portant le n° 937, entré en vigueur dès le lendemain. Désormais, ceux qui souhaitaient débarquer sur le territoire cubain devaient être en possession de permis d'immigration dûment avérés par le secrétaire d'État, Juan J. Remos, et surtout – ce n'était pas la moindre des conditions – ils devaient s'acquitter de la caution de cinq cents dollars. Qui, en Allemagne, en était informé ? Goebbels ? Canaris ? Goering ? Claus-Gotfried Holthusen, le directeur de la Hapag ? Tous, n'en doutons pas, puisque les autorités cubaines avaient mis en garde la Hapag, dès le 6 mai, contre tout envoi de nouveaux réfugiés, soulignant que ceux-ci seraient inexorablement refoulés. Tous. Mais ils s'étaient bien gardés d'ébruiter l'information, de crainte de devoir annuler le départ du *Saint-Louis* et de compromettre le plan du ministre de la Propagande.

Désormais, conséquence directe et dramatique de l'abrogation du décret n° 55, les voyageurs en partance étaient – sans le savoir – dans l'illégalité.

Comme devait l'écrire plus tard (le 22 mai) Laura Margolis, l'une des responsables du Joint à La Havane, dans une lettre adressée à Mlle Cecilia Razovsky, en fonction au JDC, à New York :

> *Si au bout du compte les passagers du* Saint-Louis *étaient autorisés à débarquer, ce serait uniquement parce que de nouveaux rebondissements se seraient produits entre le jour du départ du bateau et son arrivée. Certes, une telle perspective est tout à fait possible dans un pays aussi instable que Cuba. Néanmoins, je crains fort que les passagers ne se retrouvent piégés parce que nous aurions péché par trop d'optimisme en nous appuyant sur une « possibilité ». [...] Sincèrement, j'ai le pressentiment que nous risquons fort d'être privés de moyens si les autorités cubaines maintenaient leur position. La situation est d'autant plus sérieuse que nous avons quêté de l'argent auprès de personnes aux États-Unis, et ce, justement dans le but d'obtenir des visas pour ces réfugiés. Les donateurs se sentiront floués et nous refuseront leur aide à l'avenir*[18].

Ainsi, les éléments d'une tragédie étaient installés, mais à l'insu des principaux acteurs.

Gustav Schröder, lui, veillait attentivement au bon déroulement des opérations. À la différence de ses passagers, il n'éprouvait ni joie ni soulagement, mais une certaine tension. Elle ne l'avait pas quitté depuis son rendez-vous avec Holthusen, elle s'était accrue lorsqu'un message de la Hapag (dont il avait pris connaissance deux jours auparavant) l'avait sommé de faire des économies sur la nourriture et d'interdire à la boutique du bord de proposer son lot habituel de produits de luxe. Pareillement, les employés du salon de coiffure avaient ordre de soustraire de leur vitrine tous les cosmétiques de grandes marques. Ni cartes postales ni papier à lettres gratuits ne seraient entreposés dans les salons. Schröder avait relu le message et l'avait glissé dans sa poche. Au diable ces instructions débiles ! Il était hors de question qu'il les applique. Il avait donné pour consigne au commissaire de bord, Ferdinand Müller, de répondre du mieux qu'il pourrait aux souhaits des passagers. Il n'aurait qu'à jongler avec les bordereaux et les inventaires, tâche qui était largement à sa portée. Après vingt-cinq ans de voyage en mer, ce genre de manipulation n'avait plus aucun secret pour Müller. Il s'exécuterait avec d'autant plus de zèle que lui non plus n'éprouvait pas beaucoup de sympathie pour les gens du IIIᵉ Reich.

« Regardez, capitaine ! »

La voix de son officier en second arracha Schröder à ses pensées. Il demanda :

« Que se passe-t-il ? »

Klaus Ostermeyer désigna un personnage armé d'une caméra qui était en train de filmer l'arrivée des passagers au sommet de la passerelle. Ceux-ci, gênés, tentaient de protéger leur visage et celui de leurs enfants.

Schröder s'empara de son porte-voix.

« Vous, là-bas ! Que diable faites-vous ici ?

— Vous voyez bien. Je filme.

— De quel droit ? Qui vous a donné l'autorisation ?

— Le ministère de la Propagande !

— Vous avez une seconde pour quitter mon navire !

— Mais...

— Pas une de plus ! »

Le cameraman haussa les épaules avec mépris et enclencha à nouveau sa caméra. Il n'avait que faire des protestations de ce capitaine ; après tout, ne tenait-il pas ses ordres de Goebbels en personne ?

« Descendez immédiatement ou je vous fais jeter par-dessus bord ! »

Était-ce le ton impérieux ? La dureté de l'expression ? L'homme grommela quelque chose qui ressemblait à une menace et quitta le navire.

À dix-neuf heures précises, l'embarquement était terminé. Trente minutes plus tard, le navire commença à s'écarter du quai. Lentement, trop lentement au gré de Dan Singer, de Ruth, des Spanier, de Pozner et des autres. Tout à coup, une fanfare s'éleva dans l'air. Comme à chaque départ, un orchestre s'était mis à jouer sur le quai un vieil air populaire. Le titre avait de quoi faire sourire. C'était quelque chose comme *Je dois quitter ma ville*. Mais personne ne souriait. Les yeux des femmes étaient gris de larmes. Les hommes cachaient leur visage au creux de leurs mains.

Une voix murmura : « Exactement à l'heure. » Une autre répondit : « C'est bien connu. Les Allemands sont toujours à l'heure ; surtout quand il s'agit des Juifs. »

L'horizon endeuillé avait pris une couleur violine qui venait mourir au pied de la coque.

Libéré de son remorqueur, le *Saint-Louis* fila vers la haute mer.

Les passagers s'étaient dispersés. Seules deux fillettes continuaient de fixer avec intensité la terre ferme. Renate, l'aînée, âgée de sept ans, faisait un effort surhumain pour ne pas se laisser aller à pleurer devant Evelyin, sa sœur cadette. Elle se devait d'être forte pour deux, au moins jusqu'à leur arrivée à La Havane, où les attendait leur père, Max Aber. Pour des raisons tant politiques que familiales, leur présence à bord tenait du miracle. Un an plus tôt, Max avait été contraint de fuir Berlin en catastrophe. Sa maison était surveillée. Son arrestation n'était plus qu'une question de jours. Pourtant, le médecin qu'il était n'avait rien eu à se reprocher. Au contraire. Sa réputation était si grande que les notables SS n'avaient pas hésité à faire appel à ses services, bien que le sachant juif. Ce qui lui avait permis de subsister malgré les restrictions imposées à sa communauté. Mais Max ne se faisait aucune illusion. Il pressentait que la situation ne durerait pas éternellement. Par l'intermédiaire d'un ami avocat, il était parvenu au fil des mois à transférer ses économies (environ huit cents dollars) dans une banque de New York. Comment la Gestapo avait-elle réussi à découvrir son initiative ? Mystère. Une chose est sûre, la trahison ne vint pas de son ami. Un matin de février, celui-ci avait été arrêté et envoyé dans un camp. Le tour de Max n'allait pas tarder. Contraint d'abandonner Lucie, sa femme, et leurs deux enfants, il avait fui in extremis pour les États-Unis. Une fois sur place, il arracha au service d'immigration américain le titre qui lui garantissait une place sur la liste des quotas. Cette démarche lui avait coûté cinq cents dollars. C'était pratiquement tout ce qu'il possédait. En attendant que vienne son tour, les autorités l'avaient sommé de quitter le territoire américain. Il ne lui restait que trois cents dollars. Il les utilisa pour se rendre dans le pays le plus accessible : Cuba. Dès le lendemain de son arrivée à La Havane, il consacra toute son énergie à acquérir des visas d'immigration pour Lucie et les enfants. Il fut aidé en cela par un contact auprès duquel il avait été recommandé. Il s'agissait d'un personnage politique influent, du nom de José Estedes. À sa grande surprise, ainsi qu'il le prouverait par la suite, ce José Estedes se révéla être un homme d'une grande serviabilité. Aber avait obtenu les visas. Vers la fin du mois de février 1939, il les fit parvenir à son épouse en l'adjurant d'embarquer sur le premier bateau en partance pour Cuba. Pourtant, au tréfonds de lui, il savait que Lucie ne donnerait pas suite à sa requête. Depuis un certain temps déjà, elle ne lui appartenait plus. Un autre homme était entré dans sa vie. Mais il y avait les enfants. Que Lucie lui permette au moins de sauver les enfants. Elle accepta. N'étant pas juive, elle savait qu'elle ne risquait rien en restant en Allemagne. De plus, grâce à son nouvel amour, un pur Aryen, elle allait pouvoir vivre une autre vie, loin des humiliations et des brimades qu'elle avait endurées jusque-là. C'est ainsi que Renate et Evelyin s'étaient retrouvées sur le *Saint-Louis*. Avant leur embarquement, leur mère avait avisé un couple sans enfants – Vera et Herbert Ascher – à qui elle avait confié la garde des fillettes.

Renate entraîna doucement sa petite sœur loin du bastingage.

« Viens, dit-elle, on ne voit plus maman. Il ne sert à rien de rester ici. Allons visiter le bateau. »

Avec mauvaise grâce, Evelyin acquiesça. Elle n'avait que faire de ce bateau. Sa mère lui manquait déjà trop.

Au moment où elles allaient partir, Vera Ascher les apostropha :

« Où allez-vous, mes enfants ?

— Nous allons juste nous promener un peu. Nous ne tarderons pas. »

La femme leva son index :

« Il n'est pas question que vous vous promeniez toutes seules. C'est trop dangereux. D'ailleurs, il sera bientôt l'heure d'aller vous coucher. La journée a été exténuante. »

Renate lui offrit une moue éplorée.

« S'il vous plaît, madame. »

Vera hésita, puis se tourna vers son mari.

« Tu veux bien nous accompagner ? »

Herbert Ascher était déjà allongé sur un transat, manifestement épuisé.

« Allez sans moi, ma mie. Je n'ai pas la force de me relever. Je vous attendrai ici. »

Vera n'insista pas. Elle prit les deux petites filles par la main.

Une lune mauve venait d'apparaître dans le ciel. L'air était doux. On entendait le claquement rassurant des vagues contre la coque. S'il n'y avait eu cette tension indicible qui continuait de vibrer dans le cœur de Vera, elle aurait pu se laisser aller à apprécier l'instant. Mais c'était impossible. Demain peut-être.

« Vous aussi vous allez en Amérique ? interrogea brusquement Renate.

— Si l'Éternel le permet. Oui.

— Nous aussi ! s'écria la cadette. Papa a préparé tous les papiers. »

Il y eut un temps de silence, puis sa sœur reprit :

« Pourquoi, madame Ascher ? Savez-vous pourquoi ils ne veulent plus de nous en Allemagne ? »

Vera ne sut que répondre. Elle bredouilla :

« Peut-être parce qu'il n'y a plus de place.

— C'est pourtant grand l'Allemagne.

— Oui.

— Alors pourquoi ? »

Que lui dire ? Où trouver les mots ? Dans quel grimoire ? Dans quel livre aurait-elle pu saisir la raison qui, soudainement, transformait les hommes en bêtes sauvages et les cœurs en pierre dure ? Comment comprendre l'incompréhensible ? Tout ce que Vera savait, c'est que désormais leur bonheur à tous ne serait jamais que du malheur supporté. Mais cela, elle n'aurait pu le dire à une enfant.

« Tu as vu ? s'exclama soudainement Renate. C'est génial ! Nous pourrons nous baigner ! »

À quelques pas se découpait une piscine.

« Avec quel costume de bain ? lança Evelyin. Nous n'en avons pas emporté.

— Oh ! Je suis sûre qu'ils en vendent à bord. »

Elles contemplèrent pendant quelques minutes la masse bleue sur laquelle se reflétaient les lumières du pont, et reprirent leur marche.

Alors qu'elles arrivaient à proximité d'une porte ouverte sur un couloir, Renate s'arrêta.

« Écoutez ! On dirait que des gens chantent. »

La petite fille tendit l'oreille.

« Tu as raison. Allons voir ! »

Elle leva son visage vers Mme Ascher.

« Vous voulez bien ? »

Vera acquiesça, sans enthousiasme.

Elles s'engouffrèrent dans le couloir et se laissèrent guider par le son des voix. À mesure qu'elles se rapprochaient, les chants se faisaient plus distincts.

Les traits de Vera se crispèrent tout à coup. Ces chants ne lui étaient pas inconnus. Ces chants étaient des plaies vives.

Maintenant ils résonnaient sous la voûte, de plus en plus forts, de plus en plus rythmés. Vera eut l'impression d'une

73

houle qui dévalait dans sa tête. Ses jambes ne la portaient plus. Elle s'appuya contre la paroi pour ne pas tomber et cria faiblement :

« Les enfants... Revenez... »

Mais elles ne l'entendirent pas. Elles étaient à une dizaine de mètres devant elle et la houle couvrait tout. Elles venaient de s'arrêter devant une grande porte vitrée sur laquelle était inscrit *Tanzplatz* – « salle de danse ». Elles collèrent leur front contre la vitre : des marins étaient groupés autour d'un piano. Aucune des deux fillettes n'était musicienne, mais à observer l'expression rude des visages, elles se dirent que ces chants ne devaient pas être bien romantiques ; on eût dit des chants militaires ; ils grondaient, ils avaient quelque chose d'effrayant.

Vera articula à nouveau :

« Renate, Evelyin... »

Personne ne l'entendait. Et la musique continuait d'enfler.

Un bruit de pas retentit dans son dos. Un homme en uniforme dévalait le couloir dans leur direction. Il dépassa Vera et, en quelques enjambées, fut devant la Tanzplatz. Renate l'aperçut et se dit que l'homme allait les gronder ; il était peut-être interdit aux passagers de se trouver ici. Mais l'homme en uniforme n'en fit rien. Il les écarta doucement et pénétra dans la salle. Aussitôt les marins se figèrent et les voix s'effilochèrent jusqu'à devenir silencieuses.

Il y avait là les six « pompiers » délégués par la Gestapo.

Le regard de Gustav Schröder – c'était lui – balaya lentement la pièce et finit par s'arrêter sur l'un des hommes.

« Herr Schiendick, puis-je savoir ce que vous faites ici ? »

L'Ortsgruppenleiter déclara avec un large sourire :

« Vous voyez bien. Nous chantons. »

Il s'adressa au pianiste.

« Klaus, joue ! Joue donc pour le capitaine notre air préféré. »

Le dénommé Klaus hésita un bref instant, puis plaqua ses doigts sur les touches. Un air martial résonna dans la salle.

Le *Leiter** se tourna ensuite vers Schröder et rétorqua comme on jette un défi :

« J'espère que vous appréciez, mon capitaine. Reconnaissez-vous le thème ? »

Gustav Schröder eut un sourire ironique. Il n'existait pas un seul citoyen allemand qui ne sût par cœur la *Badenweiler Marsch*, l'hymne favori du Führer.

« Vous m'excuserez, Herr Schiendick, mais nous ne partageons pas les mêmes goûts musicaux. Ma préférence va nettement à Mendelssohn. Le final de la 6ᵉ sonate en particulier. »

Le steward crut avoir mal entendu.

« Vous avez bien dit Mendelssohn ? Felix Mendelssohn ?

— Parfaitement.

— Vous n'êtes pas sans savoir qu'il était juif !

— Vous m'en voyez désolé. Que voulez-vous ! Le mélomane chevronné que je suis n'a jamais été capable de déceler à quelle religion appartenait la musique. »

Schröder ne laissa pas au steward le temps de répliquer.

« À présent, vous allez tous me faire le plaisir de quitter cette salle sur-le-champ. Je vous rappelle que le règlement stipule que ce lieu est interdit aux membres de l'équipage. De surcroît, votre (il adopta une moue méprisante) musique ne peut que déplaire à nos passagers.

— Je ne vois pas en quoi chanter des chansons du Parti peut indisposer qui que ce soit ? D'ailleurs... »

Schiendick extirpa une lettre de la poche de son gilet, qu'il remit au capitaine.

Ce n'était ni plus ni moins qu'une autorisation dûment signée par le quartier général de la Gestapo à Hambourg, autorisant l'équipage à user du Tanzplatz lorsque les exigences du service le permettaient.

D'un geste dédaigneux, le capitaine lança le document aux pieds de Schiendick.

« Dehors ! ordonna-t-il en désignant la sortie.

— Mais... »

---

* Le « chef ». Abréviation de *Ortsgruppenleiter*.

« — Dehors, vous dis-je ! Et rendez grâce à Dieu pour mon indulgence. La prochaine fois que je vous trouverai ici, je n'hésiterai pas à vous faire mettre aux fers ! »

Après un instant de flottement, le groupe se retira à pas lents de la salle de danse. Une fois le dernier d'entre eux en allé, Schröder sortit à son tour.

Renate et Evelyin avaient suivi toute la scène. Il leur chuchota :

« Allons, mes enfants. Il vaut mieux ne pas rester ici. »

C'est alors qu'il aperçut Vera qui se tenait dans le couloir, toujours immobile. Le visage blanc.

Il s'inquiéta.

« Tout va bien, madame ? »

Elle fit oui de la tête.

Il insista.

« Vous êtes sûre ? Vous n'avez besoin de rien ? »

Elle n'était guère habituée à tant de courtoisie de la part d'un officier allemand.

« Non. Ça va. Je vous remercie. »

Elle lança à l'intention des deux fillettes :

« Nous retournons sur le pont.

— Le dîner ne va pas tarder à être servi », dit encore Schröder.

Vera ne l'entendit pas. Les chants barbares résonnaient encore dans sa tête.

On avait annoncé le premier service mais, couché dans sa cabine, le Dr Fritz Spanier ne s'était guère senti l'envie d'accompagner sa femme Babette et leurs deux filles jumelles, Renate et Inès, à la salle à manger. Il voulait seulement dormir. Dormir pour tenter de recouvrer un peu de sa sérénité. Il avait l'estomac encore noué, et les lèvres sèches. À l'instar de Dan Singer, Spanier avait dû lui aussi abandonner la confortable maison qu'il possédait dans un quartier résidentiel de Berlin pour aller s'installer dans un secteur de la ville à majorité juive. Il avait vécu dans un certain confort jusqu'au 9 novembre, jusqu'à la nuit de Cristal. Guère longtemps. Ce fut à nouveau la fuite et le refuge dans une petite chambre misérable, chez une veuve dont le fils était étudiant en médecine. Au cours de son séjour forcé, le docteur s'était pris de sympathie pour le jeune homme et lui avait même donné des cours particuliers. Il ignorait alors que son élève était membre du Parti nazi. Conscient que plus rien n'était possible en Allemagne, Fritz acheta les visas qui lui permettraient de débarquer à Cuba. Ensuite, comme Dan Singer, il courut toutes les agences de voyage en quête de billets pour la traversée et parvint à acquérir deux cabines (les 111 et 113) pour lui-même, sa femme et ses deux filles. Il dut ajouter mille Reichsmarks pour avoir l'autorisation d'emporter ses instruments chirurgicaux. Jamais il n'aurait réussi à payer de telles sommes s'il n'avait reçu le soutien financier d'un parent établi au Canada. Une semaine plus tôt, le jeune étudiant à qui le docteur donnait des cours particuliers fut informé que les Spanier allaient être arrêtés sous peu. Il se proposa spontanément de les conduire jusqu'à Hambourg. Ça aurait pu être un piège. Ce ne le fut pas. Manifestement, il existait encore des âmes charitables dans cette Allemagne défigurée.

Babette Spanier, elle, avait très mal vécu ces bouleversements. La perspective de quitter l'Allemagne l'avait totalement déstabilisée. Malgré toutes les avanies subies, elle s'était refusée à accepter l'exil. Après tout, n'était-elle pas une Seideman ? Et les Seideman n'étaient-ils pas enfants de la Ruhr depuis plus de quatre cents ans ? Elle avait dit : « Nous nous étions toujours considérés comme allemands, nous *étions* allemands. La seule idée de quitter le pays de nos racines me brisait le cœur[19]. »

En réalité, il existait une autre raison, plus intime celle-là, qui poussait Babette à vouloir demeurer en Allemagne. Depuis un certain temps déjà, son couple battait de l'aile. Elle redoutait qu'il ne puisse survivre à une telle épreuve et craignait qu'une fois à l'étranger son mari ne demandât le divorce. Si finalement elle avait cédé, c'était parce que son époux avait fait montre d'une extrême tendresse à son égard, ne ménageant aucun effort pour la rassurer sur l'avenir de leur union.

À quelques mètres de là, dans la cabine B-108, le vieux professeur Meier Weiler et sa femme Recha avaient eux aussi préféré demeurer à l'écart; pour d'autres motifs. Ils étaient partis quelques jours plus tôt de Düsseldorf. Mais avant Düsseldorf, ils avaient dû affronter un voyage de huit cents kilomètres, aller-retour, pour récupérer leurs visas à Stuttgart, dans un local de la Königstrasse qui abritait un vieil organisme administratif juif appelé *Oberrat*. C'est cet organisme qui était entré en rapport avec le consul de Cuba à Francfort et qui avait obtenu pour eux les précieux documents.

Jamais le couple Weiler n'aurait pu imaginer qu'il devait sa liberté à un accord tacite établi, six ans auparavant, entre l'Oberrat et... la Gestapo. En effet, l'organisme possédait dans ses archives des registres vieux de trois siècles qui regroupaient une formidable masse d'informations détaillées sur des centaines de milliers de Juifs allemands. Ces informations étaient naturellement du plus grand intérêt pour les agents de la Gestapo. C'est la raison pour laquelle, à partir de 1933, les autorités nazies autorisèrent l'Oberrat à venir officiellement en aide aux émigrants afin de faciliter leur départ d'Allemagne. Ainsi, la Gestapo accélérait l'exode juif tout en gardant l'œil sur les registres.

Le périple Düsseldorf-Stuttgart avait profondément altéré le moral et surtout la santé du professeur; une santé déjà bien fragile. C'est que le vieil homme avait tout subi ou presque. Pendant des années, il avait été un éminent professeur à l'université de Düsseldorf, respecté de ses étudiants comme de tout le milieu enseignant. Quand les nazis prirent le pouvoir, il s'efforça de considérer l'événement comme une sorte d'épiphénomène. Un *soubresaut*, ainsi que le pensait encore Julius, le gendre de Dan Singer. Il prêchait même, à qui voulait l'entendre, que toute cette affaire ne durerait pas plus de trois ans. Il avait tort. Un matin, il fut chassé de l'université et dut affronter les crachats et les excréments jetés sur lui par une bande de fanatiques déchaînés. Ce jour-là, toutes ses convictions, tout ce en quoi il avait cru s'était écroulé. Depuis, lorsqu'il se penchait sur sa vie, il ne voyait qu'un champ de ruines. Une terre dévastée.

À présent, assise auprès de lui, Recha Weiler se demandait s'il tiendrait le coup jusqu'au bout du voyage.

Attablé à sa cabine, Erich Dublon reprit le fil de son écriture :

> « 13 mai 1939. La première impression qui se dégage de ce bateau est celle d'un grand confort. On se croirait dans un hôtel quatre étoiles. Ma cabine de première classe est des plus confortables. On a tiré le meilleur parti de l'espace. Ma couchette est parfaite près du hublot. Il y a aussi un ventilateur qui permet de rafraîchir la pièce. Les opérations d'embarquement se sont prolongées jusqu'à sept heures du soir. À huit heures trente précises, le dîner fut annoncé. Mes petits neveux ont l'air ravis[20]. »

À l'extérieur, les étoiles scintillaient au-dessus de la mer. Et dans la nuit montait la rumeur des voix qui se souvenaient.

Celle de Heinz Rosenbach :

> « Je me souviens encore qu'au départ je ne voulais pas pleurer, mais ma gorge était si serrée que je ne pouvais pas respirer. Je m'en souviens comme si c'était hier. Je ne pouvais simplement plus respirer *[21]. »

Celle de Philip Freund, qui avait une douzaine d'annécs à l'époque :

> « Nous vivions en Allemagne depuis l'an 1500. Étant d'origine espagnole, ma famille dut s'exiler à cause de l'Inquisition. Nous avions construit notre maison. Nous nous étions installés et nous sommes parvenus à réussir socialement. Et à nouveau, avec l'arrivée du mouvement nazi et de Hitler, nous nous retrouvions forcés de fuir encore[22]. »

---

* En 1938, il était emprisonné dans le camp de concentration de Buchenwald. Il ne fut relâché que lorsque sa mère réussit à acheter le tout dernier billet pour embarquer sur le *Saint-Louis*.

Celle de Herbert Karliner :

« Mon père était démoralisé. Il ne voulait pas quitter l'Allemagne. Mais nous, les enfants, et moi en particulier, étions très heureux de partir, parce que ici, il n'y avait plus de place pour nous, plus d'avenir. Déjà nous n'avions plus le droit d'aller à l'école. Depuis la nuit de Cristal, nous n'avions même plus le droit de marcher sur les trottoirs. Nous étions tabassés. Pour moi c'était infernal. Tout avait changé. La famille qui habitait à quelques maisons de chez nous avait la réputation d'être de fervents communistes. Après l'arrivée de Hitler, ils sont devenus nazis. On a eu les pires problèmes à cause d'eux. Leur fils, par exemple. Un jour d'hiver, ma sœur et moi, nous allions escalader une colline avec notre luge. Il a voulu venir avec nous. Je voulais être gentil avec lui. Je l'ai laissé nous accompagner. Pendant que nous redescendions, il s'est mis à frapper ma sœur. Comme ça. Sans aucune raison. Ça m'a rendu furieux. Je l'ai frappé à mon tour. Cela m'a soulagé. Mais le soir même, la Gestapo est venue et a embarqué mon père. Ils l'ont jeté en prison en lui disant qu'un Juif n'avait pas le droit de frapper un Aryen. Certains de nos amis sont partis plus tôt parce qu'ils devinaient que quelque chose de dangereux se profilait derrière la montée de Hitler. Mon père avait une telle confiance dans le peuple allemand qu'il était persuadé que ces gens feraient tout pour éviter le pire. Mais le pire est arrivé[23]. »

En repensant à tout cela, le capitaine Schröder écrira en 1949 :

« L'atmosphère était tendue. J'ai assisté à des scènes de séparation très touchantes. Certains ont eu l'air réellement soulagés de quitter leur pays ; d'autres embarquaient le cœur lourd, comme s'ils semblaient convaincus qu'ils ne reverraient jamais l'Allemagne[24]. »

C'est en regagnant sa cabine qu'il fut abordé par le radio, affolé. Celui-ci lui tendit un câble qui venait d'arriver.

ORDRE IMPÉRATIF VOUS RENDRE À LA HAVANE À TOUTE VAPEUR À CAUSE DE DEUX AUTRES BÂTIMENTS ORDUNA ANGLAIS ET FLANDRE FRANÇAIS MÊME DESTINATION MÊMES PASSAGERS

— STOP — MAIS J'AI CONFIRMATION QUE VOS PASSAGERS DÉBARQUERONT QUOI QU'IL ARRIVE — STOP — AUCUN MOTIF D'ALARME

SIGNÉ CLAUS-GOTFRIED HOLTHUSEN[25]

Schröder resta impassible, mais la colère sourdait. Il jeta un coup d'œil à sa montre-gousset : 20 h 45. Il était prêt à en mettre sa main au feu : ce télégramme avait été expédié volontairement trop tard. En agissant de la sorte, le directeur de la Hapag l'avait bâillonné. Le navire n'étant pas équipé d'une ligne téléphonique, Schröder se trouvait dans l'incapacité d'exiger des éclaircissements autrement que par échange de télégrammes. Il relut la dernière phrase : « Aucun motif d'alarme. » Et sa colère monta d'un cran.

6

Dès réception du câble de Holthusen, Gustav Schröder fouilla les registres à la recherche des caractéristiques des deux navires. Il constata qu'ils étaient moins lourds que le *Saint-Louis* et par conséquent plus rapides. L'*Orduna*, en particulier, propriété de la compagnie Royal Mail Steam Packet, ne faisait pas plus de quinze mille tonneaux, contre dix-sept mille pour le *Saint-Louis*, et il ne transportait que cent cinquante passagers. Le *Flandre*, une centaine. Schröder n'avait pas le choix. S'il voulait arriver avant eux, il lui faudrait naviguer à la vitesse constante de seize nœuds*. Sans plus tarder, il convoqua Ferdinand Müller, le commissaire de bord, et lui expliqua la situation, ajoutant que si les passagers venaient à se rendre compte de l'accélération du bateau, on leur répondrait qu'elle était due au programme chargé des croisières estivales. Il ferait le point lors de la prochaine et unique escale avant La Havane : le port de Cherbourg, qu'il devrait atteindre dans deux jours.

Dans le même temps, à Berlin, Goebbels mit son plan de propagande à exécution. En quelques heures, presse et radios diffusèrent des récits où il était question de la « fuite » d'un millier de Juifs ayant emporté dans leurs malles des sommes d'argent considérables dérobées aux citoyens allemands. Il fut conseillé aux Aryens de se tenir sur leurs gardes

---

* Un peu moins de trente kilomètres à l'heure.

et de se prémunir « contre les machinations de ceux qui [étaient] encore parmi eux[26] ».

Les services de l'Abwehr expédièrent dans la nuit des instructions à leur agent à La Havane, Robert Hoffman, lui enjoignant d'attiser avec l'aide de ses complices la colère des Cubains envers les futurs arrivants. Parallèlement, Goebbels intima l'ordre aux différents ambassadeurs allemands en poste à l'étranger d'exploiter de la manière la plus efficace possible le voyage du *Saint-Louis* : ces Juifs devaient apparaître aux yeux du monde comme de vulgaires criminels. Qui voudrait d'une telle engeance ?

Lorsque l'aube se leva sur la mer, nombre de passagers étaient éveillés. La plupart avaient peu ou mal dormi. Dan Singer était déjà habillé, prêt à sortir. Il étouffait dans cette cabine, bien qu'elle fût nettement plus vaste que celles de la classe touriste. La nuit avait été chaude. Le ventilateur accroché au plafond n'avait brassé que de l'air tiède. Il jeta un coup d'œil par le hublot et vit la crête du soleil qui commençait à émerger derrière la ligne de l'horizon, projetant des feux ocre et bleu sur toute la surface de l'océan. Il se dit que cela faisait bien longtemps qu'il n'avait vu si paisible spectacle et s'abandonna à rêver qu'une page était presque tournée. Elle le serait définitivement une fois qu'ils seraient arrivés à bon port, et surtout lorsque Judith et les enfants les auraient rejoints.

Il se tourna vers Ruth, qui finissait de se maquiller.

« Comment te sens-tu ?

– Aussi bien que possible. »

Il lui caressa tendrement l'épaule.

« Sais-tu que tu es encore plus belle que le jour où je t'ai rencontrée ? »

Elle montra son visage dans le miroir.

« Pauvre de moi ! Regarde un peu ces rides ! »

Elle pivota vivement vers son époux.

« Est-il vrai que la tristesse rend vieux avant l'heure ?

— Peut-être, mais je ne vois en toi que les empreintes de la joie.

— Plutôt ce qu'il en reste. »

Elle se leva d'un seul coup.

« Trêve de lamentations ! Il ne sera pas dit qu'une Friedman se laissera abattre. »

Elle prit la main de Dan et annonça sur un ton volontaire :

« Viens ! Nous n'avons rien mangé depuis hier. Le petit déjeuner doit être servi. »

Ils prirent l'ascenseur au bout du couloir et débouchèrent au pied du double escalier en chêne massif qui conduisait sous le pont D. Ils longèrent le fumoir. Sur leur droite, ils aperçurent à travers une porte vitrée coulissante un grand salon lambrissé de panneaux de bois satiné, parsemé de miroirs bordés de dorure, éclairé par des lustres en cristal. Un homme, le crâne chauve, se tenait de dos au milieu de la pièce et fixait un point invisible. Le couple entra. L'homme se retourna à moitié. Dan reconnut aussitôt Aaron Pozner. Ils échangèrent un salut discret de la tête et Aaron replongea dans sa contemplation. Sur l'un des murs trônait un imposant portrait du Führer. C'est lui qu'Aaron ne quittait pas des yeux. À quoi pensait le rescapé de Dachau ? Sur les traits de son visage flottait comme une fascination morbide. Cherchait-il à exorciser ses terreurs en noyant son regard dans celui de la Bête ? Essayait-il de décrypter la grande histoire du mal ? S'interrogeait-il sur son propre destin et sur celui de ses coreligionnaires ? La Bête avait fracassé leur vie, elle avait anéanti leurs espérances, gravé l'effroi dans leur âme et installé à jamais dans leur cœur la peur du lendemain.

Ruth baissa les yeux, la gorge nouée. Son époux l'entraîna vivement à l'extérieur. Ils n'échangèrent pas un seul mot jusqu'à l'entrée de la salle à manger. En y pénétrant, Dan se dit que, en dépit d'une certaine extravagance, le décor reflétait parfaitement le bien-être des années d'insouciance. Les années d'avant... Les murs étaient ornés de tapisseries. Le haut plafond et les piliers étaient recouverts d'émaux blancs qui conféraient à l'ensemble une grande luminosité. Tout au fond, à gauche, il y avait une estrade conçue pour accueillir un orchestre. À droite, se détachait un imposant buffet surmonté de grandes glaces rectangulaires. Sur l'un des murs, on pouvait voir une toile représentant un quartier moderne de la ville américaine de Saint-Louis, à l'origine du nom du navire. Un coin de la salle était occupé par une soixantaine de tables individuelles qui permettaient à ceux qui le souhaitaient de dîner dans une certaine intimité. Les nappes étaient aussi immaculées que l'uniforme des serveurs, et l'argenterie scintillait sous les rayons du soleil qui fusaient à travers de larges baies vitrées encadrées de rideaux fleuris.

« Judith aurait apprécié cet endroit, observa Ruth. Elle a toujours aimé les belles choses. »

La salle était déjà noire de monde. Ils avisèrent une table commune où une dizaine de passagers avaient commencé de déjeuner et s'installèrent près d'un couple d'une soixantaine d'années.

Dan se présenta.

Son voisin déclina à son tour son identité et celle de son épouse.

« Max Loewe, et voici ma femme, Elise. »

Il désigna deux jeunes gens assis en face d'eux. Un garçon de treize ans et une fille de douze ans.

« Nos enfants. Ruth et Fritz. »

Dan les salua et se plongea dans la lecture du menu. Le choix était impressionnant : fruits, compotes, gelée de framboise, miel, muffins, flocons d'avoine, omelettes, œufs brouillés, crêpes aux cerises, foie de veau aux oignons, pommes de terre à la vapeur, sole meunière...

Dan et Ruth se limitèrent à des œufs brouillés et du café.

Pendant la majeure du petit déjeuner, ils n'échangèrent avec leur entourage que de vagues propos de circonstance.

« Étiez-vous présent au dîner, hier soir ? interrogea Ruth Singer pour meubler un silence.

— Oui, répondit Elise Loewe. Je dois reconnaître que la nourriture était excellente et la musique plaisante. »

Une voix s'éleva. Celle d'une femme d'un âge incertain, au visage fatigué.

« Cependant, il est regrettable que la compagnie n'ait pas prévu de repas casher.

– C'est exact, confirma Selma Simon, sa voisine. Je l'ai d'ailleurs fait remarquer au commissaire de bord.

– Que vous a-t-il répondu ? s'enquit Ruth Singer.

– Qu'il était désolé. Et il en avait l'air, réellement. Il m'a très aimablement proposé de servir à ceux qui le souhaitaient des plats à base de poisson et d'œuf.

– J'ai trouvé sa réaction très courtoise », fit observer Karl, son époux.

Il prit à témoin leurs deux enfants, Edith et Ilse :

« Vous voyez que les Allemands ne sont pas tous pareils.

– Une courtoisie plutôt rare de la part de ces gens », ironisa Max Loewe.

Il enchaîna, les traits durs :

« On ne peut pas en dire autant de ceux qui nous donnaient la chasse dans les rues de Hambourg.

– Cela n'a pas dû être facile d'arriver ici, observa Dan.

– Pour moi surtout. Les miens ont eu la chance de n'être pas directement visés par la Gestapo.

– Qu'aviez-vous fait ? » se risqua à demander Ruth.

Max Loewe eut un petit rire amer.

« Parce que vous croyez vraiment qu'il faut s'être rendu coupable de quelque chose pour être la cible de ces gens ? Il suffit d'être juif. »

Il s'adressa à Dan Singer :

« Quelle est votre profession ?

– Je suis médecin.

– Moi j'étais procureur.

– Un brillant procureur, surenchérit Elise Loewe.

– Je l'étais encore jusqu'il y a un an. Jusqu'en septembre 1938. »

Ses poings se serrèrent. Une expression bouleversante de détresse submergea son visage.

« Mais à la différence de beaucoup d'entre nous, j'ai tout de suite compris que notre situation deviendrait intenable.

J'ai imaginé que nous aurions pu partir pour l'Angleterre, mais je me suis ravisé. C'eût été une erreur.

– Une erreur ?

– Absolument. Car ne vous faites pas d'illusion. Il y aura bientôt la guerre. J'en suis convaincu. Et c'est tout le continent européen qui s'embrasera. L'Angleterre sera elle aussi emportée dans le conflit. Alors, après avoir réfléchi, j'ai fait comme vous. J'ai opté pour Cuba. Il y a plusieurs mois que nous aurions dû y être. Seulement voilà... »

Il souligna sa dernière phrase d'un geste fataliste.

« C'est de ma faute, s'empressa d'expliquer Elise Loewe avec tristesse. C'était malgré moi. Je n'arrivais pas à me faire à l'idée de quitter mon pays. Ni moi ni mes enfants n'avons rien connu d'autre que l'Allemagne. Nous étions si heureux.

– Il n'a pas dû être simple de survivre, commenta Dan. J'en sais quelque chose.

– Je me suis quand même débrouillé pour continuer à gagner ma vie en tant que conseiller économique. Je préparais des exposés pour un ami avocat qui en faisait usage au cours de ses procès. La Gestapo a fini par le savoir. Une dénonciation, sans doute. J'allais être arrêté. Pour ne pas mettre Elise et les enfants en danger, nous nous sommes séparés pour nous rendre à Hambourg. J'ai passé le plus clair de mes journées à essayer de semer la meute. Me terrant à chaque fois que je croisais un uniforme ; le cœur arrêté au moindre bruit de bottes. Je les ai rejoints par miracle. Avant l'embarquement, nous avons passé notre temps à changer d'hôtel, à fuir... Toujours fuir. »

Il marqua une courte pause avant de reprendre avec fébrilité :

« Jamais je n'aurais pu imaginer vivre un jour aux abois, tel un animal. Je souffre, vous comprenez ? J'ai mal dans ma chair. Je... »

Il se tut, la gorge prise dans un étau.

Son épouse lui prit la main :

« Calme-toi, mon chéri, calme-toi, je t'en prie. »

Il ne parut pas l'entendre et reprit avec un regard halluciné :

« Si jamais un jour je devais être obligé de revivre tout cela, je n'hésiterais pas. Je mettrais fin à mes jours. Tout! vous m'entendez? tout mais plus jamais ça. »

Le steward Leo Jockl, qui était en charge de la table, n'avait pas perdu un seul mot de la conversation. Son cœur s'était mis à battre de plus en plus vite. La nausée lui était montée à la gorge. Ce n'était pas tant un sentiment de compassion qui s'était emparé de lui que la prise de conscience de son propre état. Jusqu'en 1933, il n'avait eu qu'une vague idée de ce qu'était vraiment l'antisémitisme. Il était né et avait passé toute son adolescence à Vienne, dans un quartier à prédominance protestante. Ce fut sans doute pourquoi il ne fut jamais confronté à la haine et au mépris. D'ailleurs, personne à l'époque n'était au courant de son secret : Leo était à demi juif.

Puis vint le 30 janvier 1933. Le vieux maréchal von Hindenburg nomma Adolf Hitler chancelier d'Allemagne. Leo, qui n'avait alors que vingt-quatre ans et qui était loin d'être passionné de politique, s'était tout de même interrogé à l'époque sur les raisons qui avaient poussé le maréchal à prendre une telle décision. Tout le monde savait que le Parti nazi était en perte de vitesse. Lors des élections législatives du 6 novembre 1932, il avait réuni 33 pour cent des suffrages, alors qu'en juillet de la même année il frisait les 38 pour cent. En quatre mois, il avait perdu deux millions de voix sur un total de dix-sept millions! Alors, qu'est-ce qui avait pu motiver le maréchal vieillissant? Ce fut plus tard que quelqu'un fournit à Jockl une explication. Von Hindenburg n'avait fait que céder à l'insistance des dirigeants conservateurs, parmi lesquels l'ancien chancelier von Papen* et le Dr Schacht**. Les deux hommes avaient envisagé de se

---

* Personnalité importante de la droite catholique, jouissant de la confiance de Hindenburg, il avait occupé le poste de chancelier jusqu'en novembre 1932. Ne parvenant pas à obtenir l'appui des partis de droite pour son projet de réforme constitutionnelle, il démissionna et décida d'appuyer Hitler avec qui il entreprit de négocier un partage du pouvoir.
** Hjalmar Schacht. Il fut ministre de l'Économie entre 1933 et 1936. Jugé à Nuremberg après la guerre, il fut acquitté et mourut en 1970.

servir de Hitler pour enrayer la menace communiste et – comble de l'inconscience – ils ne croyaient absolument pas que les nazis pouvaient représenter un réel danger pour la démocratie allemande.

Dans les mois qui suivirent l'Anschluss, près de quarante-cinq mille Juifs fuirent l'Autriche. Leo Jockl, lui, décida d'aller vivre en Allemagne où personne ne le connaissait, et il prit soin de brouiller toute trace de ses origines. Rongé par la peur, il s'était couché tous les soirs avec la crainte qu'au matin la Gestapo vienne l'arrêter. Une seule personne connaissait la vérité : Gustav Schröder. À peine embauché sur le *Saint-Louis*, Leo fut assigné au service personnel du capitaine. Insensiblement, malgré leurs différences, leurs échanges dans l'intimité de la cabine débouchèrent sur un réel sentiment d'amitié. Si Jockl avait fini par se confier, c'est qu'il n'en pouvait plus de garder son secret, et surtout parce qu'il avait acquis la conviction que jamais Schröder ne le trahirait.

« Alors ? On rêvasse au lieu de travailler ? »

Le steward sursauta violemment.

C'était Otto Schiendick.

« Suis-moi », ordonna le Leiter.

Jockl bredouilla :

« Que se passe-t-il ? »

Le chef de groupe avait-il lu dans ses pensées ? Dans ce cas, il le tuerait. Mais non, c'était impossible. Ses angoisses lui faisaient perdre la tête.

« Suis-moi », répéta Schiendick.

Une fois sur le pont, le Leiter jeta un regard autour de lui pour s'assurer que personne ne pouvait les entendre, puis il se décida à ouvrir la bouche. Il parla pendant de longues minutes et, à mesure qu'il dévoilait ses intentions, Leo se sentait perdre pied. Ce que le Leiter exigeait de lui était insensé : Jockl devait espionner les faits et gestes du capitaine et lui rapporter les propos qu'il pouvait tenir à l'égard des passagers.

« Dans quel but ? questionna Leo, affolé.

— C'est un traître. Et je le prouverai. Il est complice des Juifs! Tôt ou tard il commettra un faux pas, c'est sûr. »

Il demanda :

« Savais-tu que son musicien préféré n'est autre que Mendelssohn? »

En guise de réponse, Leo adopta un faux air consterné.

« Alors? Nous sommes d'accord? » insista Schiendick.

Les pensées de Jockl se bousculaient dans son esprit. Il n'était pas question pour lui de trahir Schröder. Mais il n'était pas question non plus de refuser d'obéir à ce nazi. Il ferait donc ce qu'il avait toujours fait depuis son départ de Vienne : il tricherait. Il ne rapporterait à Schiendick que des informations sans conséquences pour le capitaine.

« Très bien, dit-il d'une voix qui se voulait ferme. Je ferai ce que tu demandes.

— Tu es sûr, Leo? Je n'apprécie pas qu'on se joue de moi. »

Jockl hocha la tête à plusieurs reprises et répéta avec toute la conviction dont il était capable :

« Je te promets. Je ferai ce que tu demandes. »

Erich Dublon, lui, continuait de noter assidûment ses impressions pour son ami Peter.

En date du 14, on peut lire :

> « Retrouver sa cabine sans se perdre dans le dédale des couloirs n'est pas encore pour demain. Ce navire est si grand ! [...] Les repas sont servis en deux temps. Une heure sépare les deux services. [...] La qualité de la nourriture dépasse toutes nos espérances. J'ai mis de côté un menu à ton intention, ainsi tu pourras mieux te rendre compte de la variété des plats qui nous sont proposés. Pas facile de faire son choix entre soupes, poissons et volailles, légumes, salades, fruits, fromages, glaces. Je me demande quel estomac pourrait contenir tout cela ! À minuit, nous nous sommes trouvés au cœur de la Manche. Du pont, nous avons pu apercevoir le phare et le scintillement des lumières du port de Douvres. Le navire progresse tran-

quillement sur les eaux. Point de mauvais temps, qui est souvent le propre de cette région[27]. »

Et le 15 au matin, il poursuit :

« Nous avons laissé derrière nous les côtes anglaises et nous ne sommes plus très éloignés de Cherbourg. Une carte maritime est affichée sur le pont-promenade, elle est régulièrement mise à jour, ce qui nous permet de situer la position du bateau. Le décalage horaire entre l'Europe centrale et l'Europe occidentale a provoqué un certain désordre au petit déjeuner, la plupart d'entre nous n'ayant pas ajusté leur montre[28]. »

Vers onze heures du matin, la rade du port de Cherbourg apparut à la pointe du Cotentin. Sous les regards subjugués des passagers, surgit l'édifice flambant neuf de la grande gare maritime transatlantique, dominé par son majestueux campanile et, sur la droite, les murailles de la vieille forteresse. Dan Singer pensa . « Un petit pas de plus vers la liberté. »

Le navire accosta.

Debout dans la timonerie, Gustav Schröder essayait tant bien que mal de maîtriser sa nervosité. Toute la nuit durant, le câble de Holthusen avait hanté son esprit *: Ordre impératif vous rendre à La Havane à toute vapeur.* S'il voulait réussir, l'escale française devait être la plus brève possible. Il pria pour que les opérations de ravitaillement et l'embarquement des trente-huit nouveaux passagers se déroulent le plus rapidement possible. Et puis, il y avait eu ce nouvel incident qui l'avait opposé à Schiendick. En passant devant le panneau d'affichage situé sur le pont A, Schröder était tombé sur des pages extraites du dernier numéro de *Der Stürmer*, le journal du Parti, placardées par le Leiter. Une fois de plus, il avait dû rappeler à l'ordre le steward et l'avait sommé de la manière la plus formelle de ne plus faire de propagande sur son navire. L'éclat de Schröder avait été d'autant plus violent qu'il avait appris quelques heures plus tôt, par la bouche même de Jockl, la tentative de Schiendick qui visait à le transformer en mouchard. Dans l'instant, sa première pensée fut d'en finir une fois pour toutes avec le Leiter en le débarquant à Cherbourg. Mais c'eût été prendre un risque inutile. Six mois auparavant, ordre avait été donné à tous les capitaines de la Hapag de ne révoquer sous aucun prétexte les Leiter sans autorisation écrite du superintendant de la marine.

> « J'aperçois le *Queen Mary* qui a jeté l'ancre dans la rade, note Erich Dublon. Quatre-vingt-quatre mille tonneaux. C'est le plus grand bateau du monde. Son tirant d'eau ne lui a pas permis d'entrer dans le port de Cherbourg. Le ravitaillement a commencé. On nous livre des légumes frais, du lait, des conteneurs d'eau potable[29]. »

Accoudés au bastingage du pont C, Otto et Rosy Bergmann observaient les dockers qui remontaient la passerelle, chargés de cageots. En retrait, Charlotte Hecht, la sœur de Rosy, restait allongée sur son transat. Ces va-et-vient ne l'intéressaient guère. Elle ne supportait plus ni le bruit ni la foule. À quatre-vingts ans bientôt, et après tout ce qu'elle venait de subir, elle n'aspirait plus qu'à une seule chose : retrouver la sérénité, un toit, et s'éteindre en paix. De plus, sa sœur Rosy, avec ses allusions superstitieuses, avait le don de l'angoisser. Depuis leur départ, elle n'avait cessé de lui rebattre les oreilles avec ses craintes : ils étaient partis de Hambourg un 13. Et un jour de shabbat. C'est sûr, cela ne présageait rien de bon.

Charlotte avait fini par pousser un cri d'exaspération. Après tous ces cauchemars éveillés, que pouvait-il leur arriver de pire ? Ils allaient enfin vivre libres !

Non loin de là, Alice Feilchenfeld observait elle aussi les allées et venues, mais pas par distraction. Ses doigts étaient noués au bastingage jusqu'à s'en bleuir les phalanges. Son mari l'avait précédée à Cuba. Leurs quatre enfants avaient été envoyés en Belgique. Il était prévu qu'ils rejoindraient Cherbourg pour y retrouver leur mère et poursuivre avec elle leur voyage vers La Havane. Seulement, cela faisait plus d'une heure que le *Saint-Louis* était amarré, et elle ne les voyait toujours pas.

Et s'il leur était arrivé quelque chose? S'ils avaient raté leur train. Si...

Le gong du déjeuner retentit. Elle resta sur place et continua à faire le guet jusqu'en début d'après-midi.

Vers quinze heures, un canot approcha. Le cœur d'Alice s'emballa. Le canot transportait trente-huit passagers. Essentiellement des femmes et des enfants. Où étaient les siens? Étaient-ils là? Elle avait beau chercher, elle ne les voyait pas. Elle eut envie de hurler. Plus question d'attendre. Même si elle ne devait plus jamais revoir son mari, elle allait quitter le bateau et se rendre en Belgique. Les yeux noyés de larmes, elle partit à la recherche d'un officier.

C'est à ce moment précis qu'elle entendit un cri :

« Maman ! »

Elle fit volte-face, le cœur à l'arrêt : Judith et Henny, suivis de Wolf qui portait le petit Rafaël dans ses bras, couraient vers elle. Ils avaient été les derniers à quitter la chaloupe.

Schröder avait du mal à en croire ses yeux. La réponse qu'il attendait de Holthusen venait de lui être remise par le radio. Elle se résumait à quelques mots brefs :

RÉPÉTONS ORDRE IMPÉRATIF DE MARCHER À TOUTE VAPEUR À CAUSE SITUATION FLUIDE À LA HAVANE[30]

7

Lorsqu'un matin d'octobre 1492, Christophe Colomb débarqua sur l'île des Pins et qu'il fut mis en présence des Indiens arawaks et guanahacaribes, il ne douta pas un seul instant qu'il avait réussi son pari. Cet endroit ne pouvait être que les Indes. Il ignorait alors que ce n'était qu'une île des Caraïbes.

Près de cent ans plus tard, les anciens conquistadors feront du port de La Havane le centre de leurs activités commerciales, et les autochtones seront allègrement massacrés. En 1570, il ne reste plus que deux cent soixante-dix familles d'Indo-Cubains qui vivent dans une indigence absolue. Vers la fin du XVIe siècle, le manque de main-d'œuvre entraîne l'utilisation massive d'esclaves noirs africains qui vivront dans des conditions de misère indescriptibles. En 1620 débute l'exportation massive du sucre vers l'Espagne et le tabac devient aussi une production nationale.

Au fil du temps, le port attire les corsaires anglais, français et hollandais. Ces aventuriers organisent la contrebande de produits et permettent à une classe de grands propriétaires terriens créoles de vivre indépendamment du pouvoir colonial espagnol et notamment de la Compagnie royale de commerce de La Havane. Ces hommes forgeront l'identité culturelle moderne de Cuba et joueront un rôle décisif dans les luttes pour l'indépendance qui vont s'initier dès la seconde moitié du XIXe siècle.

Le XIXe siècle est le siècle du tabac. Les boîtes de cèdre décorées rendent les premières marques de cigares cubains célèbres dans le monde entier. Mais les barrières douanières américaines provoquent une grave crise de cette industrie naissante. Pendant cette même période, Cuba perd sa position de troisième producteur mondial de café à cause de ces mêmes barrières douanières : l'île devra procéder à l'arrachage de nombreuses plantations pour les remplacer par la canne à sucre. Cuba dépend désormais pour son développement des besoins et des décisions de son puissant voisin.

En 1858, le sénateur Stephen A. Douglas prononce un discours à La Nouvelle-Orléans qui fait suite à la proposition de l'« achat de Cuba » par les États-Unis à l'Espagne. Il affirme : « C'est notre destin de posséder Cuba et ce serait une folie même de débattre de cette question. Cuba appartient par nature au continent américain. »

En 1868, c'est le début de la première guerre d'indépendance du pays. Elle va durer dix ans. Antonio Maceo (haut gradé de l'armée de libération) et Maximo Gomez sont les deux chefs les plus prestigieux de l'insurrection qui voit s'affronter, d'un côté les latifundiaires créoles, et de l'autre, le pouvoir colonial. Le pacte de Zanjón (10 février 1878) met fin à dix ans de combats en échange, non pas de l'indépendance, mais de la « promesse de réformes démocratiques ».

À partir de 1895, les États-Unis investissent à Cuba environ cinquante millions de dollars via des compagnies comme la Sugar Trust pour le sucre, ou la Juragua Iron Co qui obtient l'exclusivité de l'exploitation du fer dans les mines de la province de Santiago. Le sucre cubain ne peut échapper à la mainmise de son voisin, qui rachète à bas prix les plantations ravagées par la guerre d'indépendance. Le règne absolu du dollar sur le sucre commence, et Cuba connaît alors de profondes mutations : l'île passe du capitalisme colonial au néocolonialisme financier.

Le 24 février de cette même année 1895, la lutte reprend contre l'Espagne, soutenue cette fois par les États-Unis. On s'en doute, ce n'est pas un sentiment altruiste qui inspire cette démarche, mais la volonté de faire main basse sur l'île. José Martí, le héros des luttes indépendantistes, trouve la mort à Dos Ríos, le 19 mai. Il avait écrit : « Je risque tous les jours ma vie pour mon pays. L'indépendance de Cuba doit empêcher que les États-Unis s'étendent jusqu'aux Antilles ; telle est ma mission ; tout ce que j'ai fait et ferai va dans ce sens. »

En 1897, l'Espagne décide enfin d'accorder à l'île l'autonomie, mais les indépendantistes ne baissent pas les bras pour autant.

Le gouvernement des États-Unis, qui guettait depuis longtemps cette occasion, décide d'envoyer deux croiseurs de sa flotte en tant qu'« observateurs ». Le *USS Maine* explose dans le port de La Havane dans des circonstances jamais élucidées. Washington accuse directement l'Espagne et lui déclare la guerre au nom « de la liberté et de l'indépendance de Cuba » *.

Trois ans après la mort de Martí, le 10 décembre 1898, l'Espagne vaincue est contrainte de signer le traité de Paris.

La République de Cuba est formellement instituée le 20 mai 1902. Mais elle est immédiatement placée dans l'orbite des États-Unis, qui, grâce à l'amendement d'un sénateur américain du nom de Hitchcock Platt, imposent leur domination et placent les dirigeants politiques à leur service. Par ce texte, les États-Unis sont autorisés à utiliser la force armée ou la pression diplomatique dans les affaires intérieures de l'île pour « sauvegarder son indépendance et soutenir un gouvernement stable, capable de protéger les vies humaines, les propriétés et les libertés »... De surcroît, ils s'accordent le droit d'établir des bases militaires et navales ** et celui de veto sur les traités ainsi que sur les engagements internationaux des futurs gouvernements cubains.

---

* Ce fut dans la nuit du 15 février 1898, à 21 h 40, qu'une explosion ravagea le navire. A-t-il heurté une mine du port ? A-t-il été victime d'un sabotage ? La combustion spontanée du charbon (accident assez fréquent à bord des vaisseaux de guerre de l'époque) a-t-elle déclenché l'explosion du magasin où étaient entreposées les munitions ? Quelle que fut la raison, il est évident que les États-Unis utilisèrent ce prétexte pour entrer en guerre contre les Espagnols.

** Encore présentes aujourd'hui à Guantanamo.

Le Dr Alfredo Zayas, pion américain, est élu président en 1921. La corruption des sphères gouvernementales provoque l'émergence d'un mouvement de colère en latence parmi les étudiants, dirigé par Julio Antonio Mella*.

En 1925, Mella réussit à soulever les ouvriers de la compagnie US United Fruit Co. Zayas, comprenant les dangers d'une « contamination » des esprits, entreprend une politique de réformes qui profite surtout aux investisseurs de Wall Street. Le général Machado, personnalité violente et inculte, prend alors la présidence. À peine au pouvoir, il proclame qu'« il ne tolérera pas une grève de plus de cinq minutes ». Il réforme la Constitution pour pouvoir prolonger sa présidence en l'autorisant à se présenter comme candidat unique. L'opposition crie son indignation. Il prend alors la décision de former une police politique chargée de liquider l'opposition. Julio Antonio Mella meurt assassiné par cette police en 1929 au Mexique. Sous la pression de la rue, Machado est contraint de démissionner. Il abandonne ses fonctions en même temps que le pays, le 12 août 1933. L'ambassadeur des États-Unis en poste, Sumner Welles, impose Carlos Manuel de Cespedes comme président provisoire, à la grande colère des étudiants, des révolutionnaires et des militaires.

Il ne régnera que quelques jours. Vers la fin août, c'est au tour de Ramón Grau San Martín, personnalité libérale, de prendre la tête du gouvernement. Mais lui aussi sera très vite évincé. En janvier 1934, un coup d'État est organisé par des révolutionnaires de droite avec, à leur tête, toujours appuyé par les États-Unis, le chef de l'armée cubaine : Fulgencio Batista. Au bout de quelques mois, exit Grau San Martín. Il est remplacé par Carlos Mendiata. Quelques mesures sont adoptées, dont la peine de mort et l'interdiction de faire

---

* J.A. Mella avait vécu aux États-Unis pendant son adolescence et c'est donc en connaisseur qu'il prit la tête du mouvement des Universités populaires. Fondateur du Parti communiste cubain en 1925, il propagea l'idéologie marxiste dans le pays et se consacra à son projet réformiste radical.

grève. Deux ans plus tard, Miguel Mariano Gómez est à son tour investi président. Il ne régnera pas plus de douze mois. Batista – âme damnée des Américains – le fait remplacer par le vice-président Federico Laredo Brù.

C'est lui, Laredo Brù, qui va décider en ce mois de mai 1939 du destin des passagers du *Saint-Louis*. Né à Santa Clara, Brù a soixante-quatre ans, l'œil noir, un visage aux traits anguleux, et n'est pas dépourvu d'une certaine prestance. Entre 1895 et 1898, il est de tous les combats pendant la guerre d'indépendance. Son cursus le conduira, entre autres, à la fonction de président de la cour de Santa Clara. En 1933, il est nommé ministre de l'Intérieur. Il est l'un des fondateurs de l'Union nationaliste et de la Légion de fer, organisation supposée défendre les intérêts des nationalistes cubains. Mais en réalité, Federico Laredo Brù est bien fragile : le vrai roi derrière le trône n'est autre que le colonel Fulgencio Batista*.

Cet après-midi-là, jeudi 18 mai, une chaleur éprouvante sévissait à Cuba. Assis à son bureau, Brù écarta d'un geste nerveux un invisible fil du revers de sa veste blanche, puis tendit la main vers une boîte en marqueterie, souleva le couvercle et choisit un Monte Cristo, sa marque de cigares préférée. Il palpa la gaine, la fit rouler lentement près de son oreille pour s'assurer de sa fraîcheur, sectionna ensuite le bout à l'aide d'un coupe-cigares en argent. Il prit une allumette, chauffa l'extrémité du cigare en prenant soin de ne pas l'enflammer. Chacun de ses gestes était parfaitement mesuré et reflétait en tout point la personnalité de l'homme.

Ce n'est qu'après avoir aspiré deux ou trois bouffées qu'il posa son regard sur le rapport qu'on lui avait transmis une dizaine de jours auparavant. Il en connaissait le contenu par cœur. Les pages annonçaient l'arrivée prochaine de trois

---

* Renversé par Fidel Castro le 1ᵉʳ janvier 1959, Fulgencio Batista, accompagné de sa famille, prit la fuite pour Saint-Domingue, en emportant avec lui quarante millions de dollars du Trésor public.

navires chargés de plusieurs centaines de réfugiés, parmi lesquels le *Saint-Louis*. Brù ne se posait qu'une seule question : lequel des trois navires arriverait le premier à La Havane ? Pour le reste, sa décision était prise depuis longtemps ; depuis qu'il avait promulgué le décret n° 937. « N'accéderaient sur le territoire cubain que les réfugiés en transit qui se seraient dûment acquittés de la caution de cinq cents dollars. » Tous les autres, ceux qui avaient bénéficié de ces visas frauduleux estampillés par ce forban de Manuel Benitez, seraient impitoyablement refoulés. Le fauteuil présidentiel de Brù était bien trop instable pour qu'il s'offrît le luxe de s'opposer à la pression de la rue. Or, depuis quelques semaines, la rue était nerveuse. De nombreuses manifestations s'étaient succédé, exigeant qu'un coup d'arrêt soit donné à l'immigration. Les gens avaient peur de perdre leur emploi ; d'autres craignaient de ne jamais en trouver si les nouveaux arrivants investissaient les postes vacants. C'était vrai, mais en partie. Car ce que Brù ignorait, c'était que la plupart des manifestations avaient été suscitées par les groupuscules nazis sous la houlette de Robert Hoffman, l'espion de l'Abwehr. Une alliance avait même été signée entre le Parti nazi cubain, nouvellement légalisé, et le Parti fasciste national. De cette alliance était née une campagne virulente.

Mais par-dessus tout, Brù ne souhaitait guère prêter le flanc aux critiques de son protecteur, celui-là même qui l'avait placé au pouvoir : le colonel Batista.

Il tira une nouvelle bouffée de son cigare. La fumée se répandit à travers le bureau. Une nouvelle interrogation surgit à son esprit : à combien pouvait s'élever la fortune que le directeur de l'immigration avait amassée avec son commerce de visas ? Sûrement bien plus que lui, Federico Laredo Brù, n'avait jamais possédé.

Décret n° 937... 937 passagers. Étrange coïncidence.

« Je suis un humaniste ! Vous comprenez ? Un bienfaiteur. Vos insinuations sont scandaleuses ! »

La voix outrée du colonel Benitez résonna si fort dans la cafétéria de l'hôtel Plaza que tous les visages se tournèrent dans sa direction et que son interlocuteur, Luis Clasing, l'agent local de la Hapag, s'en trouva gêné.

Il poursuivit sur sa lancée :

« En accordant ces autorisations, dites-vous bien que je n'ai fait que répondre à un appel de détresse. Mon seul désir fut d'arracher de malheureux innocents aux griffes du nazisme. Comment pouvez-vous laisser entendre que seul l'appât du gain aurait dicté mon attitude ? »

Clasing éluda la question tant la réponse eût été lapidaire. Plus personne à Cuba n'ignorait que Benitez s'était rempli les poches avec ce trafic de visas. Voilà plus d'un an qu'il avait créé entre l'hôtel Plaza et l'agence de la Hapag une officine baptisée « Bureau d'immigration » ; officine privée et illégale. Le décret nº 55 avait représenté pour lui une formidable opportunité de s'enrichir. On eût dit qu'il avait sinon prévu, du moins anticipé sa promulgation. Au cours des derniers mois, il avait apposé sa signature sur près de quatre mille permis de séjour, sur papier à en-tête du département de l'Immigration (papier détourné par ses soins). Ce qui lui avait rapporté – à cent cinquante dollars le permis – la modique somme de six cent mille dollars ; sans compter les « gratifications » que ne manquait pas de lui accorder la Hapag, « en témoignage d'amitié ». Car chaque visa accordé représentait un passager de plus pour la compagnie maritime. Finalement, grâce à ce trafic, tout le monde y trouvait son compte.

Clasing jugea plus utile de revenir au sujet essentiel : le devenir des passagers.

« Colonel. Il ne sert à rien de vous emporter. Selon mes informateurs...

– Quels informateurs ? Vous voulez parler de ces colporteurs de ragots ?

– Je veux parler, entre autres, du secrétaire d'État. Votre ancien collègue, le Dr Juan Remos, qui m'a affirmé – pas plus tard qu'hier – que le président, se référant au décret n° 937, n'avait pas l'intention d'accorder asile aux passagers du *Saint-Louis*. »

Un petit rire ironique secoua Benitez. Il effleura distraitement les extrémités de sa moustache.

« Le décret n° 937... Mais ce n'est qu'un vulgaire morceau de papier qui n'a pas plus de valeur que l'accord signé à Munich entre le Führer et ce pauvre Chamberlain. »

Clasing écarquilla les yeux.

« Comment pouvez-vous accorder si peu de crédit à un décret présidentiel ? »

Le colonel écarta les bras.

« *¡Ésta es Cuba!* Nous sommes à Cuba, mon cher ! Vous devriez savoir que dans ce pays, les lois ne valent que pour ce qu'elles sont : de simples trompe-l'œil. Des artifices qui ont pour but d'endormir la foule. Faites-moi donc confiance, vos passagers débarqueront. »

Il s'empressa de faire observer :

« D'ailleurs, ne m'avez-vous pas dit que le Dr Remos* s'était proposé de plaider votre cause auprès du président ? Alors ! »

Luis Clasing resta silencieux. Il était vrai que le secrétaire d'État lui avait promis son aide. Il en avait même été surpris, sachant à quel point Remos soutenait les idées de Brù. Pourtant, devant son étonnement, le secrétaire lui avait déclaré : « La conscience est parfois plus importante que tout. Vous devriez vous en souvenir[31]. »

« Cela étant, reprit le colonel Benitez, nous pourrions peut-être trouver une issue au cas où le président Laredo maintiendrait sa position.

– C'est-à-dire ? »

---

* Juan Remos avait été professeur d'université. Âgé à l'époque d'une quarantaine d'années, il était connu comme un « intellectuel libéral ». Auteur de nombreux ouvrages, il avait rédigé à l'âge de quinze ans une histoire de la prise de la Bastille et peu après une thèse sur la vie du musicien Donizetti. Sous le gouvernement Batista, il occupera la fonction de ministre de l'Éducation.

Un sourire énigmatique était apparu sur le visage buriné de l'homme.

« Voyez-vous, mon cher Luis, j'ai beaucoup réfléchi à cette histoire de décret n° 937. Je suis certain qu'il n'a pas été inspiré au président dans l'unique but de freiner l'immigration. Non. Ce décret n'est ni plus ni moins qu'un acte de vengeance.

– Un acte de vengeance, dites-vous ? Mais pourquoi ? Qui serait visé ?

– Qui voulez-vous que ce soit, sinon ma personne ? répliqua Benitez comme s'il s'agissait d'une évidence. Ne vous êtes-vous jamais demandé si notre président n'aurait pas souhaité s'approprier une partie des sommes encaissées par le bureau d'immigration ?

– Vous n'êtes pas sérieux !

– Au contraire, jamais je n'ai été aussi sérieux. Il ne s'agit pas d'une supposition, mais d'une certitude. »

Il ajouta en se parodiant :

« Nous sommes à Cuba, mon cher ! »

Un peu perdu, Clasing attendit la suite.

« Aussi, reprit le colonel, je me demande s'il ne suffirait pas de combler cette... lacune pour que vos passagers débarquent librement. »

L'agent de la Hapag croisa les bras.

« Mais encore...

– Parlons clairement : combien votre compagnie serait-elle disposée à verser pour obtenir l'abrogation du décret ?

– Et si je vous retournais la question ? Quelle somme serait susceptible de faire fléchir le président Brù ? »

Benitez fit mine de réfléchir, puis :

« Quelque chose comme... deux cent cinquante mille dollars ? »

Clasing faillit s'étouffer.

« Deux cent cinquante mille dollars ? Jamais la Hapag n'acceptera de débourser un tel montant ! C'est absurde.

– Dans ce cas...

– Et pourquoi ne pas imaginer une autre solution, colonel ?

– Je vous écoute.

– Vos... caisses (il faillit dire « vos poches ») sont pleines. Il serait très facile pour vous de vous départir de la somme. Disons que ce serait un manque à gagner, c'est tout. »

Ce fut au tour de Manuel Benitez de s'étrangler.

« Moi ? dit-il en se frappant la poitrine. Vous croyez que cet argent est placé sur mon compte en banque personnel ? Vous m'insultez, monsieur Clasing ! Je ne peux pas l'accepter. »

Il fit mine de se lever.

« Attendez ! C'est trop facile ! Vous vous dérobez à vos responsabilités, vous ne pensez qu'à votre orgueil, tandis que moi j'ai le problème de neuf cent trente-sept passagers sur les bras. Vous devez m'aider ! Vous semblez oublier que c'est vous qui avez signé ces visas !

– Très bien. Pour vous prouver ma bonne foi, je vais de ce pas téléphoner à la présidence. »

Il se leva pour de bon et invita l'agent de la Hapag à le suivre.

Un téléphone se trouvait sur un coin du bar. Le colonel composa le numéro du palais. Il sollicita du secrétaire un rendez-vous immédiat et urgent avec Laredo Brù. On le mit en attente. Au bout de quelques minutes, on lui fit savoir que le président l'attendait en fin d'après-midi. À dix-huit heures précises. Satisfait, Benitez raccrocha et lança à Clasing d'un air triomphant :

« Et voilà ! Vous voyez bien qu'il n'y a pas de raison de vous inquiéter. Je vais parler au président. Et je suis sûr qu'il se rendra à mes arguments. À présent, señor Clasing, vous pouvez aller faire votre sieste ! »

L'agent de la Hapag opina sans enthousiasme et se retira encore plus soucieux qu'à son arrivée. C'est qu'un autre sujet le tourmentait, dont il ne pouvait s'entretenir avec Benitez. Il n'ignorait pas que le soi-disant collaborateur qu'on lui avait imposé, en l'occurrence Robert Hoffman, faisait partie du réseau d'espionnage que l'Abwehr avait implanté sur l'île. Il n'ignorait pas non plus qu'un échange d'informations était prévu entre Hoffman et un membre de l'équipage du *Saint-Louis*. Si par malheur Benitez venait à échouer dans ses démarches, les passagers ne débarqueraient pas et Hoffman serait dans l'incapacité de transmettre à Otto Schiendick les précieux renseignements qu'il détenait. Clasing prit son mouchoir, essuya d'un geste nerveux la sueur qui inondait son front et activa le pas.

Non loin de là se trouvait l'American Club. C'est à cet endroit que se réunissaient la plupart des officiels qui travaillaient pour les différents organismes liés aux États-Unis, ambassade, consulat, agents secrets, *businessmen*, mais aussi nombre de Juifs qui vivaient à Cuba (environ une centaine de familles) et possédaient la nationalité américaine. La plupart d'entre eux étaient originaires de Roumanie ou descendaient d'émigrés juifs allemands installés en Amérique. Ils étaient arrivés dans le pays au début des années 20 et s'étaient très vite intégrés. Ils parlaient couramment l'espagnol, possédaient leur synagogue, leurs magasins de nourriture casher, et partageaient leurs moments de loisir dans des clubs aussi huppés que le Miramar Yacht-Club ou le Havana Yacht-Club. L'idée de quitter Cuba pour émigrer aux États-Unis ou ailleurs n'effleurait même pas leur esprit.

Assis près de la baie vitrée ouverte sur la rue, Ross E. Rowell pria le serveur de lui verser une nouvelle rasade de bourbon. Une expression soucieuse voilait le visage de l'espion américain. Il jeta un coup d'œil un peu las sur le verre vide abandonné par l'homme qui venait de se retirer : son collègue, Henry Barber, ne lui avait donné aucun conseil efficace quant à la manière de piéger le ou les agents de l'Abwehr qui débarqueraient en même temps que les passagers du *Saint-Louis*. Car de cela, Rowell était certain : il n'y aurait pas que de simples voyageurs à bord du navire. Il eût été pour le moins extraordinaire que les services de renseignements allemands n'eussent pas songé à profiter de ce voyage pour récupérer des informations auprès de Robert Hoffman, leur agent en poste. Seulement voilà : comment identifier parmi un millier de personnes le « facteur » désigné pour cette mission ? Barber, qui possédait une expérience bien plus grande que celle de Rowell, semblait traîner les pieds. Il jugeait inutile que, le jour de l'arrivée du *Saint-Louis*, Rowell et lui fassent le pied de grue sur le quai afin d'examiner tous les visages, comme si – avait-il ajouté – la fonction d'agent de l'Abwehr pouvait être gravée sur l'un d'entre eux. Selon lui, il était préférable d'attendre que tous aient débarqué pour surveiller leur comportement.

« Filer mille personnes dans les rues de Cuba ? s'était récrié Rowell. Il faudrait une armée de suiveurs ! Vous n'y pensez pas ! »

Finalement, à force de persuasion, l'attaché naval avait réussi à convaincre son collègue. Le jour de l'arrivée du *Saint-Louis*, tous deux se rendraient sur le quai et épieraient discrètement les passagers. Avec un peu de chance, Robert Hoffman s'y trouverait lui aussi. Dans le cas où son correspondant l'aborderait, Barber et Rowell seraient là, prêts à intervenir afin d'empêcher – dans la mesure du possible – un éventuel échange d'informations entre les deux hommes.

À présent, Rowell se demandait si, tout compte fait, Barber n'avait pas raison : l'espion allemand serait-il suffisamment stupide pour s'afficher en plein jour avec l'envoyé de l'Abwehr ?

Voilà quatre jours que le *Saint-Louis* avait franchi la Manche et abandonné le golfe de Gascogne.

« Huit heures du matin, écrit Erich Dublon. On se bouscule sur le pont pour admirer l'une des îles des Açores. L'île de Flores semble une montagne qui regarde l'océan. On aperçoit de nombreuses maisonnettes. Et, sur l'une des extrémités planes, trois moulins à vent dont les ailes tournent lentement, une église. Hélas, la brume qui est apparue aux premières lueurs de l'aube se fait de plus en plus dense. Et la vision de l'île s'estompe rapidement[32]. »

Nous étions le 19 mai. Un vendredi. En fin d'après-midi, alors que la première étoile n'était pas encore apparue dans le ciel. Les passagers les plus pratiquants – du moins tous ceux que le grand salon pouvait contenir – se rassemblèrent. À la lueur des bougies, Dan Singer, Ruth et les autres eurent l'impression de vivre un instant miraculeux : non seulement ils avaient obtenu de Gustav Schröder l'autorisation de célébrer l'office du shabbat, mais le capitaine avait poussé la courtoisie jusqu'à ordonner – au grand dam des « pompiers » et de Schiendick – que l'on décrochât le portrait du Führer pendant toute la durée de la prière. Alors que s'élevait le *kabalat shabbat*, le chant enveloppa les cœurs d'un espoir neuf, l'espoir d'un avenir bientôt retrouvé, et Dan se surprit à réciter les mots de son enfance, des mots qu'il n'avait plus prononcés depuis longtemps : « *Boï kala boï kala shabbat malketa...* » « Viens fiancé, viens fiancé, shabbat la reine... »

Il posa son regard sur Ruth. Elle semblait sereine. Sans doute commençait-elle à croire elle aussi en des jours meilleurs.

À dix-huit heures précises, Manuel Benitez fut introduit dans le bureau présidentiel.

À 18 h 15, il en ressortit fortement contrarié. Le colonel avait à peine commencé à exposer le problème posé par le décret n° 937 qu'il avait été sèchement interrompu : « L'affaire est entendue, colonel Benitez. La loi restera ce qu'elle est. »

8

Ruth n'était pas la seule à croire en des jours meilleurs. Dans leur très grande majorité, les passagers voyaient leur cauchemar s'éloigner tandis que le navire se rapprochait un peu plus de Cuba.

Il faut dire que les distractions étaient aussi nombreuses que variées. Certains – qui jusqu'ici n'avaient jamais été très férus de sport – étaient devenus de fervents adeptes du gymnase ; d'autres faisaient tous les matins une heure de marche le long du pont-promenade ; d'autres encore se livraient à de longues parties de *shuffleboard**, ou à des courses de chevaux de bois. Les femmes bavardaient, paresseusement allongées au bord de la piscine, tandis que les hommes se retrouvaient dans le fumoir lambrissé de chêne pour échanger leur vision du monde. À la nuit venue, une fois les enfants couchés, les couples gagnaient la Tanzplatz, pour se laisser emporter dans un tourbillon d'insouciance sur la piste de danse : *Lotosblumen Walzer, Dur und Moll, Pot-Pourri, Erinnerungen an Sorrento,* valses viennoises, fox-trot et charleston s'enchaînaient pour s'achever, la plupart du temps, sur un air de Franz Lehar au titre bien curieux : *Hab' ein blaues Himmelbett ?* « As-tu un lit à baldaquin bleu ? » On était à mille lieues de la nuit de Cristal et des silences effrayés.

---

* Sorte de marelle anglaise, qui se joue avec des palets que l'on pousse en s'aidant de manches de bois.

107

En évoquant ces instants, Schröder écrivit dans ses mémoires :

> « Grâce à l'air frais du large, à la bonne nourriture, au service soigné, il régna rapidement une ambiance détendue sur le navire. Progressivement, les tristes souvenirs de la vie au pays se perdaient dans les flots pour être remplacés par des rêves. Ce bateau accueillant, voguant au cœur de l'Atlantique, formait un univers unique. L'espoir et la confiance y refleurissaient[33]. »

Un témoignage que confirmera, plus tard, Sol Messinger :

> « C'était un immense soulagement que de quitter l'Allemagne, compte tenu de la façon dont nous avions été traités par presque tous les Allemands. Sur le bateau, tout le monde se conduisait merveilleusement bien avec nous. C'était surréel. Il y avait une piscine. Moi je n'avais jamais nagé auparavant, et bien sûr ma mère m'interdisait d'y aller. Mon père lui a dit : "Laisse donc le petit y aller." J'ai donc nagé pour la première fois de ma vie sur le *Saint-Louis*. J'ai adoré ça[34]. »

Ou encore Susan Scheleger :

> « Nous étions soulagés d'avoir quitté l'Allemagne. L'atmosphère à bord était à la fête. Nous dansions, nous nous amusions beaucoup[35]. »

Et Philip Freund :

> « C'était une aventure de se retrouver sur cet énorme paquebot où il y avait plein de choses à découvrir. J'étais très intrigué par la salle des machines. Ma mère me disait : "Surtout tu ne descends pas à la salle des machines." Le premier endroit où je me suis aventuré fut bien sûr cette fameuse salle des machines. Ce lieu interdit[36]. »

Et Herbert Karliner :

> « Je passais mon temps à courir de tous côtés. Je suis même monté voir le capitaine une fois ou deux. Déjà à l'époque nous jouions aux cow-boys et aux Indiens. Un soir, il y a même eu une soirée spéciale pour les enfants[37]. »

Anna Fuchs-Marx :

> « Les gens faisaient preuve d'une bonne humeur héroïque compte tenu de la situation. Ils étaient pleins d'espoir et aussi de crainte pour l'avenir. C'était la joie d'avoir quitté l'Allemagne[38]. »

Néanmoins, au-delà de cette sérénité retrouvée, la béance des cicatrices demeurait. Il suffisait d'observer les enfants pour s'en convaincre. Certains d'entre eux avaient inventé un jeu bien singulier qu'ils avaient baptisé « Ici les Juifs ne sont pas admis ». Deux garçons adoptaient une allure rigide et sévère devant une barrière improvisée et détaillaient des pieds à la tête un de leurs camarades qui cherchait à passer. Les deux « gardiens » demandaient ensuite d'une voix dure : « Es-tu juif ? » Et comme l'autre se contentait de répondre oui, ils lui interdisaient sèchement le droit de passage en déclarant : « Les Juifs ne sont pas admis ici ! » Et le copain de répondre, l'air penaud : « Mais je ne suis qu'un tout petit Juif »[39].

La Havane, ce même jour, 19 mai

Dans son modeste bureau, situé au 556 de la rue Aguiar, Milton Goldsmith s'efforçait d'apaiser l'énervement de sa collègue, Laura Margolis. Voilà quelques mois que le couple dirigeait le Comité de secours juif à Cuba. C'était une petite organisation dont dépendaient la très grande majorité des cinq mille réfugiés installés à La Havane, qui vivaient avec l'espoir de pouvoir émigrer un jour aux États-Unis. Et ce nombre allait croissant. La tâche était aussi énorme que les moyens financiers du comité étaient limités. Au bord de la crise de nerfs, Laura s'exclama :

« Où est la solution ? Dites-le-moi ? Nous sommes de plus

en plus débordés ! Il nous faudrait embaucher une personne de plus. »

Avec la patience que lui conférait son âge avancé, Milton tapota affectueusement la main de Laura.

« Nous trouverons les moyens. J'ai contacté les bureaux du Joint à New York. Je leur ai expliqué dans quelle situation nous nous trouvions. »

Et il s'empressa d'ajouter d'un air un peu las :

« Croyez-vous que je vis de bon cœur ce qui nous arrive ? Il ne se passe pas un jour sans que je ne sois poursuivi jusque dans ma chambre d'hôtel par des malheureux qui n'ont plus les moyens de survivre. D'autres me supplient d'intervenir auprès des autorités américaines pour qu'un visa leur soit attribué. D'autres encore implorent mon aide pour que je fasse venir leurs parents ou leurs enfants restés en Allemagne. Et comme si tout cela ne suffisait pas, voilà que nous allons avoir à régler cette affaire du *Saint-Louis*.

— Le *Saint-Louis*, répéta Laura Margolis. Je sais. J'ai signalé au Joint les problèmes auxquels nous risquons d'être confrontés. Moi aussi je suis harcelée par des familles qui cherchent à être rassurées. Certaines d'entre elles auraient eu vent que les permis signés par Benitez n'étaient pas "casher".

— Et que leur avez-vous répondu ? »

Laura leva les yeux au ciel.

« Que répondre, sinon tenter de les rassurer ? »

Elle s'empressa de demander :

« Et vous ? Quelle est votre impression ? Peut-on imaginer sérieusement que le gouvernement cubain abandonne à leur sort le millier de personnes qui sont à bord du *Saint-Louis* ? »

Milton Goldsmith poussa un soupir.

« Je n'en sais rien, Laura. Je n'en sais rien. Tout ce que je puis vous dire, c'est que nous sommes à Cuba. Tout peut arriver. Le pire comme le meilleur... »

Non loin de là, Manuel Benitez était lui aussi en train de passer par mille tourments ; mais pas pour les mêmes raisons.

Depuis qu'à son corps défendant il avait été contraint de reconnaître que l'entrevue avec le président Brù n'avait rien donné, il devait faire face au feu des questions que lui assenaient tour à tour Luis Clasing et Robert Hoffman. Clasing parce qu'il était responsable des voyageurs en tant que représentant de la Hapag. Hoffman, parce qu'il craignait de manquer son rendez-vous avec Otto Schiendick.

« Et maintenant, questionna Clasing, comment allons-nous nous en sortir ? »

Le directeur de l'immigration essaya d'adopter un ton désinvolte.

« Pourquoi vous mettez-vous dans cet état ? Réfléchissez donc un peu. Brù autoriserait-il le *Saint-Louis* à pénétrer dans les eaux territoriales cubaines, sans même parler du port de La Havane, s'il avait vraiment l'intention de s'opposer au débarquement des passagers ? »

Ce fut Robert Hoffman qui répliqua :

« Je suis au regret de vous dire que votre argument ne tient pas ! Primo, le bateau n'est pas encore dans le port. Deuzio, à supposer qu'il y arrive, il y a une grande différence entre sa présence et le débarquement *effectif* des réfugiés ! »

Benitez fouilla dans le tiroir de son bureau et en extirpa un document imprimé.

« Lisez donc ceci ! Une centaine d'exemplaires sont actuellement placardés un peu partout dans la ville. Le texte stipule que mon bureau ne délivrera plus un seul visa. Mais en revanche, tous ceux qui ont été accordés *avant le 6 mai*, date à laquelle le décret n° 937 est entré en vigueur, seront dûment honorés. »

Il ajouta avec un large sourire :

« Or, les permis du *Saint-Louis* furent attribués *avant* le 6 mai. Vous comprendrez bien que la législation ne peut être rétroactive. Ces permis sont donc parfaitement légaux. »

Et il conclut :

« Vos passagers débarqueront. Je vous le garantis ! »

Hoffman et Clasing échangèrent un regard circonspect. L'argument du colonel semblait tenir la route...

111

À bord du *Saint-Louis,* le gong du dîner avait retenti depuis un moment déjà.

Dan et Ruth étaient assis à la même table qu'au premier jour, près de Max et d'Elise Loewe.

Dan s'empara du menu et lut à l'intention de Ruth, qui, par coquetterie, ne mettait jamais ses lunettes en public :

« Caviar sur toast, consommé aux quenelles, sole grillée, tournedos Rossini, dinde farcie au céleri, asperges à la sauce hollandaise, choux au vin, épinards à la crème, salade de laitue et de concombres.

– J'espère qu'il y a des glaces ! soupira Ruth, la fille de Max Loewe.

– *Himbeer-Eis !* Une glace à la framboise. Sinon une glace Carmen.

– Une glace Carmen ? s'étonna Elise Loewe. Mais où vont-ils chercher ces noms ? »

Elle se pencha vers son mari :

« Je pense que tu prendras la sole grillée, n'est-ce pas ? »

Max Loewe répondit d'un vague signe de la tête. Il semblait ailleurs. En fait, depuis leur départ de Hambourg, une expression triste, lointaine, restait gravée sur son visage. C'était comme s'il n'avait pas quitté sa ville natale de Breslau ; comme si jamais le bruit des vagues, ou la musique de l'orchestre, ne réussissaient à couvrir l'aboiement des chiens qui résonnait encore dans sa mémoire.

« Plus que huit jours, annonça Babette Spanier qui venait de rejoindre la table en compagnie de son mari. Nous sommes presque à mi-chemin. C'est merveilleux, vous ne trouvez pas ? »

Elle enchaîna très vite :

« Parfois je me demande si tout cela n'est pas une comédie. »

Son époux lui décocha un regard interrogatif.

« Une comédie ?

– Je veux parler des marins, des stewards. Vous avez vu de quelle façon ils nous traitent ?

– Pour ce qui me concerne, fit remarquer Dan Singer, je

les trouve extrêmement aimables. N'êtes-vous pas de cet avis?

— Bien sûr! C'est pourquoi je parle de comédie. Vous pensez bien qu'ils ne sont pas sincères! »

Fritz Spanier haussa les épaules.

« Comédie ou non, quelle importance? L'essentiel pour nous est de ne plus avoir à subir ce que nous avons subi; et pour eux, l'essentiel est de se débarrasser de nous. Alors... »

Il répéta :

« Quelle importance?

— Savez-vous quel film ils ont prévu pour ce soir? s'informa Ruth Singer.

— Aucune idée, lui répondit Babette. Mais j'ai bien aimé celui d'hier. *Le Cabinet des figures de cire.* Un peu effrayant par moments. Mais un beau film.

— Pour ma part, je n'ai jamais trouvé de talent à Paul Leni, lança Alice Feilchenfeld.

— Je vous trouve bien sévère. Leni est un merveilleux metteur en scène.

— Quelqu'un aurait-il aperçu Mme Weiler? s'enquit tout à coup Fritz Spanier.

— Elle doit être au chevet son mari, dit Alice. J'ai cru comprendre que le pauvre homme n'allait pas très bien. Il n'a pas quitté sa cabine depuis que nous sommes partis.

— Pourvu que ce ne soit pas trop grave. Il serait bien fâcheux qu'il lui arrive quelque chose alors que la liberté est proche. Ce serait absurde. »

Un silence approbateur accueillit sa remarque.

Si près du but, pensa Dan Singer, ce serait non seulement absurde, mais si injuste.

C'est probablement ce que devait penser aussi Recha Weiler, en passant un linge humide sur le front de son mari Elle le regardait comme on regarde un enfant. Une vie dans ce visage. Toute une vie. Leur vie. On frappa à la porte. Elle sursauta. Voici quelques années déjà qu'elle sursautait au moindre bruit. Qui cela pouvait-il bien être ? Le médecin du bord, le Dr Walter Glaüner, était déjà passé ce matin.

Elle alla ouvrir et eut un petit mouvement de surprise. C'était bien Glaüner.

« Bonsoir, madame. J'espère que je ne vous dérange pas. Je suis venu prendre des nouvelles de M. Weiler. Comment va-t-il ? »

Recha l'invita à entrer.

« Je ne sais plus, docteur. Il n'a rien mangé de la journée. »

Le médecin s'approcha du lit du vieux professeur.

« Alors, murmura-t-il doucement. Comment vous sentez-vous ? »

Meier Weiler eut un vague sourire.

« Je vais, docteur. Je vais... J'ignore encore où, mais j'y vais.

— À Cuba, dit Recha avec force. Plus que quelques jours maintenant. »

Et elle ajouta, en étouffant un sanglot :

« De toute façon, sache que tu n'iras nulle part sans moi. »

Walter Glaüner prit le pouls du malade, sa tension, palpa son ventre, examina ses pupilles.

« A-t-il bien pris les comprimés que je vous ai donnés ? demanda-t-il à Recha.

— Bien sûr.

— Alors il faut patienter. Vous verrez. Demain il ira mieux. »

Recha acquiesça, mais sans grande conviction. Elle connaissait son mari comme elle se connaissait elle-même. Il faisait partie de sa chair. Une voix lui soufflait que l'esprit ne luttait pas. Cet homme qui, toute sa vie durant, avait fait preuve d'un courage exemplaire, voilà que depuis leur départ il baissait les bras face à la maladie. Un lien invisible s'était brisé.

« S'il se passe quoi que ce soit, reprit le médecin, n'hésitez pas à m'appeler. Quelle que soit l'heure. Vous me le promettez ? »

Il répéta avec insistance :

« Quelle que soit l'heure. »

Recha fit oui de la tête. Cet homme était bon. Il n'était pas comme les autres.

Une fois seule, elle retourna au chevet de son mari et lui prit la main. S'il le fallait, elle garderait cette main serrée dans la sienne jusqu'à l'aube. Elle lui insufflerait la volonté de vivre.

La salle de cinéma était pleine.

Le Dr Spanier et sa femme avaient trouvé une place au premier rang. Non pas que Fritz fût amateur de films, mais il avait estimé que c'était une manière comme une autre de rendre la nuit moins longue.

Les lumières s'éteignirent. Le rai grisâtre du projecteur fusa par-dessus les têtes. Contre toute attente, au lieu du film annoncé, ce fut le visage du Führer qui apparut sur l'écran. Le titre se détacha ensuite sur fond de svastika : *Triumph des Willens*, « Le Triomphe de la volonté ». Il y eut un fondu enchaîné, et le nom du metteur en scène se détacha en caractères gras : Leni Riefenstahl*. La première séquence se déroula. Elle montrait Adolf Hitler tel un dieu descendu des cieux pour sauver le peuple allemand. Un mouvement de recul se produisit parmi les spectateurs. Des images hallucinantes se succédèrent. C'étaient celles du congrès du NSDAP** à Nuremberg, en 1934.

Fritz Spanier eut un haut-le-cœur, envahi d'un sentiment de colère et de frustration. Autour de lui, au fur et à mesure que le documentaire défilait, le même sentiment d'émotion

---

* Leni Riefenstahl est née le 22 août 1902 à Berlin. Elle est décédée le 8 septembre 2003. Jusqu'à son dernier souffle, elle nia l'importance de son rôle dans la promotion de l'Allemagne nazie. Mais sa carrière démontre clairement que loin d'être une simple victime innocente de la propagande politique nazie, elle contribua à créer une façade « de beauté et d'harmonie » pour le régime le plus barbare et réactionnaire de l'histoire moderne.

** Nationalsozialistische Deutsche Arbeiterpartei, « Parti national-socialiste des travailleurs allemands » ou Parti nazi.

se répandait. Fritz saisit fermement le bras de sa femme. C'était plus qu'il n'en pouvait supporter.

Dans un coin de la salle, Otto Schiendick, tapi dans la pénombre, le vit qui se dirigeait vers la sortie. Presque immédiatement, tous les autres lui emboîtèrent le pas. Bientôt, la salle fut déserte, il n'y avait plus que les gesticulations du Führer pour occuper le décor. Le steward jubilait. Une question néanmoins tracassait son esprit maladif : pourquoi ces gens étaient-ils tous sortis en se tenant droit, le front haut ?

Le Dr Spanier prit immédiatement la direction de la cabine du commissaire de bord. Il frappa deux coups. Une voix l'invita à entrer.

En apercevant le visage blême de son visiteur, Ferdinand Müller pressentit immédiatement que quelque chose de grave s'était produit.

« Pouvez-vous m'accorder quelques minutes ? demanda Spanier, la voix tremblante.

– Bien sûr. Prenez place, je vous prie. »

Le médecin déclina l'offre. Sans attendre, il rapporta ce qui venait de se passer dans la salle de cinéma et conclut :

« À présent, j'exige de voir le capitaine. »

Müller était atterré. Lui qui, depuis le départ, avait tout fait pour que rien ne vienne heurter la sensibilité des passagers avait négligé de visionner le contenu des documentaires. Il prit une profonde respiration et déclara :

« Croyez que je suis sincèrement confus. Je puis vous assurer que ce genre d'incident ne se reproduira plus. »

En guise réponse, Spanier se contenta de répliquer :

« J'exige de voir le capitaine.

– Je vous en prie, protesta Müller, il n'y a vraiment pas lieu d'en arriver là. Je puis vous assurer que...

– Monsieur le commissaire, coupa sèchement le médecin. Je vous demande une nouvelle fois de répondre à ma requête. Je veux voir le capitaine. »

À court d'arguments, Müller se résigna.

Quelques instants plus tard, il introduisait le médecin dans la cabine de Schröder. Ce dernier écouta calmement le récit de l'affaire et quand Spanier se tut, la première pensée qui vint à son esprit fut : « C'est un coup de Schiendick. » Le salaud n'avait pas baissé les bras. Après un court moment de silence, il déclara :

« Vous me voyez désolé, docteur. Croyez que je déplore cette faute de mauvais goût.

– Une faute de mauvais goût ? C'est tout ce que vous trouvez à dire ? Comment avez-vous pu autoriser une chose pareille ? Savez-vous comment ce genre de chose peut être ressenti par des gens blessés, meurtris ? »

Schröder baissa les yeux. Non, il ne savait pas. Il ne pouvait pas savoir.

« Docteur Spanier, dit-il d'une voix posée. Acceptez mes excuses. »

Il ajouta sur un ton sibyllin :

« Nous sommes au milieu de l'Atlantique. Mais n'oubliez pas que nous sommes toujours en Allemagne. »

Spanier se demanda comment il fallait interpréter cette remarque. Il resta silencieux, le regard fixé sur le capitaine. Il se dit qu'en effet ils étaient toujours en Allemagne et que Schröder ne pouvait rien faire de plus que d'agir en Allemand.

Il pivota sur ses talons et se retira.

Lorsque l'aube se leva, un soleil radieux étincelait sur l'océan. Nous étions le 20 mai. Depuis qu'ils avaient quitté les Açores, c'était le premier jour de beau temps. En effet, dans son désir de prendre de vitesse l'*Orduna* et le *Flandre*, Schröder avait délibérément opté pour un passage au nord des îles ; zone connue pour son instabilité climatique. À présent, on allait retrouver une mer plus clémente.

> « Aujourd'hui premier jour de grand soleil, nota Erich Dublon dans son journal. Néanmoins il serait prudent de ne pas trop s'exposer. Nombreux sont ceux qui déjà sont victimes de brûlures. Sous ces latitudes, les rayons sont autrement plus redoutables qu'à la maison ! La piscine est noire de monde. Une visite du bateau a été organisée ; elle

s'est révélée fort intéressante. L'Atlantique est si merveilleusement calme qu'il faut se lever de son transat et se pencher sur la mer pour se convaincre que nous continuons bien d'avancer. Pourtant, le navire progresse à grande allure. Il semblerait que la Hapag veuille arriver à Cuba avant deux autres bateaux ; un anglais et un italien *(sic)*. Sur la carte maritime du pont-promenade, le repère s'est encore déplacé, nous sommes de plus en plus proches de notre destination. L'Europe, l'Allemagne, Erfurt sont bien loin désormais. Nous avons encore retardé nos montres d'une demi-heure. La fin de soirée a donné lieu à une fête amusante : celle "des vignerons", danses et chants à la clef. Un prétexte de plus pour ne pas aller se coucher de bonne heure ! À présent, il faut que je m'arrête. Je dois rendre la machine à écrire. Ce n'est pas la mienne, mais celle du *Saint-Louis*, et Mme Sternberg en a besoin[40]. »

Dans la solitude de sa cabine, le capitaine n'avait profité ni du soleil ni de la fête des vignerons. Il n'avait toujours pas reçu de réponse de Claus-Gotfried Holthusen au deuxième message qu'il lui avait adressé et dans lequel il réclamait de connaître la situation exacte à La Havane et, surtout, les raisons pour lesquelles on le contraignait à engager une course de vitesse avec les deux autres navires. Mais ce silence n'était pas l'unique raison de son exaspération. Une heure plus tôt, Ostermeyer, son second, lui avait remis un compte rendu des dernières nouvelles diffusées à la radio par le Deutsches Nachtrichtenburo, l'agence officielle d'informations créée par Goebbels. Il put vérifier que le *Saint-Louis* constituait le sujet principal et que l'on y qualifiait ses passagers de « sous-hommes ».

L'inquiétude de Schröder eût été encore plus grande s'il avait été tenu au courant de ce qui s'était passé quelques jours auparavant, à des milliers de milles de là.

En août 1936, une commission connue sous le nom de commission Peel s'était réunie afin d'étudier un partage de la Palestine dans l'espoir de mettre fin aux affrontements qui, depuis près de dix ans, opposaient quotidiennement les communautés arabe et juive*. La commission entendit plus de trente intervenants : Juifs, sionistes, Arabes de Palestine et autres nationalistes arabes. Onze mois plus tard, en juillet 1937, elle rendit ses conclusions : un partage de la Palestine entre un État juif (le long d'une partie de la plaine côtière, incluant la vallée de Jezreel et la plus grande partie de la Galilée) et un État arabe (formé des territoires restants et de ce qui s'appelait alors la Transjordanie**). Un corridor, contrôlé par les Britanniques, relierait Jérusalem à Jaffa. Afin de résoudre le délicat problème de l'équilibre entre les communautés juive et arabe dans les frontières des deux futurs États, la commission Peel proposa un transfert de populations. Après de nombreux débats houleux, la proposition fut acceptée par les responsables sionistes, mais avec l'espoir secret d'en améliorer les frontières dans le futur. Elle fut rejetée par les Arabes. Et les affrontements reprirent de plus belle.

En février 1939, à l'instigation de MacDonald, ministre britannique des Colonies, une table ronde fut organisée à Londres, à St. James Palace, pour essayer une nouvelle fois de sortir de l'impasse. Haïm Weizmann*** dirigeait la délé-

---

* Il faut noter qu'à partir de 1920 la Palestine avait été placée sous mandat britannique. Le terme de « mandat » était alors une conception de la Société des Nations selon laquelle « les peuples qui ne sont pas encore en état de se gouverner » devraient être administrés par « les sociétés dites avancées ». Les nations mandatées (en l'occurrence les Alliés) transmettraient ultérieurement le pouvoir aux populations locales, mais sans indication de délai.

** Née elle-même du démembrement de l'Empire ottoman après la Première Guerre mondiale, la Transjordanie, c'est-à-dire la rive orientale du Jourdain, avait été créée selon la volonté britannique pour honorer en partie les promesses faites, à Londres, à la famille hachémite de constituer ce « grand royaume arabe » revendiqué par le nationalisme arabe et soutenu, un temps, par le célèbre Lawrence d'Arabie.

*** Né en Russie, Weizmann fut actif dans le Mouvement sioniste depuis sa création. En 1903, il fut l'un des fondateurs de la Fraction démocratique, qui soutenait l'idée du « sionisme pratique ». En 1904, il émigra en Angleterre où il joua un rôle important dans les débats menant à l'obtention de la déclaration Balfour en 1917. De 1920 à 1948, avec une seule brève coupure (1931-1935), Weizmann fut le président

gation juive. La délégation arabe comprenait les représentants de cinq pays et ceux des Arabes de Palestine. Les deux parties se livrèrent – une fois encore – à un dialogue de sourds. Au bout du compte, le secrétaire aux Colonies MacDonald annonça que le gouvernement de Sa Majesté avait l'intention de mettre fin au mandat et de créer un État palestinien indépendant, allié de l'Angleterre. La plupart des historiens s'accordent à penser que ce colloque faisait partie d'un plan mûrement calculé qui permettait aux Anglais de se présenter comme un « élément impartial » dans la négociation, bien qu'en réalité, devant la perspective de la Seconde Guerre mondiale, ils fussent déjà engagés dans une politique de conciliation envers les Arabes.

Le 17 mai, c'est-à-dire quatre jours après le départ du *Saint-Louis* pour Cuba, le gouvernement britannique décida de publier un mémorandum connu sous le nom de « Livre blanc de MacDonald ». Il proposait la création dans les dix ans d'un État, mais uniquement palestinien, avec des frontières allant de la Méditerranée jusqu'au Jourdain, autorisant sur cinq ans l'immigration de soixante-quinze mille Juifs réfugiés (dix mille personnes par an et vingt-cinq mille par la suite) ; au-delà de ce nombre, l'accord des Arabes serait exigé. C'était la fin du rêve politique de création d'un État juif. Pour les sionistes, le projet était inacceptable. Les Arabes modérés l'acceptèrent ; le Haut Comité arabe le récusa. De fait, en instaurant des limites draconiennes à l'immigration, la publication du Livre blanc venait d'accroître le péril qui guettait les quatre cent mille Juifs restés dans la souricière allemande. Il devenait donc absolument vital que des pays tels que les États-Unis, la Grande-Bretagne ou d'autres nations occidentales, voire d'Amérique latine, modifient

---

de l'Organisation sioniste. Il prêchait la modération à l'égard des Arabes. Jusqu'en 1937, il appela à une parité politique entre les deux peuples de Palestine, sans tenir compte du déséquilibre de leur force numérique. En mai 1948, il devint le premier président de l'État d'Israël.

leur attitude et acceptent d'ouvrir leurs portes. Bien évidemment, Hitler se hâta d'approuver le Livre blanc, tandis que Goebbels en profita pour en faire un nouvel outil de propagande. Pour le moins embarrassés par le soutien nazi, l'Angleterre et le monde relancèrent alors la vieille idée qui consistait à « caser » les réfugiés juifs dans des territoires aussi divers que la Guinée britannique ou la province de Mindanao aux Philippines. La République dominicaine annonça qu'elle était quant à elle disposée à accueillir cinquante mille à cent mille réfugiés. Cette proposition ne devait jamais aboutir.

À peine connu le contenu du Livre blanc, la presse cubaine, sous l'influence des agents nazis, se lança dans une nouvelle campagne d'attaques antisémites dont le *Saint-Louis* et ses passagers devinrent la cible principale. Robert Hoffman fit écrire au rédacteur du journal *Avance* :

> *Contre cette invasion, nous devons réagir avec la même énergie que les autres peuples de la terre. Faute de quoi, nous serons absorbés, et le jour viendra où le sang de nos martyrs et de nos héros n'aura servi qu'à permettre aux Juifs de jouir d'un pays conquis par nos ancêtres*[41].

Berlin, 22 mai 1939

Avec l'un de ces gestes théâtraux dont il avait le secret, le comte Galeazzo Ciano* ôta le capuchon de son stylo et apposa sa signature sur le document que venait de lui glisser von Ribbentrop. Le texte précisait que, dès ce jour, les destins de l'Italie et de l'Allemagne se trouvaient liés de façon irrévocable. Il engageait sur l'honneur chacune des parties à

---

* Gendre de Mussolini, il était depuis 1936 son ministre des Affaires étrangères.

soutenir l'autre en cas de guerre, avec toutes ses forces militaires sur terre, sur mer et dans les airs.

Le lendemain de ce traité baptisé « Pacte d'acier », Hitler réunit les commandants de la Wehrmacht dans son bureau, à la chancellerie. Il leur exposa ses projets et conclut par ces phrases : « L'idée que nous puissions nous en tirer à bon compte est dangereuse ; il n'existe pas de telles possibilités. Nous devons couper les ponts ; ce n'est plus une question de justice ou d'injustice, mais de vie ou de mort pour quatre-vingts millions d'êtres humains. On ne nous forcera pas à entrer en guerre, mais nous ne serons pas capables d'en éviter une [42]. »

9

Voilà plus de six heures que la main de Recha Weiler restait nouée à celle de son mari. Sans doute était-elle convaincue que, par tout l'amour qu'elle lui insufflait à travers ce contact, le vieux professeur trouverait la force de rester auprès d'elle. Elle jeta un coup d'œil à travers le hublot et vit que l'horizon commençait à rougeoyer. Plus que quatre jours. Dans quatre jours, ils seraient sains et saufs à Cuba. On transporterait Meier dans un bon hôpital où il recevrait les soins adéquats.

Elle reposa son regard sur les traits blêmes du malade et murmura comme si elle se parlait à elle-même : « Plus que quatre jours... »

Meier entrouvrit les yeux. Ses lèvres articulèrent quelque chose que Recha ne comprit pas. Elle se pencha vers lui, lui demanda de répéter. Il ne parut pas l'entendre. Elle chuchota, consciente de l'absurdité de sa requête : « Amour, essaye de dire le *Chema*, quelques mots, un mot, un seul mot. » Il battit des paupières tandis qu'un souffle s'exhalait de sa poitrine, qui semblait venir de ces profondeurs où cohabitent depuis la nuit des temps la vie et la mort. Les manifestations de souffrance qui n'avaient pas quitté son visage depuis les dernières vingt-quatre heures disparurent soudainement pour céder la place à une expression de grande sérénité. Ce fut tout.

Les larmes montèrent aux yeux de Recha, coulèrent le long de ses joues, vers les commissures de ses lèvres, et dans un mouvement éperdu elle se jeta sur le corps de son mari. Combien de temps demeura-t-elle ainsi, l'enveloppant de son propre corps, respirant son odeur, écoutant résonner son propre cœur contre le thorax immobile de Meier ? Elle aurait sûrement voulu rester ainsi jusqu'au moment où la mort serait venue l'emporter à son tour, mais une pensée surgit à son esprit et finit par l'arracher à la dépouille : aussi longtemps que le mort ne serait pas mis en terre, son âme ne connaîtrait pas le repos.

Elle se redressa, tâtonna pour appuyer sur la sonnette au-dessus de la table de chevet.

Quelques instants plus tard, un steward frappa à sa porte. Entre deux sanglots, elle lui demanda des bougies et le pria d'appeler le Dr Glaüner.

Ensuite, elle revint auprès de son mari et déchira la collerette de sa robe. Des prières... Des prières. Elle les murmurait dans un état second tout en cherchant un linge, une serviette, quelque chose qui lui permît de recouvrir le grand miroir posé entre les deux lits. Finalement, elle jeta son dévolu sur une chemise de Meier et revint s'asseoir près du défunt. D'une voix cassée, elle commença de réciter des versets d'un *tehilim*, les premiers qui vinrent à sa mémoire, tirés du Psaume 104 : « Tu t'enveloppes de lumière comme d'un manteau, tu déploies les cieux comme une tente, tu bâtis sur les eaux tes chambres hautes ; faisant des nuées ton char, tu t'avances sur les ailes du vent... »

Elle savait que son mari n'était pas mort de maladie. C'est le chagrin et la désespérance qui l'avaient tué. Il était mort de ne plus vouloir vivre.

Ce fut l'arrivée du Dr Glaüner qui interrompit le recueillement de Recha. Il n'était pas seul ; le capitaine Schröder ainsi que le steward l'accompagnaient. Ce dernier s'empressa de confier à Recha les bougies qu'elle avait réclamées et se retira discrètement.

Le médecin examina Meier. Il le fit pour la forme. Il lui avait suffi d'un regard pour savoir qu'il arrivait trop tard et que toute sa science serait désormais impuissante.

« Toutes mes condoléances, madame », déclara-t-il en se relevant.

Schröder lui fit écho avant de s'enquérir :

« Souhaitez-vous rester seule ? »

Elle éluda la question.

« Je souhaite que vous appeliez le rabbin Weil. »

Schröder fit signe à Glaüner d'y aller.

Et il demanda :

« Pouvons-nous vous aider de quelque autre manière ? »

Elle hésita un bref instant.

« Avez-vous du feu ? »

Le capitaine lui tendit un briquet.

Elle alluma l'une des bougies, la disposa sur la table de chevet et en plaça une autre sur une tablette de la cabine.

Schröder ne pouvait comprendre le sens de cette démarche. Mais Recha, elle, savait. La flamme symbolisait l'âme immatérielle ; la cire était liée au corps.

Un temps s'écoula. La femme n'arrivait pas à détacher ses yeux de cette forme sans vie qui représentait tout ce qu'elle avait de plus cher au monde.

Assise par terre, Recha se mit à réciter *Baroukh dayan ha-émet*, « Béni soit le juge de vérité ». Une prière de bénédiction.

Au bout d'un moment, Schröder se racla la gorge.

« Madame Weiler, commença-t-il, un peu gauche. Quand souhaitez-vous que se déroulent les funérailles ? »

La vieille dame eut un sursaut. Depuis qu'elle veillait son mari, elle s'était comme détachée du temps et de l'espace, jusqu'au point d'oublier qu'elle se trouvait à bord d'un navire, en pleine mer.

« Les funérailles, répéta-t-elle les yeux dans le vague. Chez nous, la tradition exige que l'on n'attende pas plus de vingt-quatre heures. »

Elle précisa sur le ton d'une leçon d'enfance :

« Celui qui sans raison n'enterre pas le mort rapidement transgresse la Torah. »

125

Schröder hocha la tête. Il ne comprenait pas les propos qu'on lui tenait. Il voulut répliquer, mais elle enchaînait :

« Hélas, il faudra attendre notre arrivée à La Havane. »

La réaction de Schröder fut immédiate.

« C'est impossible, madame. Quatre jours nous séparent encore de notre destination et nous ne disposons d'aucun moyen à bord de conserver le corps.

— Je vous en conjure, supplia Recha. Mon mari mérite une sépulture décente. Vous comprenez, n'est-ce pas ?

— Pardonnez-moi. Mais ne venez-vous pas de préciser que dans votre religion, il n'est pas recommandé de tarder à enterrer un défunt ? Et... »

Elle le coupa :

« Bien sûr. Mais il est aussi autorisé d'attendre un peu dans des cas exceptionnels ; si l'attente est justifiée. Et nous sommes justement dans ce cas. »

Comment faire, songea Schröder, comment convaincre cette malheureuse femme de l'impossibilité d'exaucer son vœu ?

Il ne put que répéter :

« Le corps. Nous n'avons aucun moyen de conserver le corps. D'autre part, même si nous décidions de transgresser les règles d'hygiène, nous nous retrouverions en conflit avec les autorités portuaires cubaines. Elles risquent fort de s'opposer à ce que nous débarquions la dépouille de M. Weiler. »

Elle s'emmura dans son refus. Alors, en désespoir de cause, Schröder se rendit à la salle des radios et fit envoyer un télégramme au bureau de la Hapag à La Havane, demandant l'autorisation de porter à terre la dépouille du Pr Weiler. Quelques minutes plus tard il reçut la réponse qu'il avait appréhendée : « Permission refusée pour raison d'hygiène. »

Il fallut l'intervention du rabbin, ramené par le commissaire de bord, pour que Recha entende enfin raison.

« Souhaitez-vous des fleurs ? » s'enquit Müller.

Ce fut le rabbin Gustav Weil qui répondit :

« Pas chez nous. Ni fleurs ni musique. En revanche, il faudra trouver une toile qui servira de linceul. Nous le lesterons tel quel.

126

– Sans cercueil?

– Il n'est pas indispensable. »

Le commissaire secoua la tête.

« Il ne serait pas bon que cela se passe ainsi. Songez aux passagers. La plupart d'entre eux ont côtoyé la mort ou ont perdu certains de leurs proches. La vision d'un corps jeté ainsi à la mer ne pourrait que raviver leurs souffrances. Croyez-moi, un cercueil serait préférable. Nous avons un menuisier à bord. »

Cette fois, ce fut Recha qui intervint. Elle déclara fermement :

« Mon mari sera inhumé selon la tradition. »

À court d'arguments, Müller suggéra que la cérémonie funéraire se déroulât au moins le soir, une fois les enfants couchés. Ils approuvèrent.

En se souvenant de ce tragique événement, Schröder écrira :

> « Alors que nous approchions de notre destination, un nuage noir jeta son ombre sur le bateau. Quatre jours avant notre arrivée à La Havane, le médecin du bord m'a emmené au chevet du vieux Pr Meier Weiler qui paraissait très souffrant et épuisé d'avoir quitté sa patrie. Pendant des années, il avait travaillé en paix et en harmonie avec ses collègues, voilà qu'on l'avait complètement abattu. Depuis son départ de l'Allemagne, il avait perdu l'envie de vivre. Son dernier souhait était de mourir en mer *(sic)*. Il est décédé le jour même. Les passagers craignaient que la présence d'un cadavre à bord ajoute une nouvelle difficulté à celle du débarquement. Nous avons donc décidé le jour même d'organiser des funérailles en mer pour le vieux professeur[43]. »

Une fois que le commissaire se fut retiré, Recha, assistée par le rabbin, se livra à la *tahara*, la toilette du défunt. Ensuite, elle prit dans le placard un costume blanc et en revêtit la dépouille.

À quoi pensait-elle? Quelles étaient les images qui s'entremêlaient dans son esprit? Tout ce bonheur vécu, ces heures d'insouciance, et l'amour, tellement d'amour...

Toutes ces choses rayées d'un seul coup, pourquoi ? *Pourquoi, Adonaï ?*

Un peu avant dix heures, on frappa à sa cabine. Recha prit le tallith de son mari, arracha les franges du tissu et le posa sur le corps.

Le rabbin ouvrit alors la porte. Le commissaire Müller entra dans la cabine accompagné de deux matelots qui portaient un brancard et une toile. Les marins posèrent le brancard sur le lit, soulevèrent avec précaution le corps et le glissèrent dans la toile. L'un des matelots cousit le linceul que l'on enveloppa d'un grand drapeau aux insignes de la Hapag. C'est à ce moment que – suivant les instructions de Schröder – le ronronnement des machines se tut.

Dans un silence pesant, le groupe longea le couloir jusqu'à l'ascenseur qui les emmena au pont A. Le capitaine les accueillit. À ses côtés se trouvaient Ostermeyer, son second, ainsi qu'une dizaine de passagers parmi lesquels Dan et Ruth Singer.

Là-haut, dans le ciel, le scintillement des étoiles avait perdu tout éclat.

Une porte avait été ouverte dans le bastingage et une planche y avait été placée en équilibre. On y engagea le cercueil, les marins se tenant de part et d'autre, les mains à plat sur le drapeau. Müller se posta près de la tête de Meier Weiler.

Maintenant, le navire s'était immobilisé. Une brise tiède courait sur les vagues.

Gustav Weil entama alors la récitation du *kaddish*, tandis que Ruth gardait le regard fixé sur ce corps invisible qui, dans quelques minutes, disparaîtrait à jamais dans la masse noire de l'Atlantique. Son attention se reporta ensuite sur Recha. Jamais, de toute son existence, elle n'avait observé si grande souffrance sur un visage. Elle se dit que le jour où la mort frapperait à la porte de leur couple, il faudrait que ce soit elle qui parte la première.

Le rabbin s'était tu. Schröder fit signe aux marins de retirer le drapeau du linceul. Müller inclina la planche en direction des flots. Il y eut un imperceptible chuintement. Le corps de Meier Weiler glissa par-dessus bord.

Pendant tout l'office, le capitaine, son second ainsi que le commissaire s'étaient tenus dans un garde-à-vous impeccable. Au moment où la dépouille heurta la mer, ils saluèrent. Tout était consommé.

Schröder s'avança vers Recha Weiler et, dans un geste solennel, lui remit une carte sur laquelle était marqué à l'encre rouge l'emplacement où venait d'être immergé son mari.

Tout le monde se dispersa. Tous, sauf Recha. L'œil rivé sur l'océan, elle resta là, un long moment, ses lèvres articulant des mots dont elle seule connaissait le secret.

Des vibrations familières montèrent des entrailles du navire. Les machines s'étaient remises en marche. Le *Saint-Louis* repartait.

Ce soir-là, Erich Dublon nota dans son journal :

> « Nous avions eu un jour de grand soleil. Mais le soleil fut soudainement voilé lorsque nous apprîmes que l'un des passagers qui avait été gravement malade était décédé. Ce fut un grand silence. L'orchestre cessa de jouer. À dix heures du soir, le navire ralentit sa course. Le cercueil (*sic*) porté par des marins fut jeté par-dessus bord. Une dizaine de passagers étaient présents qui récitèrent la prière des morts. Le cadavre aurait dû être enterré à Cuba, mais les autorités portuaires avaient refusé[44]. »

Et Philip Freund devait déclarer bien des années après :

> « J'étais debout près du bastingage et je regardais la scène. Le corps était glissé dans un sac recouvert du drapeau nazi (*sic*). Je me souviens très clairement de la façon dont ils l'ont laissé glisser pour ces funérailles en mer. Le drapeau nazi est resté sur la planche et le corps enveloppé dans son sac est tombé dans l'eau. Ils avaient dû le lester, car il a immédiatement coulé[45]. »

Tapi derrière une bouche d'aération, Otto Schiendick n'avait rien perdu de la cérémonie. Il nota dans un calepin que celle-ci ne s'était pas déroulée selon la tradition nazie.

Une fois à Hambourg, il ne manquerait pas de rapporter cette infraction à ses supérieurs de l'Abwehr.

Dan avait pris Ruth par la main et, sans dire un mot, ils remontaient lentement le pont A. C'est au moment où ils arrivaient près de la piscine qu'un cri déchira le silence, suivi aussitôt d'un bruit de course. Presque simultanément un autre cri retentit : « Un homme à la mer ! »

Le couple se précipita vers l'endroit d'où semblait provenir la cavalcade. Parvenus à hauteur de la poupe, ils virent des matelots groupés près du bastingage. L'un d'entre eux venait de décrocher une bouée. Il la lança dans les flots.

« C'est Berg ! s'écria quelqu'un. Il faut arrêter le navire. »

Dan se pencha pour scruter les ténèbres. Il devina plus qu'il ne vit la tête d'un homme qui tanguait au-dessus de la surface de la mer. La bouée était bien loin du point de chute, mais l'homme aurait pu au moins tenter de nager vers elle. Dan constata qu'il n'en fit rien ; tel un pantin désarticulé, il se laissait dériver sans lutter.

Un marin s'était rué vers la passerelle. Une fois dans la salle des commandes, il expliqua au timonier, un dénommé Heinz Kritsch, et à l'officier de quart ce qui venait de se passer. On prévint Schröder. Il arriva dans les minutes qui suivirent pour constater que l'opération de sauvetage avait déjà commencé. Le *Saint-Louis* avait ralenti sa course et amorcé un large virage à bâbord. Schröder voulut tout de suite savoir s'il s'agissait d'un membre de l'équipage ou d'un passager.

« Il s'agit de Leonid Berg, répondit le marin qui avait donné l'alarme.

— Berg ? L'aide-cuisinier ? Comment pareil accident a-t-il pu se produire ?

— Je crains, capitaine, qu'il ne s'agisse pas d'un accident. Berg s'est jeté volontairement par-dessus bord. C'était comme si la folie s'était emparée de lui au moment des funérailles de M. Weiler. Il s'est d'ailleurs précipité à l'eau à l'endroit même où la dépouille de M. Weiler a été immergée.

– Un suicide ! Mais pourquoi ? Savez-vous quelque chose ? »

Le marin haussa les épaules.

« Pas grand-chose, si ce n'est qu'il semblait être quelqu'un d'assez dépressif. »

Müller et Heinz Kritsch, le timonier, confirmèrent. Berg avait à peine trente ans. Ce n'était que son second voyage. Les deux hommes avaient eux aussi noté une certaine instabilité chez le personnage.

Le capitaine ordonna que l'on allume les projecteurs, que l'on mette un canot à la mer et que le *Saint-Louis* navigue en cercle autour de l'endroit où Berg avait sauté. Mais, au fond de lui, il était convaincu que les recherches ne donneraient rien. Près d'un quart d'heure s'était écoulé depuis que le drame s'était produit. Selon toute probabilité, l'aide-cuisinier avait dû être aspiré dans les remous provoqués par l'hélice du navire.

Deux morts... Funeste présage.

Allongé dans sa cabine, l'ancien procureur Max Loewe ne dormait pas. Il avait perçu vers dix heures du soir que le *Saint-Louis,* après avoir ralenti sa course, s'était immobilisé en plein océan. Sa femme, Elise, avait le sommeil profond. Il avait fallu à Max toute l'énergie du monde pour ne pas la réveiller et lui faire partager le sentiment de terreur qui avait pris possession de lui, faisant trembler tout son être.

Le navire ne s'était pas arrêté par hasard. Il ne s'agissait pas d'une panne. La Gestapo n'allait pas tarder à faire irruption. Ici. Dans sa cabine. On allait l'arrêter. On l'emmènerait, on le traînerait par les jambes. Un train. Un wagon scellé. On l'enfermerait comme un animal. Après, ce serait Dachau, ou un autre camp de la mort.

Max s'était couché en fœtus sur sa couchette et il avait attendu...

Ce fut seulement lorsque les machines se remirent en marche que les battements de son cœur s'apaisèrent.

Ce n'était pas pour ce soir... Pas encore.

10

Ce jeudi 25 mai, lorsque le jour se leva sur l'océan désert, c'était la fête de Shavouot* et la première réflexion qui vint à l'esprit de Dan Singer fut : « Finalement, à l'instar de notre destin, l'année juive n'est faite que d'une succession de deuils et de joies; après le désespoir, l'espérance; après l'exil, le retour. Et ainsi de suite, jusqu'à notre mort. »

Il n'était pas loin de huit heures et la salle à manger était presque pleine. D'une table à l'autre, les conversations se ressemblaient. Si, quarante-huit heures après, la mort de Meier Weiler continuait d'être évoquée comme un bien triste événement, une fatalité, en revanche l'étrange suicide de ce marin au nom à consonance juive faisait toujours l'objet de mille et une hypothèses : était-ce vraiment un suicide ? Ne l'avait-on pas assassiné ? D'aucuns évoquaient même une liaison possible avec l'une des passagères; liaison qui eût été vouée à l'échec. Le mystère resta intact et personne à bord ne fut en mesure d'expliquer son acte.

Vers dix heures, le commissaire de bord invita les passagers à venir dans son bureau afin de retirer leurs permis de débarquement. En début d'après-midi, la distribution était

---

* Le jour de la Révélation du Sinaï, jour où Israël a reçu et accepté la Torah.

terminée. Pour Dan Singer et les autres, cette démarche était la preuve palpable que le voyage touchait à sa fin ; à moins d'un naufrage, d'un cataclysme, plus rien désormais ne s'opposerait à leur arrivée à Cuba. Un bal masqué avait été prévu pour le soir même. Après l'office consacré à la célébration de Shavouot, au cours duquel, une fois encore, au grand dam d'Otto Schiendick on décrocha le portrait du Führer, les passagers occupèrent les heures suivantes à se fabriquer un déguisement et à ranger les vêtements dans les valises, pour ne conserver que l'essentiel. Seules deux personnes, Max Loewe et Aaron Pozner, demeuraient insensibles à cette fébrilité joyeuse. Tous deux pour la même raison : la crainte qu'un événement imprévu ne remette en question leur débarquement à Cuba. L'angoisse qui les avait habités depuis le premier jour restait ancrée en eux et rien, sinon le soulagement de poser le pied sur le quai de La Havane, n'aurait pu les en guérir.

Étrangement, la crainte des deux hommes était partagée par Gustav Schröder. D'abord il y avait cette appréhension qui le tenaillait depuis qu'il avait reçu le télégramme de Holthusen lui intimant l'ordre de prendre de vitesse l'*Orduna* et le *Flandre*. Les heures passées à rechercher Berg ne lui avaient-elles pas fait perdre un temps précieux ? Et puis, quelques minutes plus tôt, ce télégramme :

VOS PASSAGERS EN CONTRAVENTION NOUVELLE LOI 937 À CUBA PEUT-ÊTRE PAS AUTORISÉS À DÉBARQUER — STOP — MAINTENEZ VITESSE CAR SITUATION CRITIQUE MAIS SERA RÉSOLUE À VOTRE ARRIVÉE[46]

La décision de Schröder était prise. En cas de problème, il devait être en mesure de trouver des interlocuteurs privilégiés parmi les passagers. Jusqu'à cet instant, il s'était imposé de demeurer à l'écart. Mais voilà que les événements le forçaient à sortir de sa retraite. Le premier nom qui lui vint à l'esprit fut celui du Dr Fritz Spanier. Lors de l'incident provoqué par la diffusion du film de Riefenstahl, il avait pu juger de la forte personnalité du personnage. Spanier serait homme à pouvoir représenter ses coreligionnaires. Sans plus attendre, il alla frapper à sa cabine.

La porte s'entrouvrit. En quelques mots, Schröder mit le médecin au courant de la situation et lui tendit le câble de Holthusen.

La première question de Spanier fut :

« Qu'est-ce que signifie "en contravention nouvelle loi 937"? Je ne comprends pas. »

Schröder écarta les bras et les laissa retomber.

« Je suis comme vous. J'en ignore le sens.

— Pour ma part, je vois la possibilité que le débarquement nous soit refusé.

— Je n'ose même pas l'imaginer. Toutefois, c'est une éventualité à laquelle nous devons nous préparer. »

Il y eut un silence, puis Spanier demanda :

« Et qu'attendez-vous de moi?

— Je pense que dans le cas où des complications surgiraient – ce qui semble, hélas, fort probable –, il serait utile que vous vous organisiez. Il y a près de mille passagers à bord. Je ne peux imaginer m'adresser à chacun d'entre eux personnellement. Un comité serait plus efficace. J'ai pensé que vous pourriez vous charger de le former et d'en prendre la tête. »

La réponse du médecin ne tarda pas.

« Je regrette, capitaine. Je n'ai jamais eu l'âme d'un négociateur et je déteste faire partie de comités, sous quelque forme que ce soit. De plus, si j'en juge par le contenu de ce télégramme, des problèmes juridiques risquent de se poser. Je suis totalement incompétent dans ce domaine. C'est quelqu'un d'autre qu'il vous faut.

— Avez-vous un nom à me suggérer? »

Spanier répondit sans hésitation :

« Josef Joseph. C'est un homme qui possède un certain charisme et, surtout, il est avocat de métier. Il a aussi côtoyé Goebbels, lorsque celui-ci n'était alors qu'un sinistre inconnu. Je crois savoir qu'il l'a même reçu régulièrement chez lui jusqu'au moment où Goebbels a adhéré au Parti nazi. À ce moment, il a rompu ses relations. Assurément, il saura se montrer à la hauteur de la situation *.

– Mais puis-je *aussi* compter sur votre aide ?

– Bien entendu. Je ferai tout ce qui sera en mon pouvoir.

– Très bien. Je vais de ce pas contacter ce M. Joseph. Mais avant, j'aimerais vous demander une faveur. Pour le bien-être des passagers, il est vital que notre conversation reste secrète. Sinon, nous risquons de provoquer un affolement général. Je suppose que vous comprenez ?

– Parfaitement. Vous avez ma parole. Personne n'en saura rien. »

Le capitaine remercia chaleureusement Spanier et se retira.

Il trouva Josef Joseph allongé en compagnie d'autres passagers sur un transat du pont A. Sa petite fille, Liesel, dix ans, jouait à ses côtés. Il pria discrètement l'avocat de bien vouloir s'écarter pour s'entretenir avec lui en tête à tête.

« C'est le Dr Spanier qui m'a suggéré de m'adresser à vous.

– De quoi s'agit-il ? »

---

* Né en 1882, Josef Joseph avait une réputation de pacifiste. Il fut un brillant avocat et membre du SPD, le Parti social-démocrate. Il épousa, en 1926, Lilly. Josef avait alors quarante-cinq ans. Le couple n'eut qu'un seul enfant, une fille, Liesel, née le 17 juin 1928 à Rheydt. Très intéressé par tout ce qui touchait à l'art, il lui est arrivé plus d'une fois de venir en aide à des écrivains, des peintres, des chanteurs. C'est à cette époque qu'il a fait la connaissance de Goebbels, lequel venait de publier une pièce de théâtre au titre prémonitoire : *Les Errants*. Pièce qui s'est révélée par la suite être un vulgaire plagiat. Après l'avènement de Hitler, il fut mis à l'index, inscrit sur une liste noire et échappa de peu à l'arrestation. Au cours de la nuit de Cristal, la maison qu'il occupait à Rheydt fut l'une des deux seules maisons pillées par les SS. Elle fut réduite à un tel état que la famille dut plier bagage et fuir pour Hambourg, où elle embarqua sur le *Saint-Louis*. En 1944, Josef Joseph s'est rappelé au bon souvenir de Goebbels en lui écrivant une lettre ouverte dans un des journaux de Philadelphie, où il s'était établi. Sa fille, Liesel, devait déclarer plus tard qu'elle était convaincue que toute l'affaire du *Saint-Louis* n'avait été qu'un coup de propagande organisé par Goebbels avec la complicité des autorités cubaines.

Schröder lui montra le télégramme et lui fit part de son souhait de créer un comité des passagers.

L'avocat n'hésita pas.

« Je vais m'en occuper sans tarder, capitaine. »

Deux heures plus tard, il rejoignait Schröder dans sa cabine et lui présentait les personnalités qu'il avait engagées. Six en tout : Arthur Hausdorff, le Dr Max Weis, Herbert Manasse, Max Zeilner, Sally Guttmann et enfin Ernst Vendig.

Leo Jockl servit le café et quelques friandises.

Les questions fusèrent, chacun essayant de percer ce qui se cachait entre les lignes du câble expédié par le directeur de la Hapag.

« Il n'y a pas que le contenu du câble qui m'inquiète, intervint Manasse. Vous nous avez bien dit que le jour même de notre départ, on vous intimait l'ordre de prendre deux autres navires de vitesse ? »

Schröder confirma.

« Cela pourrait signifier que, à l'instar des États-Unis, le gouvernement cubain a décidé d'imposer des limites à l'arrivée de nouveaux réfugiés. »

Le capitaine hocha la tête.

« Comment en être sûr ? Nous en sommes réduits à conjecturer. Tout est possible. Tout et son contraire. »

Le Dr Weis laissa tomber d'une voix sombre :

« Ce qui laisse entrevoir un retour à la case départ.

— Vous voulez dire, un retour en Allemagne ? s'exclama Arthur Hausdorff. C'est impensable ! »

Il se tourna vers Schröder.

« Capitaine, j'aimerais vous poser une question directe. En cas de refus du gouvernement cubain de nous laisser débarquer et si la Hapag vous donnait l'ordre de nous rapatrier, céderiez-vous ? »

Il y eut un temps de silence. « Un silence de mort », devait se rappeler Josef Joseph.

Schröder répondit d'une voix ferme :

« Tout, je ferai tout ce qui est en mon pouvoir pour éviter de rentrer à Hambourg. »

Et il ajouta :

« Je vous en donne ma parole d'officier. »

L'air était devenu tout à coup un peu plus respirable.

« Et maintenant ? s'enquit Josef Joseph. Que comptez-vous faire ?

— Poursuivre ma route.

— Très bien. Alors, si vous n'y voyez pas d'inconvénient, je souhaiterais envoyer un télégramme au Comité de secours juif basé à La Havane. Peut-être pourront-ils nous éclairer sur ce qui nous attend. M'autorisez-vous à le faire ? »

Schröder donna son accord, et précisa que le coût de l'envoi serait pris en charge par la Hapag. Au moment où ils se séparaient, il renouvela une fois encore sa mise en garde : à aucun prix les passagers ne devaient être mis au courant de la situation...

> « Encore un pas de plus..., écrit Erich Dublon. Nous ne sommes plus très loin des Bahamas et bientôt nous pourrons apercevoir les côtes de la Floride. La chaleur est de plus en plus intense et l'on a du mal à supporter nos vêtements. Je me baigne trois à quatre fois par jour dans la piscine. Pourtant, malgré cette sensation d'étuve, l'appétit n'est pas entamé. Aujourd'hui, dans la matinée, s'est déroulée la célébration de Shavouot. La nuit venue, j'ai pu admirer les constellations qui scintillent au-dessus de l'Atlantique. La lueur de la lune tremblait dans le sillage du navire[47]. »

Vers vingt heures, Aaron Pozner se décida à quitter sa cabine pour aller dîner. La lecture du menu lui donna le vertige : salade mexicaine, soupe à la crème fraîche, omelette espagnole, poulet grillé à la viennoise, macaronis au parmesan, et, parmi les desserts, un gâteau aux fruits au marasquin. On était à mille lieues de la pitance indigeste de Dachau. Paradoxalement, au lieu de le mettre en appétit, cette débauche de plats lui serra l'estomac et il quitta la table sans rien mettre en bouche.

Assis dans la loge officielle de l'Opéra de Munich, Adolf Hitler écoutait religieusement la musique de son compositeur préféré, Richard Wagner. Ce soir, on donnait *Tannhaüser*. Mais avec une touche originale : pour le plus grand plaisir de l'« artiste » qu'était le Führer, la troupe avait glissé deux filles nues dans le spectacle : l'une représentait la déesse Europe à califourchon sur un taureau ; l'autre la déesse Léda avec son cygne*.

Dans le même temps, dans un bureau du Kremlin, Schulenburg, l'ambassadeur du Führer à Moscou, s'efforçait de rassurer son interlocuteur russe, Viatcheslav Mikhaïlovitch Skriabine, surnommé plus familièrement Molotov**. « Je vous affirme, répéta Schulenburg, que vous n'avez rien à craindre du Pacte d'acier. Il vise uniquement l'alliance franco-anglaise. Sachez aussi que si le chancelier jugeait nécessaire d'employer la force armée contre la Pologne, l'Union soviétique n'aurait pas à en souffrir. » Et il conclut : « De toute façon, dites-vous qu'un traité entre nos deux pays serait bien plus *payant* qu'avec la perfide Albion. »

Molotov caressa sa moustache d'un air rêveur. L'offre était alléchante, car sous ce langage diplomatique perçait une invitation évidente à se partager la Pologne. Et l'argument que son interlocuteur lui avait soumis au début de leur conversation, à savoir que ni l'Angleterre ni la France ne pourraient ou ne voudraient venir au secours des Polonais en temps voulu, ne pouvait que plaire à un pragmatique comme Staline...

Insensiblement, le Führer plaçait ses pions sur l'échiquier de la mort, tandis qu'à des milliers de milles de là

---

* Allusion au double mythe grec : Zeus (en l'occurrence Hitler) se métamorphosant en taureau pour enlever la déesse Europe, et en cygne pour s'unir à Léda.

** Il fut l'un des principaux personnages de l'entourage de Staline, son lieutenant et son bras droit pendant des décennies.

des hommes, des femmes, des enfants ne rêvaient que de vivre.

Dans la salle à manger de la première classe, Leo Jockl était en train de dresser les tables en prévision du dîner. C'est là qu'Otto Schiendick le retrouva.

« Des explications ! aboya-t-il sans préalable. J'exige des explications. »

Tétanisé, Jockl bafouilla :

« De... de quoi parles-tu ?

— Voilà plus d'une semaine que je t'ai demandé de me faire un rapport sur le capitaine. Rien ! Pas un mot. Pas la moindre information.

— C'est parce que je n'ai rien appris de particulier », protesta le steward.

Schiendick plaça ses poings sur ses hanches et ricana :

« Rien de particulier ? Et cette réunion ? »

Jockl blêmit.

« Quelle réunion ?

— Ne joue pas au plus fin, Leo ! Rien ne m'échappe ! Je sais que des passagers se sont entretenus il y a quelques heures avec Schröder. Je sais aussi que tu étais présent. Pourquoi se sont-ils réunis à huis clos ? Pourquoi ne m'en as-tu rien dit ? »

Jockl prit une courte inspiration et ânonna ce que son supérieur lui avait recommandé de répondre :

« Parce que ce n'était pas très important. Le capitaine a demandé que les passagers organisent un comité au cas où des problèmes imprévus surviendraient une fois arrivés à La Havane.

— Des problèmes ? Quelle sorte de problèmes ?

— Ce n'est pas clair. Il est possible que nous ne puissions pas débarquer.

— Quoi ? »

Cette fois, c'était au tour de Schiendick de perdre pied.

« Qu'est-ce qui pourrait empêcher ce débarquement ?

139

– Rien, a priori. La création du comité est juste une précaution. C'est tout. »

C'est un cauchemar, pensa le Leiter. Si par malheur le débarquement devait être annulé, comment ferait-il pour rencontrer Hoffman ? Ce serait une catastrophe. Il ne pourrait plus compter sur l'avancement auquel il aspirait au sein de l'Abwehr, et ce n'étaient pas les maigres griefs qu'il avait notés sur l'attitude du capitaine qui compenseraient l'échec de sa mission.

« Un cauchemar », laissa-t-il tomber à voix haute.

Et il pivota sur ses talons, laissant un Jockl interloqué.

Dans sa chambre d'hôtel de La Havane, Robert Hoffman, quelque peu rassuré par les propos du colonel Benitez, n'éprouvait manifestement pas les mêmes angoisses que Schiendick. Il avait passé sa journée à transposer sous forme de microfilms une série de documents top secret liés à la défense des États-Unis, documents qui lui avaient été transmis par l'un des agents qui travaillaient pour le réseau Duquesne implanté sur le territoire américain. Il acheva de les rouler soigneusement et les introduisit dans le réservoir d'encre de trois stylos. Satisfait de son travail, il alla se servir un double scotch. Nous étions le 25 mai. Dans quarante-huit heures, le *Saint-Louis* apparaîtrait dans le port de La Havane.

Cette nuit-là, sur le *Saint-Louis,* régnait une ambiance euphorique. Au cours du dîner, l'orchestre se lança dans un pot-pourri des airs de *La Veuve joyeuse* et, plus tard, on dansa dans la Tanzplatz sur les rythmes endiablés de Glenn Miller.

Personne ne remarqua que sept passagers ne partageaient pas pleinement ces heures d'euphorie. Personne n'aurait pu savoir non plus que, malgré l'heure tardive, le petit Herbert Karliner ne dormait toujours pas. Il écoutait bouche bée, et pour la première fois, son père lui parler de ce qu'il avait vécu dans les camps. Pourquoi avait-il choisi cet instant ? Sans doute parce qu'il sentait que la liberté était maintenant à portée de main, que plus rien ne les ramènerait en Allemagne.

> « Quand nous étions en Allemagne, jamais il ne m'avait confié ce qui s'était passé, racontera Herbert cinquante ans plus tard. Une fois sur le bateau, il m'a tout raconté. Et ça m'a mis en rage. Je me suis dès lors juré de ne plus jamais remettre les pieds en Allemagne[48]. »

Le lendemain matin, 26 mai, alors que le soleil était à la verticale du navire, les contours des côtes de Floride surgirent à l'horizon. En début d'après-midi, le navire était aux portes de Miami. À la vue des immeubles qui se dressaient dans le lointain, la plupart des passagers se précipitèrent pour dépenser les derniers Reichsmarks qui leur restaient et pour expédier des télégrammes à leurs proches, à Cuba ou aux États-Unis. Les mêmes mots furent rédigés à répétition : « Bien arrivé. »

Aaron Pozner eut l'impression d'un « sentiment d'anticipation, de libération des horreurs nazies. Les gens riaient et rendaient grâce à l'Éternel, l'équipage souriait, faisant mine de comprendre ».

Le lendemain, dans les toutes premières lueurs de l'aube, apparut le spectacle tant espéré.

LA HAVANE ! LA HAVANE !

On criait, on hurlait son bonheur, en prononçant ces mots. On courait pour ameuter un ami ou un proche afin de partager avec lui la même vision.

On eût dit que toute la jubilation du monde avait fait le voyage, qu'elle s'était donné le mot pour venir des quatre coins de l'univers se répandre ici, sur ce navire.

Dan Singer attira sa femme contre lui. Malgré tous leurs efforts, ni elle ni lui ne parvenaient à maîtriser les larmes qui perlaient à leurs yeux.

« *Sauvés*, murmura-t-il, *nous sommes sauvés…* »

141

À mesure que le soleil s'élevait, le relief de la capitale cubaine devenait plus net.

LA HAVANE! La perle des Caraïbes, comme on la surnommait, rongée par le sel, secouée par les ouragans, ballottée par l'Histoire, se rapprochait à vue d'œil comme un défi lancé au malheur vécu par un millier d'innocents.

Bientôt, les balises indiquant l'entrée du havre commencèrent à pointer au-dessus de la surface de la mer. Ici et là s'élançaient des files de cocotiers qui balançaient leur crête sous l'impulsion d'un vent chaud venu du détroit de Floride. On eût juré que dans son sillage, il transportait des effluves de rhum et de tabac. Ce vent soufflait, s'immisçait entre les remparts du Castillo del Moro, la vieille forteresse qui contrôlait l'entrée du port depuis quatre siècles, tandis qu'en arrière-plan la coupole en marbre blanc du Capitole faisait comme une grosse boule de neige.

Sauvés! Ils étaient sauvés...

> « C'était une très belle journée, expliquera Philip Freund. Il y avait un air de renouveau, puisque dorénavant nous savions que nous allions avoir la vie sauve et que peut-être nous irions ensuite aux États-Unis. Cette perspective était fascinante, tout particulièrement pour quelqu'un qui avait grandi dans le sud de l'Allemagne, dans un paysage montagneux et où il n'y a pas de mer[49]. »

Et Herbert Karliner d'ajouter :

> « J'étais sur le pont et je regardais La Havane. C'était un spectacle étonnant pour moi qui n'avais jamais vu de cocotiers. Je regardais ces bâtiments blancs qui étaient le symbole d'une nouvelle vie. C'était très exaltant[50]. »

Quant à Erich Dublon, il écrit dans son journal :

> « Nous nous étions réveillés dès l'aube, le cœur plein d'allégresse. Déjà, du hublot de ma cabine, je pouvais distinguer les lumières. La Havane et le port. La montée du soleil éclaira très vite le paysage et la ville s'offrit à nous dans toute sa beauté. Et les premiers palmiers nous saluèrent dans le vent du petit matin. J'ai même pu apercevoir un tramway et un bus[51]. »

Debout à l'une des fenêtres du palais présidentiel, le président Laredo Brù observait les cheminées peintes en rouge, noir et blanc du *Saint-Louis*. Il contempla un long moment le bâtiment d'un air pensif, puis retourna s'asseoir.

Sur son bureau se dressait une pile de lettres et de télégrammes. Leur contenu se résumait en quelques mots, toujours les mêmes : « *¡Bastantes! ¡De más refugiados!* » « Cela suffit ! Plus de réfugiés ! » Mais il y avait aussi une soixantaine de lettres qui imploraient sa mansuétude. L'une d'entre elles était même signée par l'archevêque de La Havane.

Brù caressa la pile de la paume de sa main. Il n'avait rien à craindre. Toute la population était derrière lui. Il se demanda simplement si les ordres qu'il avait donnés avaient bien été respectés.

Ils l'avaient été, en effet.

Le téléphone venait de sonner dans le bureau de l'agent de la Hapag. C'était un appel du secrétariat du président Brù.

Après les habituels échanges de courtoisie, la voix déclara :

« Le président vous informe que votre navire, le *Saint-Louis*, n'est pas autorisé à accoster. Faites le nécessaire pour prévenir le capitaine. Dans le cas contraire, vous devrez vous attendre aux pires conséquences. »

Clasing n'essaya même pas de protester. Le ton de la voix le lui interdisait.

Sans perdre une seconde, il fit envoyer le télégramme suivant à Schröder :

MOUILLAGE EN RADE — STOP — NE PAS RÉITÉRER NI TENTER D'APPROCHER PORT[52]

Troisième partie

11

Pour la première fois, Gustav Schröder se sentit profondément déstabilisé. La mise en garde sonnait comme un glas. Que faire ? Il était impensable de passer outre l'ordre donné par Clasing. La gorge serrée, il donna les instructions pour stopper la progression du navire et demanda que l'on jetât l'ancre au milieu de la rade.

La manœuvre n'échappa à personne. Une heure s'écoula. Un siècle. Le *Saint-Louis* ne bougeait plus. Ce fut comme si le temps s'était lui aussi immobilisé. La stupeur apparut sur les visages, puis très vite l'inquiétude. Les questions fusèrent. Chacun essayait de trouver une explication. L'eau du port n'était peut-être pas assez profonde pour accueillir un bateau imposant ? On avait peut-être un problème de machines ? Une avarie ?

Le Dr Spanier, fidèle à sa promesse d'aider au mieux le capitaine, laissa entendre qu'il avait vu hisser le pavillon jaune de la quarantaine. Sans doute leur faudrait-il rester au mouillage le temps que les autorités médicales inspectent le navire. Cet arrêt en pleine rade ne faisait que confirmer les craintes dont ils avaient débattu quarante-huit heures plus tôt.

> « Nous avions jeté l'ancre, dira Elise Loewe. Les gens avaient été mis en rang avec leurs bagages et leurs papiers et soudain tout s'est arrêté[53]. »

Sol Messinger précisera :

« Les gens ont commencé à s'inquiéter. Ils se demandaient pourquoi nous ne pouvions pas descendre. Pourquoi nous devions rester à bord. Qu'est-ce qui n'allait pas ? Vous comprenez, après ce que mes parents avaient vécu et moi aussi, tout ce qui sortait de l'ordinaire, même légèrement, provoquait une angoisse. On avait tout de suite peur que quelque chose n'aille pas[54]. »

Mais très vite, les questionnements laissèrent la place à une autre angoissante rumeur : et si les visas n'étaient pas conformes ? Pourtant, à la vue de deux canots qui s'approchaient de la coque, la nervosité retomba quelque peu, et lorsque l'on apprit que l'un des canots transportait des douaniers et l'autre deux médecins, l'idée de la quarantaine lancée par le Dr Spanier fit son chemin. Après tout, n'y avait-il pas eu un décès à bord ? Et si les douaniers se manifestaient, n'était-ce pas pour accomplir les démarches habituelles qui précèdent tout débarquement ?

« Très vite, les douaniers sont montés à bord, rapporte Erich Dublon. On nous a annoncé que le débarquement était reporté. Que nos documents n'étaient pas en règle. Le nom de Tiscornia a circulé. Renseignement pris, il s'agirait d'un camp spécialement conçu pour accueillir momentanément les réfugiés avant de les répartir*. J'ai pensé que c'était une procédure habituelle. Mais quel désagrément inattendu[55] ! »

Schröder accueillit les deux médecins cubains d'un air indifférent. Il ne comprenait rien à leur présence. Lorsqu'ils lui exprimèrent leur requête, il crut rêver.

« Examiner un millier de passagers ? Vous n'êtes pas sérieux ? C'est une farce ! »

---

* Dublon n'avait pas tort. Dans l'attente de réembarquer vers un autre pays, les passagers qui se trouvaient en infraction avec les lois d'immigration étaient systématiquement transférés dans le camp de Tiscornia pendant une durée n'excédant pas trente jours. Une fois ce délai passé, s'ils n'avaient trouvé personne pour les garantir, ils étaient renvoyés d'office dans leur pays d'origine.

Les médecins restèrent de marbre.

« *Es la regla, señor capitán.*

– Le règlement ? Nous n'avons eu qu'un seul décès à bord, le Pr Meier Weiler. Et nous l'avons inhumé en mer. Le Dr Glaüner vous le confirmera : cette personne n'est pas morte d'une maladie contagieuse.

– Ce décès à lui seul justifie notre démarche. »

Les deux médecins reprirent en chœur comme une leçon apprise :

« C'est le règlement... »

Schröder eut un haussement d'épaules. Après tout, s'il n'y avait que cette ultime épreuve à subir pour que les passagers débarquent, autant céder.

Il donna l'ordre à Ostermeyer et au Dr Glaüner de rassembler tout le monde dans le grand salon.

Et la longue file d'attente s'organisa.

Elise Loewe préféra se glisser parmi les derniers. Sans doute espérait-elle ainsi que la vigilance des médecins se serait émoussée quand viendrait le tour de son mari, et qu'ils ne remarqueraient pas l'extrême nervosité dont il ne s'était toujours pas départi depuis leur départ de Hambourg. Une nervosité qui s'était d'ailleurs accrue lorsque Max avait aperçu l'uniforme des douaniers. Tout ce qui portait uniforme l'affolait.

Au milieu de la file, Dan Singer murmura à son épouse sur un ton dépité :

« En Allemagne, nous étions considérés comme des pestiférés ; manifestement, ici, c'est pareil. »

Ruth essaya de l'apaiser.

« Ce n'est pas bien grave. Je suis sûre que c'est le dernier désagrément que nous aurons à subir. »

Elle ajouta avec un sourire un peu forcé :

« Une goutte d'eau dans l'océan. »

À terre, Milton Goldsmith et Laura Margolis s'étaient précipités au siège de la Hapag et, faisant fi des avertissements d'une secrétaire, déboulèrent dans le bureau de Luis Clasing.

Goldsmith s'enquit sans préambule :

« Que diable se passe-t-il ? Pourquoi le *Saint-Louis* n'a-t-il pas accosté ? »

Clasing – déjà à bout de nerfs – fut à deux doigts de répliquer vertement au responsable du Comité de secours juif qu'il avait en ce moment d'autres chats à fouetter, d'autant que les rapports entre les deux hommes n'avaient jamais été – loin s'en faut – très chaleureux. Leur relation ne tenait que grâce aux intérêts qu'ils avaient en commun. Pour la Hapag, il était essentiel que les choses se déroulent sans incident afin d'assurer la bonne réputation et donc le rendement de sa flotte. Pour Goldsmith, il y allait du destin de milliers de personnes.

L'agent répondit du bout des lèvres :

« Je n'y suis pour rien. Je n'ai fait qu'obéir aux ordres.

– Obéir aux ordres ? Mais quels ordres ? s'affola Margolis.

– Ceux qui m'ont été transmis par le secrétariat de la présidence.

– Vous voulez dire que c'est le président Brù en personne qui a exigé le mouillage dans la rade ? »

Clasing s'énerva.

« Puisque je viens de vous le dire ! Oui !

– Pour quelle raison ?

– Comment le saurais-je ? Ce sont les ordres, c'est tout ! »

Goldsmith serra les dents.

« Et j'imagine que vous ne pouvez pas me dire non plus s'il s'agit d'un simple contretemps, ou si c'est un problème de visas. Car vous n'ignorez pas que depuis quelque temps, une rumeur circule à La Havane. Les permis fournis par Benitez...

– Écoutez-moi, coupa sèchement Clasing. Si vous souhaitez plus de renseignements, vous n'avez qu'à vous adresser à Brù ! En ce qui me concerne, je ne peux rien vous dire de plus. »

D'un geste de la main, Milton invita Laura à quitter le bureau. Ils en avaient assez entendu.

Une fois à l'extérieur, la jeune femme laissa éclater sa fureur.

« Quel margoulin ! Je le déteste. Comment ose-t-il se comporter de la sorte, alors que sa compagnie est responsable des passagers dont elle a la charge ! »

Goldsmith se contenta de hocher la tête. Il n'en avait rien à faire de l'attitude de Clasing. Depuis que le navire avait jeté l'ancre, une pensée le tourmentait.

Il laissa tomber, la voix sombre :

« Je crains qu'il ne s'agisse du décret. »

Laura fronça les sourcils.

« Le décret ?

– Oui, répéta Goldsmith. Le décret n° 937. »

Étrangement, sa collègue fit le même raisonnement que le colonel Benitez :

« Il est entré en vigueur le 6 mai. Or, les visas ont été émis avant cette date !

– Juridiquement, votre raisonnement se tient. Mais le président Brù peut invoquer *non la date d'émission, mais celle du départ du navire.* Je vous rappelle que le *Saint-Louis* a quitté Hambourg le 13. Soit sept jours après l'annonce du décret. »

Il marqua une pause, puis :

« J'ai beaucoup réfléchi depuis ce matin. Je crains fort que nos passagers ne soient pris entre le marteau et l'enclume. Vous avez été témoin comme moi de la campagne de presse proche de l'hystérie qui s'est développée au cours des dernières semaines. La majorité des Cubains a clairement fait savoir qu'elle ne souhaitait pas voir débarquer un émigré de plus sur son sol. Il y a aussi un autre facteur : le silence de Batista. Je suis convaincu que Brù est inquiet à l'idée de commettre un faux pas dans cette affaire et d'avoir à subir les réprimandes de celui qui l'a hissé au pouvoir. »

Il se tut une nouvelle fois avant de poursuivre :

« Et lorsque l'on parle du colonel Batista, on parle aussi de l'influence américaine. Dans ce cas précis, je doute fort qu'elle se manifeste, en tout cas dans un sens favorable. Je suis certain que les États-Unis ne verraient pas d'inconvénient à ce que les réfugiés restent confinés sur le territoire cubain, ou qu'ils soient rejetés vers une autre nation. Vous n'êtes pas sans savoir que l'opinion américaine est, elle aussi, largement défavorable à l'arrivée de nouveaux émigrants. Je vous rappelle que le président Roosevelt a promis, entre autres, de réduire le taux de chômage. À l'heure actuelle, plus de dix millions d'Américains sont toujours sans emploi. Autre détail qui n'est pas sans importance : Roosevelt a l'intention de se représenter. En vérité, le destin des passagers du *Saint-Louis* est lié à un nombre de facteurs qui, bien qu'étrangers l'un à l'autre, sont étroitement imbriqués.

— Mais alors...

— Alors, nous allons nous battre. C'est tout. »

Aux alentours de dix-sept heures, le contrôle sanitaire était terminé. Les médecins cubains rédigèrent un rapport indiquant qu'aucune personne à bord ne souffrait de maladie contagieuse et se retirèrent.

Au moment où ils s'apprêtaient à quitter le navire, Dan Singer les interpella :

« Quand débarquerons-nous ? Avez-vous une idée ? »

Pour toute réponse, l'un des médecins répliqua d'un air désinvolte :

— *Mañana, quizá.* Demain, peut-être. »

Heinz Rosenbach, qui se trouvait aux côtés de Singer, devait écrire :

> « *Mañana* nous pourrions aller à quai, c'est d'ailleurs le premier mot espagnol que j'ai appris, *mañana*. Des gens sont montés à bord et nous ont dit que demain, *mañana*, nous pourrions descendre. Plus tard, des rumeurs ont commencé à circuler comme quoi nous ne pourrions pas débarquer. Vous savez, nous étions jeunes et nous n'y prêtions pas grande attention. On ne comprenait rien. Nous avions des papiers en règle. Nous avions des autorisations, nous ne pénétrions pas à Cuba en clandestins[56]. »

À peine les médecins repartis, une nouvelle chaloupe vint accoster à l'échelle de coupée. Un homme se hissa à bord. Avisant le premier marin, en l'occurrence Leo Jockl, il lui demanda de le conduire auprès du capitaine.

« Qui dois-je annoncer ? interrogea le marin.

— Luis Clasing, le représentant de la compagnie. »

Lorsque Schröder vit apparaître l'agent de la Hapag, il poussa un soupir de soulagement. Enfin il allait pouvoir obtenir des éclaircissements ! Dialoguer autrement que par l'intermédiaire de câbles sibyllins.

« Heureux de vous voir », lança-t-il en indiquant un siège à son visiteur.

Il enchaîna très vite :

« À quoi rime cette mascarade ? »

Clasing ôta le panama qui recouvrait son crâne en sueur.

« Un contretemps. Néanmoins, je suis convaincu que nous trouverons une solution. »

Schröder plissa le front.

« Un contretemps ?

— Disons qu'il s'agit d'un problème lié aux autorisations de débarquement. »

Clasing essaya d'expliquer du mieux qu'il put l'imbroglio du décret n° 937 qui rendait caducs les visas délivrés à titre touristique.

« Si j'ai bien compris, fit remarquer Schröder, cette loi a été promulguée sept jours avant que nous ne quittions Hambourg. »

Clasing confirma.

« Ce n'est pas croyable !

— Pas croyable ? »

Le visage du capitaine s'empourpra.

« Vous étiez au courant ! Holthusen aussi ! Et vous nous avez quand même laissés appareiller ?

— Pour quelle raison aurions-nous annulé ce départ ? »

La question fit à Schröder l'effet d'une gifle.

« Pour quelle raison ? »

Lui qui ne haussait jamais le ton explosa.

« Vous me laissez emmener un millier de passagers sachant que le port de destination refusera de les accueillir ? C'est tout simplement criminel. »

Clasing essuya du revers de la main la sueur qui maintenant dégoulinait sur son front.

« Vous n'avez pas compris, capitaine. »

Il reprit à son compte les propos de Benitez :

« Rien ne se passe ici comme chez nous. Rien n'est définitif. De plus, la loi ne peut pas s'appliquer de manière rétroactive. Les visas ont été délivrés avant que ne soit publié le décret en question. Vos passagers débarqueront. Croyez-moi. Le colonel Benitez me l'a formellement assuré. »

Schröder se laissa tomber sur son siège.

« Il y a autre chose... »

Il brandit le premier télégramme que lui avait expédié le directeur de la Hapag et lut d'une seule traite :

« "Ordre impératif vous rendre à La Havane à toute vapeur à cause de deux autres bâtiments, *Orduna*, anglais, et *Flandre*, français, même destination, mêmes passagers." »

Il pointa son doigt vers le hublot.

« Comme vous pouvez le constater, ces navires ne sont toujours pas là. Ce qui prouve que j'ai rempli ma mission.

— Et je vous en félicite, capitaine.

— Là n'est pas la question ! Pourquoi m'a-t-on imposé cette course de vitesse ? Quel rapport avec cette histoire de décret ?

— C'est pourtant clair : le premier arrivé, le premier servi. Désormais, dans l'esprit des autorités cubaines, ce sont nos passagers qui sont prioritaires. Vous me suivez ? »

Non, Schröder ne suivait pas.

Clasing s'était levé.

« Je vous tiendrai au courant. Soyez confiant. Vous verrez, tout ira bien. »

Il tendit sa main à Schröder, qui la saisit mollement.

Au moment de franchir le seuil de la cabine, il se retourna.

« De toute façon, capitaine, je ne vois vraiment pas pourquoi vous vous mettez dans cet état. Vous venez de le faire remarquer, votre mission a été accomplie. Vous avez mené sains et saufs vos passagers jusqu'à La Havane. C'est bien ce que l'on vous demandait, non ? Par ailleurs, ce ne sont que des Juifs ! Alors ? »

Il souligna ces derniers mots par un geste d'indifférence.
En refermant la porte, il entendit Schröder s'écrier :
« Ce sont des vies humaines, Herr Clasing ! Des vies humaines ! »

Berlin, ce même 26 mai

Adolf Hitler sautillait littéralement sur place.

« Vous ne comprenez pas, Herr Speer ! J'aspire à des édifices grandioses capables de résister au temps pendant au moins un millénaire ! La nouvelle chancellerie devra posséder cette caractéristique. Dans le vieux bâtiment wilhelminien de Paul Wallot, nous aménagerons pour les députés des salles de lecture et des salles de repos. Je veux bien que la salle des séances devienne une bibliothèque ! Mais avec ses cinq cent quatre-vingts places, elle est beaucoup trop petite pour nous ! Nous en construirons une autre tout à côté ; prévoyez-la pour mille deux cents députés ! »

Albert Speer* fronça les sourcils. Mille deux cents députés ? Cela supposait un peuple d'environ cent quarante millions d'hommes ! Quelle démographie espérait-il donc pour l'Allemagne ? Mais il se garda bien de faire la moindre remarque.

Le Führer poursuivait son monologue.

* De 1933 à 1945, le destin de Speer fut lié à celui du Führer. Il fut tour à tour l'architecte de Berlin, l'ami fidèle des réunions nocturnes à la chancellerie du Reich et au Berghof, le technocrate et l'organisateur qui obtint, dans la production d'armements, des résultats qui étonnèrent le monde. Devenu ministre de l'Armement en 1942 et chef de l'organisation Todt, il utilisa la main-d'œuvre étrangère réquisitionnée pour l'effort de guerre allemand. C'est pour cette réquisition qu'il fut condamné par le Tribunal militaire international de Nuremberg à vingt années de détention. Il fut libéré en 1966 de la prison de Spandaü et mourut en 1981. Le Dôme ne fut jamais construit. La guerre entraîna Hitler vers d'autres priorités.

« Et puis la future place Adolf-Hitler ! Elle devra être située à l'ombre du Grand Dôme. »

Il pointa son index sur la maquette.

« Vous avez bien fait de vous inspirer du Panthéon de Rome. C'est excellent. Et l'ouverture pour faire passer la lumière. C'est très judicieux. Rappelez-moi les dimensions de tout ça ? »

Albert Speer s'empressa d'expliquer :

« L'ouverture aura un diamètre de quarante-six mètres, dépassant de trois mètres celui de la coupole romaine. Le volume intérieur sera dix-sept fois plus grand que celui de la basilique Saint-Pierre. De l'extérieur, le Dôme aura l'apparence d'une montagne verte de deux cent trente mètres de haut, car nous le recouvrirons de plaques de cuivre patiné. Au sommet, j'ai prévu une lanterne vitrée de quarante mètres de haut, réalisée dans une construction métallique aussi légère que possible. Et, tout au-dessus de cette lanterne, nous poserons un aigle qui tiendra une croix gammée entre ses serres. Au total, le volume extérieur de l'édifice représentera plusieurs fois la masse du Capitole de Washington. Cependant il y a un problème auquel il faudra songer...

— Un problème ? Quel problème ?

— Un tel édifice placé en plein cœur de la capitale, qui sortirait des couches basses des nuages, risque d'être un point de repère idéal pour les escadrilles des bombardiers ennemis, une sorte de poteau indicateur menant au centre gouvernemental du Reich, situé exactement au nord et au sud de la coupole. »

Le Führer se plia en deux en se frappant les cuisses.

« Vous voulez rire, Herr Speer ! Jamais, jamais aucun avion ennemi ne survolera l'Allemagne ! Jamais ! Et pour ce qui est de votre projet d'aigle, je ne suis pas d'accord. Il faut changer cela ! Ce n'est pas la croix gammée qu'il doit tenir, mais le globe terrestre ! Pour couronner le plus grand édifice du monde, il ne peut y avoir que l'aigle dominant le globe[57] ! »

Ce samedi 27 mai, les passagers vivaient leur première nuit cubaine. À l'effervescence qui avait régné toute la journée avait succédé un silence lourd, insupportable. À l'heure du dîner, la salle à manger demeura quasi déserte. Même le rire des enfants s'était tu. Que se passait-il donc ? Ils étaient à quelques encablures du havre tant espéré. La liberté était à portée de main. Et voilà qu'un abîme s'était creusé qui paraissait tout à coup infranchissable. Non, songea Dan Singer, les choses ne pouvaient en rester là. *Mañana.* Demain tout rentrerait dans l'ordre. *Mañana.*

Bien peu d'entre eux dormirent, cette nuit-là. Refusant de s'allonger ou même de quitter ses vêtements, Max Loewe était resté pendant des heures assis au bord de son lit, sursautant au moindre son.

Ils n'avaient pas débarqué. On les gardait à bord. On les garderait jusqu'à l'arrivée des sections d'assaut.

Lorsque le soleil refit son apparition dans le ciel des Caraïbes, les passagers regagnèrent le pont par petits groupes.

Un spectacle étonnant les attendait.

Autour du bateau, une nuée d'embarcations mouchetaient la surface de l'eau. À leur bord, des marchands de tout et de rien proposaient à la volée qui des bananes, qui des noix de coco, qui des cigares ou des colifichets.

« C'est incroyable, commenta Ruth Singer. On croirait un marché flottant. »

Mais outre les colporteurs, on pouvait apercevoir des dizaines de barques sur lesquelles se tenaient des parents, frères, sœurs, pères ou mères qui avaient fait spécialement le déplacement des États-Unis à La Havane.

Brusquement, un cri domina le brouhaha environnant. Il avait été poussé par Renate Aber. Elle secoua frénétiquement le bras de sa petite sœur Evelyin en hurlant :

« Regarde ! Regarde ! Dans ce canot ! C'est papa ! »

Evelyin écarquilla les yeux. En effet, Max Aber se tenait debout entre deux autres personnes et leur faisait de grands signes de la main. Il leur disait quelque chose. Il leur parlait, mais les mots se perdaient dans l'air.

Les deux enfants tendirent leurs bras vers leur père dans un mouvement spontané, comme si elles espéraient pouvoir l'atteindre, le toucher, se blottir enfin contre lui. Et lui faisait de même. Un an qu'ils ne s'étaient pas revus. Son canot était ballotté contre la coque. Le médecin aurait voulu s'accrocher à la paroi, s'élever vers ses filles.

« Je vous aime ! hurla-t-il. Je vous aime ! »

Des larmes se mirent à couler sur les joues d'Evelyin. Elle cria :

« Je veux descendre. S'il vous plaît. Je veux mon papa ! »

Vera Ascher, qui s'était occupée des deux filles durant tout le voyage, essaya de la calmer.

« Tu vas le retrouver. Nous allons bientôt descendre. C'est une question d'heures. Tu vas le retrouver. »

Maintenant, d'autres personnes avaient rejoint Max Aber. Elles aussi criaient, hélaient les silhouettes familières alignées tout au long du bastingage.

Mme Bardeleben fut la première à reconnaître son mari. Elle souleva sa fille, Marianne, dix ans, afin qu'elle pût le voir. La veille au soir, elle l'avait emmenée chez le coiffeur, pour la faire belle rien que pour cet instant. Dans un état d'extrême excitation, Marianne se dressa fièrement pour montrer à son père sa nouvelle coiffure. Mais la frustration était immense. La voyait-il vraiment ?

Ruth Singer saisit la main de Dan et éclata en sanglots. Ces scènes déchirantes venaient de raviver le souvenir de sa fille Judith et de ses petits-enfants. Elle hoqueta : « Si tous ces gens qui sont si proches des leurs n'arrivent pas à les toucher, qu'en sera-t-il de notre fille distante de milliers de kilomètres ? La retrouverons-nous jamais ? »

Mme Spanier entendit quelqu'un crier : « Ne vous inquiétez pas, tout ira bien. »

« Évidemment ! lança-t-elle à son mari. Que veulent-ils dire ? »

Fritz Spanier ne répondit pas.

Rosemarie Bergmann « embrassait avec ses yeux » les gens dans les barques. « Nous voici enfin parmi nos amis », confia-t-elle à son époux[58].

Ils étaient certes parmi leurs amis. Mais un mur invisible les empêchait de les toucher.

Vers dix heures, les responsables du service d'immigration montèrent à bord et commencèrent à examiner les permis de débarquement délivrés par le colonel Benitez, ainsi que les cartes de débarquement. Ils n'apposèrent la lettre « R » que sur vingt-six d'entre elles. C'était le signe autorisant la descente à terre.

Une demi-heure plus tard, les élus quittaient le *Saint-Louis*. Tous étaient majoritairement des citoyens cubains, ou des réfugiés espagnols détenteurs d'un visa d'immigration en bonne et due forme. À peine s'étaient-ils retirés que les militaires envahirent le pont A et prirent position à hauteur de l'échelle de coupée et le long du bastingage.

En quelques heures, le *Saint-Louis*, navire de luxe de la Hapag, venait de se transformer en prison.

12

Milton Goldsmith raccrocha son téléphone.

Il avait passé près d'une heure avec Joseph C. Hyman, le directeur exécutif du Joint à New York, ne ménageant aucun détail, dressant un portrait aussi précis que possible de la tragédie qui était en train de se dérouler dans la rade de La Havane.

« Alors, s'informa Laura Margolis. Qu'a-t-il dit ?

— Il nous envoie immédiatement deux de ses assistants. Je les connais de réputation. Ce sont des personnes extrêmement qualifiées.

— Qui sont-elles ?

— Lawrence Berenson et Cecilia Razovsky. Berenson est avocat de métier. Je pense qu'il sera tout à fait apte à négocier une porte de sortie avec les autorités. Une fois que les passagers débarqueront, Cecilia les prendra en charge. De plus, il semblerait que Berenson soit un ami personnel de Batista. S'il le souhaite, le général – bien que silencieux pour l'instant – pourrait tout faire basculer en notre faveur. »

Laura poussa un soupir.

« Un espoir. Il y aurait donc un espoir.

— Nous devons y croire. D'autant que... »

L'expression de Milton se rembrunit tandis qu'il annonçait :

« J'ai reçu à l'aube un coup de fil de Clasing. Le siège de la Hapag l'aurait contacté pour exiger purement et simplement le retour du *Saint-Louis* si le débarquement s'avérait définitivement compromis. »

La jeune femme vacilla sur ses jambes.

« Ce n'est pas possible ! Vous imaginez quelle sera la réaction des passagers ?

— Je n'ose même pas. »

Il prit une brève inspiration et conclut :

« De toute façon, nous ne pouvons rien faire de plus pour l'instant, sinon patienter et surveiller la tournure que prendront les événements.

— Patienter... Ce n'est pas à moi qu'il faudrait le dire, mais aux neuf cents personnes enfermées sur ce bateau, à quelques mètres de la côte. »

Le téléphone sonna dans le bureau du président Brù. Il décrocha et eut aussitôt une expression de colère. C'était Benitez.

« *Señor presidente,* pardonnez-moi de vous importuner, mais... »

Brù n'eut pas l'ombre d'une hésitation. Il raccrocha.

Presque aussitôt une nouvelle sonnerie retentit. Si c'était encore le colonel, Brù se jura qu'il le ferait mettre aux arrêts. Il n'eut pas le temps de se détendre en reconnaissant la voix du Dr Juan Remos, son secrétaire d'État. Dès que celui-ci lui annonça la raison de son appel, sa mauvaise humeur refit surface.

« Monsieur le président, c'est à propos du *Saint-Louis.*

— Je vous écoute.

— J'ai réfléchi à la situation. Bien qu'étant respectueux du décret que vous avez eu la sagesse de promulguer, je me disais qu'étant donné les circonstances, nous pourrions exceptionnellement envisager de passer outre en invoquant la "clause morale". »

Brù éprouvait un certain respect à l'égard de son secrétaire et pour l'intégrité dont il avait toujours fait preuve ; ne fût-ce qu'en plaidant la fermeture du bureau de Benitez. Aussi s'informa-t-il courtoisement :

« Qu'entendez-vous par "clause morale"?

– Voilà un millier de personnes qui ont quitté leur pays en abandonnant tout derrière elles. Un retour à Hambourg serait vécu comme une tragédie. La presse internationale va tôt ou tard s'emparer de l'affaire, l'opinion mondiale se retournera contre nous et l'image de notre pays, *votre* image, s'en trouvera altérée. »

Un petit rire secoua le président.

« Docteur Remos, vous n'êtes pas sérieux. L'opinion mondiale? De quelle opinion parlez-vous? de celle des États-Unis dont quatre-vingts pour cent de la population ne veulent pas entendre parler d'accueillir un seul émigré au-delà du quota fixé par l'administration? de celle de l'Angleterre? de la France? Et ce sont ces gens qui se permettront de nous critiquer? Nous qui avons favorisé à ce jour l'accès de plus de cinq mille réfugiés? Allons, Juan. Vous vous égarez. »

Il marqua une courte pause avant de préciser :

« Voyez-vous, la seule chose qui compte pour moi, c'est l'opinion cubaine. Celle de mon peuple. Et vous n'êtes pas sans savoir que cette opinion appuie sans conteste ma décision. Je suis au regret de vous décevoir, mais je n'ai aucunement l'intention de m'aliéner les voix qui me soutiennent en leur opposant une "clause morale". »

Il mit fin à la conversation par une phrase sans appel :

« Le *Saint-Louis* et les autres navires qui sont annoncés n'ont qu'une seule chose à faire : quitter nos eaux territoriales. »

Paradoxalement, le colonel Benitez était arrivé à la même conclusion que son président.

Isolé dans son bureau, meurtri et humilié de s'être vu raccrocher au nez, Benitez défoulait son amertume en fumant son deuxième cigare de la journée. Qu'importe, il en avait connu d'autres dans sa carrière. De toute évidence, il avait sous-estimé la détermination de Brù. Plus ennuyeux encore étaient le silence têtu du colonel Batista et son refus de lui accorder un entretien.

Oui, se dit-il, le *Saint-Louis* n'a qu'à reprendre la mer. Dans quelques semaines cette affaire serait oubliée. Plus personne ne se souviendrait de cet épisode.

Vers quinze heures, l'*Orduna* fit son apparition dans la baie de La Havane. Et comme pour le *Saint-Louis*, ordre lui fut donné de ne pas tenter de pénétrer dans le port et de jeter l'ancre dans la rade.

Otto Schiendick vit la manœuvre et c'est à ce moment-là sans doute qu'il prit conscience que sa rencontre avec Hoffman risquait de ne jamais avoir lieu, d'autant que le matin même Klaus Ostermeyer, l'officier en second, avait fait savoir à tout l'équipage qu'aucune permission ne serait accordée.

Il jura en silence. Par la faute de ces Juifs, son avancement au sein de l'Abwehr serait compromis.

Au même instant, à la résidence de Grande-Bretagne, H.A. Grant Watson, l'ambassadeur de Sa Très Gracieuse Majesté, apprenait de la bouche de son consul général que l'*Orduna*, à l'instar du *Saint-Louis*, avait reçu l'interdiction d'accoster.

Le diplomate caressa sa moustache d'un air soucieux avant de déclarer :

« Il est impératif que nous intervenions auprès du président Brù. Les passagers de l'*Orduna* ne peuvent en aucun cas être assimilés à ceux du bateau allemand. Je vous charge de défendre notre cause. »

Le consul adopta un air circonspect.

« Je crains fort, hélas, de n'avoir pas beaucoup d'arguments en notre faveur.

– Au contraire. Vous en avez. Pour justifier sa décision, Laredo refuse de prendre en considération la *date de délivrance des visas*, bien qu'elle soit antérieure de quelques jours à la promulgation du décret n° 937. Il semble ne vouloir adopter comme référence que la *date d'embarquement* des passagers.

— C'est une hypothèse. Cependant, même si elle se révélait exacte, permettez-moi de vous faire observer que notre navire a quitté Liverpool le 11 mai. Soit *cinq jours* après l'application du décret.

— J'en suis conscient. Néanmoins, nous pouvons arguer du fait que la très grande majorité des passagers a embarqué *le 5 mai* du port polonais de Gdynia. Par conséquent, ils sont en situation régulière. »

Le consul britannique acquiesça, bien que peu convaincu par l'argumentation.

« Très bien. Je vais en référer aux autorités cubaines. Reste à espérer qu'elles se rendront à cette logique. »

Il se leva, prêt à partir, mais se ravisa aussitôt.

« J'oubliais. C'est le week-end de Pentecôte. Avant lundi rien ne sera possible. »

L'ambassadeur esquissa un geste de mauvaise humeur.

« Lundi, donc, approuva-t-il. D'ici là... *wait and see.* »

Sur le *Saint-Louis*, quelques officiers de la police cubaine restés à bord passaient leur temps à répéter inlassablement la même réponse aux passagers qui leur posaient tout aussi inlassablement la même question :

« Pourquoi ? Pourquoi ne pouvons-nous pas débarquer ?

— Parce que c'est la Pentecôte...

— Que vient faire la Pentecôte dans cette histoire ? lança Dan Singer à son épouse. Je n'ai jamais entendu parler de passagers à qui l'on interdisait de descendre à terre un jour férié. »

Et les heures tournèrent.

Rien ne vint rompre l'attente, si ce n'est, en début de soirée, l'arrivée d'une vedette à bord de laquelle se trouvait un officier galonné appartenant au service d'immigration. L'homme gravit rapidement l'échelle de coupée et disparut. Peu après, on entendit dans un haut-parleur la voix du commissaire Müller, qui priait Mme Meta Bonné et ses deux enfants Béatrice et Hans-Jacob de se présenter à son bureau. Un temps s'écoula. Puis on vit le trio apparaître, valises à la main, accompagné par l'officier. Un instant plus tard, ils quittaient le navire.

Aussitôt, ce fut le tollé. Des voix protestaient, d'autres exprimaient leur incrédulité, d'autres encore laissaient éclater leur frustration.

Et nous ? Pourquoi pas nous ?

Le capitaine Schröder lui-même semblait n'avoir rien compris à ce surprenant traitement de faveur. Et Müller fut incapable de lui fournir une réponse satisfaisante. Il avait simplement vu l'officier échanger quelques mots avec les policiers, il l'avait vu montrer les passeports de la famille Bonné. Ce fut tout.

Le mystère resta entier. Il le reste à ce jour.

Le gong annonçant le dîner résonna sur le pont. Rares furent ceux qui se rendirent à la salle à manger. Lorsque l'orchestre attaqua les premières mesures d'une valse viennoise, la piste de danse resta déserte.

Le dimanche s'écoula sans que rien de nouveau ne vienne alléger l'extrême tension qui s'était insinuée parmi ceux que l'on pouvait appeler désormais les « rejetés ».

Max Loewe, lui, s'était à nouveau cloîtré dans sa cabine. Allongé sur sa couchette, il gardait les yeux fermés, le visage tourmenté, incapable de maîtriser le tremblement de ses mains.

En évoquant cette journée, Gustav Schröder écrira :

> « J'avais espéré prendre de vitesse la fin de non-recevoir qui nous guettait. Mais ce fut impossible. Des hommes en uniforme et armés débarquèrent à bord et se mirent à repousser ceux qui essayaient d'approcher l'échelle de coupée. Il s'en est fallu de peu que les passagers ne tentent un débarquement de force. Leur énervement était bien compréhensible. Ils étaient face à un État de droit qui n'adhérait pas aux lois antijuives et qui, contre paiement, avait accepté de les recevoir. Et maintenant que cet État s'était rempli les poches, il refusait d'honorer son engagement[59]. »

Les premiers mots de Dan Singer à son réveil furent : « Je suis optimiste. Je suis persuadé que les représentants des États-Unis vont intervenir. Et sachant les liens qu'ils entretiennent avec le gouvernement cubain, je ne vois pas comment ils n'imposeront pas leurs vues. »

Ruth parut sceptique.

« Encore faudrait-il que leurs vues soient conformes à nos espoirs.

– Évidemment ! Après tout, Cuba est presque une province américaine. L'Amérique est un pays démocratique. Roosevelt n'est pas Hitler ! Ils ne vont pas nous laisser tomber, tu verras. »

Au moment où Dan exprimait sa foi dans la Constitution américaine, le consul général, Coert du Bois, mettait la dernière main au rapport qu'il avait passé la nuit à rédiger à l'intention du département d'État.

> *Ayant accusé réception de votre télégramme concernant les réfugiés européens à bord du Saint-Louis, soyez assuré que le consulat général fait tout ce qui est possible auprès de la Hapag. L'aspect humanitaire de la question a été exposé au gouvernement cubain. Le département d'État a été informé.*
>
> *Coert du Bois*
> *Consul général des États-Unis*
>
> *Ci-joint, rapport strictement confidentiel*
>
> *À 11 h 45. Aujourd'hui le message ci-dessus a été transmis par téléphone à M. Avra M. Warren, chef de la section des visas au département d'État, qui l'a lu à un sténographe, lequel s'est chargé de le transcrire. Après la dictée du message, j'ai dit à M. Warren que l'ambassadeur [Butler Wright*] et moi-même*

---

* Joshua Butler Wright, né en 1877. Après une longue carrière diplomatique durant laquelle il servit dans des pays aussi divers que le Brésil, l'Union soviétique ou la Grande-Bretagne, c'est en 1937 qu'il fut nommé ambassadeur à La Havane. Il décéda le 4 décembre 1939. Sur

étions extrêmement occupés, et qu'en ce qui concerne la situation des réfugiés, nous ne prendrions aucune mesure auprès du gouvernement cubain avant d'avoir reçu des instructions du département. M. Warren m'a répondu qu'il était très heureux de constater que j'avais évoqué le sujet, s'en étant lui-même entretenu avec M. Welles*, qui est totalement opposé à ce que nous tentions la moindre démarche auprès du gouvernement de l'île. Il m'a révélé que les comités de secours juifs de New York faisaient actuellement pression pour inciter des personnalités telles que Barney Baruch** à intervenir auprès du président Roosevelt, l'adjurant de faire pression sur le gouvernement cubain afin qu'il revienne sur sa décision d'interdire l'accès de son territoire aux réfugiés. Il a poursuivi en m'assurant qu'aucune intervention émanant de la Maison-Blanche n'irait dans le sens de M. Baruch. Et il a conclu en me félicitant sur la manière dont nous gérions la situation et a promis de m'informer dans le cas où des éléments nouveaux devaient survenir.

Coert du Bois
Consul général des États-Unis[60]

M. Welles, qui est totalement opposé à ce que nous tentions la moindre démarche auprès du gouvernement de l'île...

Si Dan Singer avait pu lire le contenu de ce rapport, il est probable que son jugement sur le *pays des libertés* eût été fortement ébranlé. En soi, le texte était un chef-d'œuvre de langage diplomatique.

Ils étaient à présent sur le pont, et observaient l'incessant va-et-vient des canots à bord desquels parents et amis venaient tenter de dialoguer avec leurs proches par-delà les

---

ordre de Roosevelt, sa dépouille fut ramenée le 11 décembre aux États-Unis à bord de l'*USS Omaha*.

* Sumner Welles. Lors de la Conférence d'Évian, il était l'adjoint du secrétaire d'État Cordell Hull. À partir de 1933, il fut nommé par Roosevelt ambassadeur plénipotentiaire des États-Unis à La Havane. En ce mois de mai 1939, il occupait le poste de sous-secrétaire d'État, toujours sous la tutelle de Cordell Hull.

** Il fut ministre de la Défense des États-Unis lors de la Première Guerre mondiale. Son prestige autant que son influence étaient toujours intacts en 1939.

cris des vendeurs. Depuis deux jours, ces échanges de voix, de gestes, ces signes de la main étaient devenus un rituel. Misérables liens qui permettaient à certains de garder la foi.

En début d'après-midi, on vit tout à coup l'*Orduna* lever l'ancre et se diriger vers le port. Il accosta au quai attribué à la compagnie Royal Mail Steam Packet.

« Ce n'est pas croyable ! cria quelqu'un. Ne sommes-nous pas arrivés les premiers ? »

Fritz Spanier – fidèle au rôle de modérateur qu'il s'était engagé à tenir – fit la première réponse qui lui vint à l'esprit :

« C'est sans doute parce que l'*Orduna* est un plus petit bateau et qu'il transporte moins de passagers. Patience. Nous serons les suivants. »

Aaron Pozner écarquillait les yeux pour essayer de voir si les occupants du navire anglais débarquaient bien. Mais la distance était trop grande et l'on ne pouvait pas distinguer grand-chose.

Sur l'un des canots, Max Aber vit lui aussi l'*Orduna* accoster. Abasourdi, il fit signe à Renate et Evelyin qu'il reviendrait le lendemain et ordonna au pêcheur qui l'accompagnait de le ramener immédiatement au port.

Une demi-heure plus tard, il déboulait dans le bureau de la Hapag.

« Vous avez vu ? Les passagers du bateau anglais ont débarqué ! »

Avant que l'agent n'eût le temps de répondre, il poursuivit.

« Savez-vous que j'ai été décoré de la Croix de fer, gagnée au combat ! Je me suis battu pour l'Allemagne. Ne croyez-vous pas que cet honneur qui m'a été accordé devrait rejaillir sur mes filles ? Vous devez intervenir ! Vous devez plaider leur cause ! Pour quelle raison ne seraient-elles pas traitées comme les passagers du navire britannique ? »

Clasing esquissa un mouvement de la main qui se voulait apaisant.

« Calmez-vous, docteur Aber. Les passagers de l'*Orduna* n'ont bénéficié d'aucun traitement de faveur. Une trentaine d'entre eux seulement ont été autorisés à descendre à terre.

Et tous sont des Cubains. Il n'y a pas un seul réfugié parmi eux. »

Une expression incrédule traversa le visage du médecin.

« Vous voulez dire que les autres vont subir le même traitement que ceux du *Saint-Louis*? Ils sont rejetés? »

Clasing confirma.

« Pour preuve, vous pourrez constater que d'ici la tombée de la nuit l'*Orduna* lèvera l'ancre et reprendra la mer.

— Pour aller où? Quelle destination?

— Je n'en sais rien. Pour tout vous dire, je m'en fiche. Je ne suis préoccupé que par le sort réservé au *Saint-Louis*. »

Brisé, Max Aber quitta le bureau. Durant tout le trajet qui le séparait de son hôtel, il ne cessa de se répéter : « Ce n'est pas possible. Ce mauvais rêve doit finir. Il le faut. »

Alors que le crépuscule tombait sur La Havane, installé à la fenêtre de sa chambre, il put constater que Clasing n'avait pas menti. L'*Orduna* s'éloignait du port. Dans la demi-heure qui suivit, un autre navire fit son apparition. C'était le *Flandre*. Et ainsi que l'avait fait son prédécesseur britannique, le bateau français accosta. Épuisé par des nuits sans sommeil, Max se jeta sur son lit sans même chercher à imaginer combien de passagers cette fois avaient été autorisés à fouler le sol cubain. Demain, il irait prendre contact avec son bienfaiteur, José Estedes. Il se mettrait à genoux s'il le fallait. Mais il arracherait ses filles aux griffes du *Saint-Louis*.

13

Mardi 30 mai 1939

*Conversation avec le Dr Juan Remos, secrétaire d'État
du gouvernement cubain, rapportée au département d'État
par l'ambassadeur des États-Unis
[Extraits]*

*[...] Au cours d'une conversation qui s'est déroulée ce jour
avec le secrétaire d'État au cours de laquelle nous nous sommes
entretenus de divers sujets, j'ai eu l'occasion de m'enquérir « officieusement » du cas des réfugiés allemands juifs se
trouvant actuellement à bord du Saint-Louis dans le port de
La Havane. [...]*

*[...] J'ai expliqué au secrétaire de la manière la plus claire
que mes investigations ne répondaient à aucune instruction
officielle, mais qu'elles étaient inspirées par le souci de pouvoir
fournir des réponses aux interrogations dont le consul général
et moi-même faisons l'objet ; interrogations posées tant par les
parents des réfugiés vivant aux États-Unis que par des personnes ayant souscrit des fonds pour aider au transport des passagers et assurer leurs besoins pendant la durée de leur séjour à
Cuba.*

*[...] Le secrétaire d'État s'est dit profondément concerné par
cette affaire, mais il a précisé que la seule question dont était
directement responsable son département était de savoir si les
officiers cubains de l'immigration avaient correctement fait leur
travail en accord avec la loi. [...] Il a ensuite dénoncé très*

ouvertement les pratiques pernicieuses pratiquées par le colonel Benitez, directeur de l'Immigration. [...] Il a dit, en outre, qu'il avait mis en garde les compagnies maritimes, leur recommandant de ne plus vendre de billets aux voyageurs qui ne seraient pas en possession d'un visa en bonne et due forme, mais qu'apparemment ces compagnies, et particulièrement la Hapag, n'avaient pas tenu compte de cet avertissement. C'est ce laxisme qui a contribué grandement aux complications actuelles. [...] Il a clairement indiqué qu'il avait toujours été formellement opposé à ce type d'agissements.

[...] Je lui ai alors demandé s'il était conscient que la plupart des passagers, aussi bien sur le Saint-Louis *que ceux qui se trouvaient sur d'autres bateaux, avaient été obligés de s'acquitter d'un billet aller-retour, payé en francs, en dollars ou en livres sterling. Et que dans le cas où le billet retour n'était pas utilisé, le remboursement de la différence se ferait en Reichsmarks. Le secrétaire m'a répondu qu'il n'était pas au courant de ce détail.*

[...] J'ai une fois de plus jugé utile de préciser que j'agissais sans instructions officielles d'aucune sorte, uniquement motivé par des considérations humaines. J'ai néanmoins estimé nécessaire de rappeler à son attention les termes de la lettre circulaire envoyée par le président des États-Unis à toutes les nations concernées par le problème des réfugiés. Bien que conscient du facteur humanitaire, le président a clairement indiqué qu'aucune nation n'avait l'obligation d'accueillir des réfugiés qui seraient en contravention avec sa législation interne.

[...] Le secrétaire m'a assuré qu'il se souvenait parfaitement de cette circulaire.

[...] Je lui ai alors dit que j'étais surtout préoccupé par les répercussions inopportunes qui ne manqueraient pas de découler des pratiques qu'il avait très justement lui-même critiquées. Par exemple, le fait qu'un fonctionnaire officiel, faisant partie du gouvernement cubain, se soit octroyé le droit de vendre des visas à cent soixante dollars chacun et que les passagers en possession de ces visas se voyaient refuser l'accès au territoire cubain. Que l'impasse actuelle soit la conséquence d'une loi [le décret nº 937] et que celle-ci s'applique de manière rétroactive ou non importait peu.

[...] Il fallait s'attendre à ce que les amis, les parents des personnes interdites de séjour ne tardent pas à ameuter la presse pour la mettre au courant de ce qui était en train de se dérouler

à La Havane, et que ce serait bien fâcheux pour le gouverne-
ment cubain.

[...] Le secrétaire m'a répondu qu'il partageait totalement
mon appréhension, et il a ajouté qu'à titre personnel il estimait
que les passagers devaient être admis à débarquer dans la
mesure où ils étaient capables de fournir des garanties appro-
priées pour ne pas qu'ils soient à la charge du gouvernement.
[...] Il faudrait aussi que des comités de secours assurent de sub-
venir à leurs besoins financiers jusqu'au moment de leur départ
pour une autre destination.

[...] J'ai dit qu'il y aurait peu de difficultés à obtenir ces
garanties, tout en précisant une fois encore que je n'avais reçu
aucune instruction me permettant de l'affirmer. [...]

[...] Le secrétaire a conclu notre discussion en déclarant que
le sujet serait débattu lors d'une réunion du cabinet prévue pour
demain et qu'en attendant l'issue de la réunion, le départ du
Saint-Louis serait retardé. Mon impression finale est que les
autorités cubaines sont de plus en plus conscientes de leurs
impéritíes.

L'ambassadeur[61]

Après plusieurs heures de recherches, Max Aber réussit
enfin à mettre la main sur José Estedes au bar de l'hôtel
Sevilla-Biltmore. Il n'était pas loin de midi. Les yeux rougis
de larmes, le médecin exposa la situation. Pour la première
fois, il se confia sans rien masquer de sa vie personnelle. Il
dévoila toute la vérité, sans pudeur. Il parla de sa femme,
Lucie, qui l'avait abandonné pour un autre homme, du par-
cours infernal qui l'avait conduit jusqu'à Cuba, de ses deux
filles qui restaient sa seule raison de vivre.

Plus tard, Estedes devait déclarer :

> « Le docteur était en larmes. Il m'est apparu comme un
> homme fin et cultivé, doué de grandes capacités. Il était en
> très mauvais état[62]. »

Sans attendre, le Cubain emmena Max chez le ministre
de la Défense, le général Rafael Montalvo, ami personnel de
Batista. En quelques mots, il exposa l'affaire au ministre.

Quand il eut fini, Montalvo approuva d'un geste de la tête et fit appeler deux officiers. L'un était le capitaine Gomez Gomez, membre de l'armée ; l'autre le capitaine Eiturey, de la police cubaine. Le général ordonna aux deux hommes d'escorter le Dr Estedes et Max Aber à bord du *Saint-Louis* et de récupérer les enfants.

Quelques minutes plus tard, le groupe arriva au port dans la voiture officielle du général Montalvo. Ils se frayèrent un chemin jusqu'au bout de la jetée qui était noire de monde. Les deux capitaines avisèrent des policiers en faction, et exigèrent d'eux que l'on mît une vedette à leur disposition.

Ils n'eurent pas à patienter bien longtemps. Un canot vint s'amarrer au quai.

> « C'était un petit canot à moteur avec un drapeau, observa Max Aber, conduit par un énorme Noir qui n'avait que deux dents[63]. »

Lorsqu'ils arrivèrent à hauteur du *Saint-Louis*, le capitaine Schröder se tenait en haut de l'échelle de coupée, entouré par des policiers et un groupe de passagers.

La suite, c'est Max Aber qui devait en faire le récit :

> « J'ai d'abord pensé qu'il s'agissait d'un nazi : il était en uniforme. Il fit claquer ses talons et nous dit "Bonjour". J'étais effaré. Ensuite, il s'entretint avec le capitaine Eiturey dans un espagnol approximatif. Je n'ai pas saisi un seul mot. J'ai simplement dit : "Je suis venu chercher mes filles. Elles ont des visas." Le capitaine Schröder m'a répondu : "Oui, vous pouvez les emmener." Il était très gentil et chaleureux. Lorsque Evelyin et Renate me furent amenées, elles étaient en maillot de bain et semblaient plus intéressées par le bateau, où elles s'amusaient bien, que par ma présence. Tandis qu'elles repartaient se changer, les passagers s'attroupèrent autour de moi et m'assiégèrent de questions : "Quand débarquons-nous ? Pouvez-vous nous aider ? Que se passe-t-il à La Havane ?" Je leur dissimulai mes doutes et m'efforçai de leur donner un peu de réconfort. Je leur indiquai que d'autres réfugiés allemands avaient été acceptés. Ils pleuraient. Je ne voulais pas les

décourager. Renate et Evelyin revinrent, vêtues de robes de dentelle et de manteaux légers. Lorsqu'elles descendirent dans le canot, Evelyin s'agrippa à moi, épouvantée par l'énorme timonier noir et édenté. C'était la première fois de sa vie qu'elle voyait un homme de couleur. Ce fut seulement une fois à terre, que me revint une phrase étrange que ma femme m'avait écrite dans une lettre postée d'Allemagne : elle me recommandait de fouiller soigneusement le manteau neuf de Renate. J'ai tâté la doublure. Des bijoux étaient cousus dans les ourlets[64]. »

Entre-temps, les craintes que l'ambassadeur des États-Unis avait formulées lors de son entretien téléphonique avec Juan Remos étaient en train de se confirmer ; les premiers journalistes commençaient à débarquer à La Havane. En apprenant la nouvelle, un mouvement d'humeur s'empara du président Brù. Dieu sait ce que l'on allait raconter ! quelles critiques allaient s'abattre sur sa personne et son gouvernement. Qu'importe ! Il restait fermement convaincu qu'il ne devait pas faillir. Non seulement il avait le soutien du peuple, mais – ce qui le confortait encore plus – il y avait aussi l'absence de réaction du colonel Batista. Comment ne pas l'interpréter comme une sorte d'approbation tacite ? La seule préoccupation de Brù concernait l'attitude qu'adopteraient les membres de son cabinet. La réunion était prévue pour le lendemain, 31 mai, onze heures. Approuveraient-ils ou non la proposition qu'il comptait leur soumettre ?

« Quatrième jour dans le port de La Havane, note Erich Dublon. Au cours de notre voyage, un décret a été promulgué par le gouvernement cubain qui a profondément bouleversé la situation. Une rumeur circule qui laisse croire que l'affaire a pris désormais une tournure politique ; ce serait une question de prestige opposant différents ministères, ce qui complique encore plus les choses. [...] Autour du *Saint-Louis*, amis et proches se croisent sur les flots. Ils nous interrogent sur l'ambiance qui règne à bord et s'inquiètent de savoir si nous disposons d'assez de vivres. Il semble que des bruits aient couru en ville à ce propos. Nous les rassurons du mieux que nous pouvons et dressons un portrait élogieux des services de la Hapag. En effet, nous ne manquons de rien pour l'instant et nous bénéficions du même traitement qu'en haute mer.

« Les stewards me font de la peine. Eux qui, après toutes ces journées de travail, se réjouissaient à l'idée de pouvoir descendre à terre sont privés de cette autorisation.

« La chaleur est éprouvante. Il nous faut maintenir le hublot ouvert et le ventilateur en marche constante pour que l'atmosphère soit supportable[65]. »

Berlin, ce même jour

Il faisait nuit. Le Führer s'assura que personne ne l'observait et s'engagea dans le long corridor qui menait à l'ancienne chambre de l'infortuné Hindenburg. Il poussa la porte et entra. La principale décoration de la pièce était un grand portrait de Bismarck. La première chose qu'il vit fut un rideau entrebâillé. Il vociféra :

« Quel laisser-aller ! N'ai-je pas donné des ordres pour que les rideaux ne soient jamais ouverts, ni le jour ni la nuit ? »

Une petite voix de femme lui répondit :

« Je sais, *mein Liebe*, mais...

— Ne vous avais-je pas aussi interdit de sortir sans mon autorisation ?

— Je me suis juste rendue dans votre bibliothèque pour y chercher un livre à lire. Je...

— Vous ne comprenez pas ! Ma vie privée ne concerne que moi ! Hier encore vous avez commis une faute impardonnable. Vous m'avez appelé par mon prénom alors que je vous avais bien spécifié de ne jamais m'appeler en public autrement que *mein Führer* !

— Je suis confuse. Un moment de distraction.

— Je vous accorde déjà un grand honneur en acceptant que vous soyez présente lorsque j'accueille mes intimes. N'exigez pas plus ! »

La jeune femme acquiesça en silence.

Elle regrettait tant d'être consignée dans sa chambre lorsque des invités officiels arrivaient à Berchtesgaden ou à la chancellerie. Elle avait espéré connaître le président Hoover, le roi Carol de Roumanie, l'Aga Khan et surtout la duchesse de Windsor, avec qui elle était convaincue de partager bien des choses[66]. Elle se consolait en se disant que les grands de ce monde venaient des quatre coins de la planète pour honorer l'homme qu'elle adulait. De toute façon, tout valait mieux que les jours de solitude absolue et de doute d'autrefois qui l'avaient menée à deux reprises au bord du suicide.

Elle murmura :

« Je n'exige rien. Je n'exigerai jamais rien. »

Et Eva Braun quitta le lit où elle était allongée pour aller enlacer son dieu.

Tandis qu'il entrait dans l'enceinte du port, l'agent Robert Hoffman avait du mal à maîtriser sa fébrilité. Il avait réussi à obtenir des autorités le droit de monter à bord du *Saint-Louis*. À présent, armé de sa canne creuse dans laquelle il avait dissimulé les microfilms, il arrivait en vue du barrage de police. La foule était toujours aussi dense. Aucun agent américain n'était en vue. Convaincus sans doute que l'accès au navire était impossible, ni Rowell ni Barber n'avaient estimé nécessaire de monter la garde.

Hoffman brandit son laissez-passer à l'officier responsable. Satisfait, l'homme l'invita à prendre place sur le canot qui faisait la navette entre le port et le *Saint-Louis*.

Encore un obstacle de franchi, songea Hoffman. Il ne restait plus à espérer qu'aucun grain de sable ne vînt compromettre la dernière étape de sa mission.

Un instant plus tard, il accédait à la passerelle et demandait à rencontrer le capitaine. Lorsque Schröder se retrouva face au personnage, sa première impression fut une sensation de malaise. Il se dégageait de cet homme quelque chose de violent, voire de malsain. Les présentations faites, Schröder déclara :

« Je présume que vous m'apportez des nouvelles de Clasing.

— Désolé. Je n'ai rien de nouveau à vous annoncer.

— Vous voulez dire que la situation est toujours au point mort ? Et que les passagers... »

Hoffman l'interrompit brusquement.

« Le problème des passagers ne me concerne pas, capitaine. Je suis ici pour d'autres raisons. »

Le capitaine répéta, incrédule :

« Le problème des passagers ne vous concerne pas ? Que je sache, vous êtes l'adjoint de Clasing, vous êtes un responsable de la Hapag !

— Ce n'est que partiellement vrai. J'occupe une autre fonction. Elle est prioritaire.

— Je vous écoute. »

D'une voix sèche, Hoffman déclina son identité de chef du réseau de l'Abwehr à Cuba et crut utile de préciser que, en cas de non-coopération du capitaine, il en référerait à l'amiral Canaris lui-même.

Ébranlé, Schröder interrogea :

« Très bien. Que souhaitez-vous ?

— Je veux m'entretenir avec l'Ortsgruppenleiter.

— L'Ortsgruppenleiter ? Pour quelle raison ?

— Cela ne vous regarde pas. »

Schröder, le souffle coupé, répliqua :

« Vous semblez oublier un détail, Herr Hoffman. Ici c'est moi qui décide ! »

L'agent resta de glace.

« Jusqu'à un certain point, capitaine. Vos prérogatives ont une limite dès lors qu'il s'agit d'une affaire concernant la sécurité du Reich. Or, soyez-en convaincu, il s'agit bien de cela.

— La sécurité du Reich ! Soyez plus clair.

— Je n'ai pas à l'être. Et vous n'avez pas à en savoir plus. Secret d'État. Et, je vous le répète, vous n'avez pas intérêt a me compliquer la tâche. Vous ne pouvez imaginer quelles seraient les conséquences ! »

Une expression cynique apparut sur son visage.

« Vous avez encore de la famille en Allemagne, *Herr Kapitän* ? N'est-ce pas ? »

Schröder se sentit prêt à sauter au cou du nazi. Mais il n'en fit rien. L'expérience acquise au fil du temps lui souffla que cet homme ne bluffait pas. Il serra les dents et questionna :

« Et ensuite ?

– La suite me regarde, capitaine. Voulez-vous faire convoquer le Leiter ? »

Il y eut un long silence au cours duquel les deux hommes s'affrontèrent du regard.

« Très bien, finit par annoncer Schröder. Allez voir le commissaire de bord. Il se chargera de vous mettre en rapport avec cet individu. »

Et Hoffman quitta la cabine.

Schröder le regarda partir la mort dans l'âme. Certes, l'homme avait clairement défini l'importance de sa position. Il ne faisait pas partie de ces fantoches qui, à l'instar de Schiendick, se prenaient tous pour Goebbels ou Canaris. Néanmoins, sur ce navire, c'était Schröder et lui seul qui avait tous les pouvoirs. Seulement voilà, quelles que soient sa répulsion à l'égard des nazis et la sympathie qu'il éprouvait pour ses passagers, il existait une ligne jaune qu'il pressentait ne pouvoir franchir sous peine des pires conséquences pour les siens.

Abattu, il se laissa choir sur son siège et se prit la tête entre les mains.

L'espion de l'Abwehr trouva le commissaire de bord dans son bureau et lui tint, à quelque nuance près, le même discours qu'il avait tenu à Schröder. Il conclut par :

« J'ai l'approbation du capitaine. »

Müller répliqua sèchement :

« Alors, allez-y. Le maître d'équipage saura où le trouver.

– Pas question ! Faites-le convoquer ici.

– Mais...

– Faites ce que je vous dis ! »

La rage au cœur, le commissaire s'exécuta.

Lorsque Otto Schiendick fut introduit dans la cabine, Hoffman exigea qu'on les laissât en tête à tête.

Une fois encore, le commissaire ne put qu'obtempérer.

Et les deux agents se retrouvèrent face à face.

Hoffman dévisagea longuement son interlocuteur et fut – comme devait l'indiquer par la suite le rapport qu'il avait adressé à l'Abwehr – « peu impressionné [67] ».

Que se dirent les deux hommes ? Quelles informations échangèrent-ils ? Nous ne pouvons que l'imaginer. Schiendick dut certainement défouler toute sa rancœur à l'égard du capitaine et du commissaire de bord, ne ménageant ni les accusations ni les critiques qu'il avait soigneusement notées dans son carnet noir. De son côté, Hoffman avait dû écouter ces diatribes d'une oreille distraite, très vite conscient que le mouchard ne possédait aucun élément réellement sérieux à l'encontre de ses supérieurs. Lui confiat-il ensuite les microfilms ? Sans aucun doute. Après tout, n'était-ce pas la raison essentielle de leur rencontre ?

À l'instant où ils se séparaient, Schiendick crut bon de révéler qu'au même moment une réunion se tenait à bord, entre Milton Goldsmith et le comités des passagers.

Hoffman adopta une expression outrée.

« Un comité de passagers ?

– Oui, confirma le steward. Il a été créé à l'instigation du capitaine. »

L'agent de l'Abwehr haussa les épaules.

« Je m'en fiche ! Comité ou non, ces Juifs repartiront là d'où ils sont venus. Et cette fois, il n'y aura pour les accueillir ni caviar ni transats. Ce sera leur dernier voyage... »

Otto Schiendick avait dit vrai lorsqu'il avait mentionné la réunion. Elle avait commencé une heure plus tôt dans le fumoir.

Bien que profondément mal à l'aise face à ces six visages tendus en quête d'une once d'espérance, Milton Goldsmith s'était exprimé sur un ton aussi franc que direct. L'heure n'était plus aux temporisations. Il détailla l'ensemble des éléments en présence, le rôle joué par Benitez, les conflits d'intérêts au sein même du gouvernement cubain, la position incertaine du président Brù, l'animosité du peuple à l'égard des réfugiés. Il conclut en soulignant que malgré l'arrivée imminente des représentants du Joint de New York, à savoir Lawrence Berenson et Cecilia Razovsky, il n'était guère très optimiste.

Alors seulement les membres du comité mesurèrent toute l'ampleur de la tragédie dans laquelle l'entêtement d'un président et la gredinerie d'un directeur de l'Immigration les avaient plongés.

Josef Joseph fut le premier à rompre le silence angoissant qui s'était installé à la fin de l'exposé.

« Finalement, nous avons été bel et bien bernés. Manipulés par les uns, exploités par les autres. Et dans cette histoire, la Hapag n'est pas en reste. Ils ont été bien contents d'accepter notre argent, conscients qu'ils étaient que nous ne débarquerions jamais. C'est ignoble ! »

Goldsmith fit observer avec lassitude :

« Je sais. Mais il ne sert à rien de ressasser des faits sur lesquels nous ne pouvons plus agir. Réfléchissons plutôt au moyen de trouver une porte de sortie. Il y va de l'avenir de neuf cents personnes. »

Il s'enquit :

« Quelqu'un a-t-il réfléchi à une solution ? »

Ils secouèrent la tête négativement. Jusqu'à cette heure, même les plus pessimistes d'entre eux n'avaient pu imaginer que ce voyage prendrait une telle tournure.

Alors Milton Goldsmith reprit la parole.

« Dans ce cas, permettez-moi de vous soumettre un projet. »

Le Dr Max Weis rapporta l'essentiel de la proposition. Voici ce qu'il nota :

« Goldsmith nous demanda de réunir trois cents noms d'amis et de parents aux États-Unis pour implorer leur aide. On transmettrait la liste au Joint, qui se chargerait de contacter les personnes en question. Goldsmith nous assura que, si nous ne pouvions pas débarquer à La Havane, il travaillerait nuit et jour pour nous trouver un autre port d'accueil. Il termina en affirmant qu'il n'était pas question que nous retournions en Allemagne, et que nous devions bien le faire comprendre aux autres passagers[68]. »

Revenu dans sa cabine, Max Loewe gardait l'œil rivé sur le hublot à travers lequel il entrevoyait les contours du port. Sur l'insistance de son épouse, il avait accepté de sortir prendre un peu d'air frais sur le pont. Mais, à peine à l'extérieur, il s'était retrouvé devant des militaires.

Point de doute : c'était lui qu'on recherchait. Ces hommes étaient des SS déguisés en soldats cubains. Des membres de la Gestapo. Ils allaient le reconnaître. Vite ! Fuir ! Retourner dans sa cabine et s'y barricader. Si l'un de ces hommes essayait de le rattraper, Max n'hésiterait pas. Il avait pensé à tout. Jamais il n'accepterait de se laisser ramener en Allemagne.

Tout à coup on frappa à la porte.

L'avocat se dressa, le visage fou.

« N'ouvre pas..., chuchota-t-il à son épouse. N'ouvre pas. Je t'en conjure ! »

Son épouse posa sur lui un regard éploré.

« *Mein Geliebt,* ce n'est rien. C'est notre fils, Fritz. Tu te souviens ? Il a quatorze ans aujourd'hui. J'ai commandé un gâteau au cuisinier. J'ai promis que nous fêterions son anniversaire. Regarde... »

Elle marcha vers la porte.

« Non ! hurla Max Loewe. Ne fais pas ça ! »

Elise refusa d'obéir. Elle écarta le battant. Pareil à un animal terrifié, Max se jeta à terre et se roula en boule dans un coin de la cabine.

« C'est Fritz, regarde ! » protesta Elise, bouleversée.

Le garçon se tenait sur le seuil, incapable d'avancer. Jamais il n'avait vu son père dans cet état. Des larmes lui montèrent aux yeux. Il réussit à articuler :

« Papa... »

Max mit un temps avant de se ressaisir. Prenant soudainement conscience de l'attitude humiliante dans laquelle il se trouvait, il se masqua le visage en suppliant :

« Ne me regarde pas. Va-t'en... Va-t'en, je t'en prie... »

Vers dix-huit heures, le nombre de vedettes de police qui montaient la garde autour du paquebot avait pratiquement doublé et leurs projecteurs s'étaient mis à balayer lentement les ponts du *Saint-Louis*.

Assis sur son lit, Aaron Pozner pouvaient voir les faisceaux ocre glisser sporadiquement le long du hublot.

Ils lui rappelaient ceux qui, dans la nuit allemande, balayaient le camp de Dachau.

À dix-neuf heures, profitant d'un moment d'absence de sa femme, Max Loewe s'empara de son rasoir à manche qu'il glissa dans la poche de son veston, quitta sa cabine et s'engouffra dans l'ascenseur qui l'emmena vers le pont A. La lumière d'un projecteur le heurta en plein visage ; il recula si violemment qu'il faillit perdre l'équilibre.

Avisant l'entrée des toilettes, il s'y précipita.

Là, il retira sa veste qu'il déposa à même le sol, retroussa partiellement la manche gauche de sa chemise et prit le rasoir dans sa poche. Alors, d'un geste d'une extraordinaire violence, il se lacéra les veines. Une fois, deux fois, cinq fois.

Le sang gicla, lui éclaboussant les mains, le visage et la chemise.

Il quitta les toilettes et se dirigea vers l'endroit exact d'où l'on avait immergé quelques jours plus tôt la dépouille de Meier Weiler, et d'où Leonid Berg s'était donné la mort.

Il leva ses yeux vers le ciel crépusculaire, poussa un hurlement et s'élança par-dessus le bastingage.

182

Le capitaine Schröder et son second, qui se trouvaient sur la passerelle, entendirent nettement le cri de Max Loewe.

Les deux hommes échangèrent un coup d'œil interloqué. Nul besoin de s'interroger pour comprendre le sens de ce cri. Sans hésiter, Schröder ordonna le déclenchement des opérations de secours et fonça dans le sillage d'Ostermeyer qui courait déjà sur le pont-promenade.

L'équipe de quart s'était elle aussi précipitée. Un marin montrait un point dans la mer. Ostermeyer et Schröder se penchèrent. Ils virent Max Loewe qui se démenait dans une mare de sang. Par moments, il tirait comme un dément sur ses veines dénudées.

Une vedette de la police avait amorcé un virage et se dirigeait à toute allure vers le point de chute.

Des voix affolées se mêlaient à présent aux hurlements du malheureux. Des passagers couraient dans tous les sens.

C'est alors qu'un marin se fraya un passage à travers le groupe qui s'était formé et plongea dans la mer*.

Au moment où il atteignait Max Loewe, ce dernier se mit à crier : « Assassins ! Assassins ! Vous ne m'aurez pas ! »

Le marin cherchait désespérément à agripper l'avocat, mais celui-ci réussit à s'esquiver et à plonger sous l'eau.

Le marin plongea à son tour et au prix d'une véritable empoignade réussit à remonter l'avocat à la surface et à l'y maintenir.

La vedette de police venait d'arriver à leur hauteur. On hissa Max hors de l'eau. On s'empressa de nouer un garrot de fortune au-dessus du poignet lacéré et on ramena le malheureux à bord.

Elise Loewe avait assisté à toute la scène, pétrifiée. Tout ce qui lui restait de force, elle l'avait utilisé pour maintenir le visage de ses enfants enfouis contre sa robe, afin d'essayer de les empêcher de voir ce qu'elle avait vu.

---

* Dans ses Mémoires, Gustav Schröder écrit : « Max Loewe s'était tranché les veines et s'était jeté par-dessus bord à l'endroit même où avait eu lieu l'immersion de la dépouille de M. Weiler. Mais *deux* matelots courageux sautèrent dans l'eau pour le sauver. »

Il fallut toute la force de persuasion du Dr Glaüner pour que les autorités acceptent de transporter l'avocat dans un hôpital de La Havane. Son état nécessitait des soins intensifs et surtout une transfusion de sang. En le gardant sur le *Saint-Louis*, on lui ôtait toute chance de survivre.

Mais lorsque Elise s'avança tout naturellement pour suivre la civière, elle fut arrêtée net par les policiers.

« *Unicamente él !* Lui seulement ! »

Mais ils étaient fous ! C'était son mari ! Son mari agonisant !

Elle eut beau crier sa détresse, menacer, supplier. Sans résultat.

« *Unicamente él !* »

> « Un jour, racontera Susan Schleger, alors que j'étais en train d'admirer le paysage, un homme a tout à coup déboulé, le bras en sang. De grosses gouttes de sang tombaient sur le pont. Les gens se sont mis à hurler. Il a continué à courir vers la rambarde et il a sauté dans l'eau. Je m'en souviens très bien. C'est le souvenir le plus fort que je conserve de ce voyage. À l'aide de sa main libre, il arrachait littéralement les veines de son bras. Il ne voulait pas être sauvé[69]. »

Et Herbert Karliner confirmera :

> « Tout le monde essayait de lui venir en aide ; en vain. Alors un marin qui se trouvait sur un pont plus élevé que le nôtre a plongé par-dessus bord et l'a sauvé[70]. »

« Déjà deux morts, murmura Ruth Singer en étouffant un sanglot. Et ce pauvre Max Loewe sera peut-être le troisième... »

Dan répliqua d'une voix sombre :

« Ou le premier d'une longue liste... »

14

Lawrence Berenson et Cecilia Razovsky, les deux émissaires du Joint, avaient débarqué de New York le 29 mai au matin et pris leurs quartiers à l'hôtel Sevilla-Biltmore.

Leur séjour à La Havane, le dédale dans lequel ces deux personnages allaient errer, les imbroglios auxquels ils allaient être confrontés auraient mérité à eux seuls un roman*.

Deux jours avant son départ pour La Havane, Berenson – qui parlait couramment l'espagnol – avait reçu un coup de téléphone de l'avocat du comité sur place, le Dr Bustamente, et celui-ci lui avait affirmé que le président Brù le recevrait dès son arrivée.

À peine Berenson eut-il mis les pieds à Cuba qu'une horde de personnages plus ou moins recommandables, tous se prévalant d'être mandatés par Brù, fondirent sur lui, promettant monts et merveilles, en échange bien entendu de « certains avantages ». L'avocat leur opposa une fin de non-recevoir. Il ne souhaitait avoir affaire qu'au président en

---

* L'historique de leurs démarches a fait l'objet d'un débat qui s'est déroulé le 15 juin 1939, à seize heures trente, au siège du Joint à New York, au 100 East 42nd Street, en présence des principaux responsables de l'organisation. M. Alfred Jaretzki présidait la réunion. Le compte rendu détaillé des échanges peut être consulté dans les archives du Joint.

personne, et à lui seul. Primo, parce qu'il ne disposait à ce moment précis d'aucune ressource financière. Deuzio, parce que ces sollicitations sentaient le chantage à mille lieues. Il adopta la même attitude face à l'avocat conseil du colonel Benitez qui, lui aussi, s'était présenté à son hôtel.

Le mardi 30, Berenson et Razovsky se rendirent chez l'avocat cubain du Joint pour savoir ce qu'il en était de l'entrevue promise avec Brù.

« Hélas, je crains que ce ne soit plus possible, leur annonça Bustamente. La tension est telle que je n'ai pas pu obtenir de rendez-vous pour ce jour.

— Quand pensez-vous y parvenir?

— Je n'en sais trop rien. Je viens de vous le dire, le climat n'est pas très favorable. Je vous tiendrai au courant. »

Berenson rentra à l'hôtel et sans tarder composa le numéro de téléphone du ministre de l'Agriculture, Garcia Montes. Il connaissait assez bien le personnage pour l'avoir rencontré lors de son passage aux États-Unis. Il était alors venu négocier un accord sur le sucre. De même qu'il connaissait son prédécesseur, Lopez Castro, qu'il avait eu l'occasion de croiser dans les mêmes circonstances. Montes, en tant que ministre de l'Agriculture, avait directement accès au président.

L'homme l'accueillit par un chaleureux :

« ¿ Qué puedo hacer para usted ?

— Il faut absolument que je voie le président. Pourriez-vous m'aider?

— Avez-vous essayé de le joindre directement?

— Non. C'est l'avocat du comité qui s'en est chargé. Mais il a trouvé porte close.

— Je vois. »

Il reprit la même formule que le Dr Bustamente :

« Je crois savoir que le climat n'est pas très favorable.

— Alors que me suggérez-vous?

— D'écrire personnellement au président.

— Vous pensez que ce sera suffisamment efficace?

— Je le pense, oui. »

Berenson jugea inutile d'insister. Le ton de la voix lui

soufflait que pour l'instant il valait mieux s'en tenir à ce conseil.

Il s'installa au bureau qui meublait sa suite et, appliquant les conseils de Montes, rédigea la lettre à l'intention de Brù. Il y sollicitait un rendez-vous pour le lendemain, mercredi 31 mai.

Il quitta l'hôtel, héla un taxi et déposa lui-même la lettre au secrétariat du palais présidentiel.

En repartant, l'image du colonel Batista traversa son esprit. Mais il la rejeta aussitôt. Il était préférable d'aller rendre visite au maire de La Havane qui faisait partie de ses connaissances, et d'essayer de le persuader d'appuyer sa demande de rendez-vous. Plus tard, si les choses coinçaient vraiment, il serait toujours temps de tenter d'entrer en rapport avec Batista.

Berenson n'avait pas tort. Pour l'instant du moins, cette éminence grise ne voyait aucun avantage politique à tirer de l'affaire du *Saint-Louis*. S'il intervenait en faveur des réfugiés, non seulement il s'attirerait les critiques de la population mais, plus grave encore, il serait accusé de couvrir les malversations commises par Benitez. Non. Il valait bien mieux laisser Brù se dépêtrer tout seul. Le jour où il déciderait de sortir de son antre, ce serait uniquement pour aller à la rescousse de ses propres intérêts. Pour l'heure, ceux-ci n'étaient pas en cause. De plus, Batista, homme d'expérience, n'ignorait pas que les politiciens cubains ne différaient en rien de leurs collègues des autres pays : au premier retournement de l'opinion publique, ils feraient marche arrière. La tentative de suicide de Max Loewe faisait précisément partie du genre d'acte susceptible de modifier la donne. La nouvelle s'était répandue à travers la ville. La presse s'en était fait l'écho à travers les pages du *New York Times*. L'image du président Brù risquait fort d'en souffrir. Celle du président, mais aussi celle de son épouse. En effet, ce jour même, sur les conseils de Milton Goldsmith, le comité des passagers avait rédigé un télégramme à l'attention de Mme Brù. Il disait ceci :

900 PASSAGERS DONT 400 FEMMES ET ENFANTS VOUS DEMAN-
DENT D'USER DE VOTRE INFLUENCE POUR NOUS AIDER À SOR-
TIR DE CETTE SITUATION TRAGIQUE — STOP — TRADITION
HUMANITAIRE DE VOTRE PAYS ET VOTRE SENSIBILITÉ DE FEMME
NOUS DONNENT ESPOIR QUE VOUS NE REJETTEREZ PAS NOTRE
PRIÈRE[71]

Ce 30 mai, la chaleur avait transformé le *Saint-Louis* en
une véritable fournaise. On eût dit que les portes de l'enfer
s'étaient entrouvertes. Pour les passagers, c'était un élément
de plus qui venait se greffer aux tensions déjà présentes.

> « L'atmosphère était si tendue, devait rapporter le marin
> Karl Glissmann, que sans arrêt des groupes de dix, vingt
> ou trente personnes se formaient sur les ponts. Un homme
> est monté sur une chaise et à commencer à haranguer
> les gens. Je me suis dit : "Ça y est, ça va exploser." La nuit,
> c'était pire encore. Comme il n'y avait que quelques
> marins de garde, ils auraient pu facilement prendre le
> dessus[72]. »

Qui serait le suivant ? s'étaient aussi demandé tour à tour
le Dr Glaüner et le commissaire de bord, qui craignaient
d'autres tentatives de suicide. La réponse n'allait pas tarder.

En milieu d'après-midi, l'officier en second, Klaus
Ostermeyer, vint prévenir Schröder que l'un des stewards
avait remarqué quelque chose de bizarre. S'étant rendu dans
la cabine 76 pour y effectuer les travaux domestiques de
routine, il avait, comme à l'accoutumée, commencé par
frapper à la porte et sollicité la permission d'entrer. Devant
l'absence de réponse, il avait alors cherché à ouvrir la cabine
à l'aide de son passe ; en vain. La porte était verrouillée de
l'intérieur.

Depuis le suicide de Max Loewe, Schröder avait donné
des consignes pour que le moindre détail sortant de l'ordinaire lui fût signalé. Cette porte étrangement close ne pouvait qu'éveiller son inquiétude. Il fit appeler le médecin du
bord et donna ordre que l'on force la porte.

Ce qui fut fait.

En découvrant le spectacle qui les attendait, le Dr Glaüner et le commissaire Müller furent pris d'un sentiment de panique.

L'occupant de la cabine, en l'occurrence Fritz Hermann, un médecin originaire de Munich, gisait sur son lit, inconscient. Sur la table de chevet : une seringue et plusieurs ampoules vides.

« Ce n'est pas possible », haleta le commissaire.

Glaüner était déjà en train d'examiner l'homme.

« Est-il...? » bafouilla Müller.

Le médecin du bord mit quelques minutes avant de répondre :

« Non. Il respire. Il est vivant. Mais il est trop tôt pour faire un pronostic. »

Il désigna les ampoules.

« De l'insuline. Il devait souffrir de diabète. À forte dose, c'est la chute de tension assurée. Tout dépendra désormais de sa résistance physique. Je vais lui poser un goutte-à-goutte de sérum glucosé. Nous verrons comment il réagira. Je ne peux hélas rien faire de plus. »

Müller acquiesça faiblement. Dorénavant, ils n'étaient plus dans un monde rationnel. Plus aucune règle n'était applicable. Des femmes, des enfants, des hommes étaient en perdition. Pour eux, il n'y avait pas d'autre choix que mourir, mourir cent fois, plutôt que de rentrer en Allemagne.

Qui serait le suivant ?

Cette même interrogation dut envahir tout aussi sûrement les pensées de Schröder, car il convoqua sur-le-champ le comité des passagers afin de les mettre au courant de ce qui venait de se passer.

Josef Joseph et ses compagnons furent dans l'incapacité de prononcer un seul mot. Le pire était en train de se produire. À moins qu'il n'y eût un pire encore à venir.

15

Mercredi 31 mai 1939. Une heure du matin

Vêtu d'un complet d'une blancheur immaculée, le président Laredo Brù promena lentement son regard le long de la salle du conseil pour s'assurer que tous les membres de son cabinet étaient bien présents. Satisfait, il aborda sans tarder le sujet principal de la réunion. Il n'avait aucune note sous les yeux. Il s'exprimait de mémoire, mais son exposé fut clair et sans faille. Il conclut par ces mots :

« À mon sens, l'affaire est bien moins complexe que certains semblent le penser. »

Il ajouta en croisant les doigts sur l'immense table d'acajou :

« Elle se résume en quelques mots : certaines compagnies maritimes se sont crues suffisamment puissantes pour braver nos lois. Un décret a été publié en date du 6 mai. Seuls les immigrants s'étant acquittés d'une caution de cinq cents dollars et d'un visa avéré par le Dr Juan Remos pouvaient être admis sur notre territoire. Le Dr Juan Remos a prévenu la Hapag ainsi que les autres compagnies des nouvelles directives en vigueur. Malgré ces mises en garde, la Hapag a laissé partir le *Saint-Louis*. La compagnie Royal Mail Steam Packet a fait de même, permettant à l'*Orduna* d'appareiller de Liverpool. Et pour le *Flandre*, ce fut pareil. »

Laredo Brù frappa brusquement du plat de la main sur la table.

« C'est une injure faite à la République ! Une injure faite à notre peuple ! »

Après un court silence, il déclara :

« Et maintenant messieurs, j'attends vos commentaires. »

Seul le Dr Juan Remos se manifesta.

« J'ai eu hier soir le señor Luis Clasing au téléphone. Il m'a fait une proposition qui ne me semble pas dénuée d'intérêt. Il suggère que nous laissions débarquer deux cent cinquante passagers afin qu'un nombre équivalent de voyageurs désireux de retourner en Europe puissent accéder au *Saint-Louis.* »

Laredo Brù eut un sourire méprisant.

« Décidément, ce monsieur ne perd pas le sens des affaires. Ainsi son navire pourrait repartir en affichant complet. Il n'en est pas question ! Il ne s'agit pas d'autoriser une ou mille personnes à débarquer, docteur Remos. »

Il martela :

« Il s'agit de faire respecter la loi de la République ! »

Juan Remos décida de tenter une autre approche.

« Je me suis aussi entretenu avec le consul des États-Unis. De manière informelle, bien sûr. Il a attiré mon attention sur l'aspect humanitaire. Nous devrions peut-être méditer là-dessus.

— L'aspect humanitaire ? Dois-je vous rappeler le contenu de la lettre circulaire envoyée par le président des États-Unis aux pays concernés par le problème des réfugiés ? "Aucune nation n'est dans l'obligation d'accueillir des réfugiés qui seraient en contravention avec la législation interne de cette nation." Figurez-vous que moi aussi je suis conscient de *l'aspect humanitaire.* Mais Cuba ne peut pas devenir un centre d'accueil pour les centaines de milliers de personnes qui cherchent à fuir l'Europe ! Notre île et tous ses archipels ne représentent pas plus de cent dix mille kilomètres carrés ! Les États-Unis plus de neuf millions ! »

Il y eut un nouveau silence. Puis Brù annonça :

« Le seul moyen de mettre fin aux abus serait de renvoyer

191

le navire en Allemagne. Ainsi, le monde comprendrait que la République cubaine sait se faire respecter. À présent, je propose que nous passions au vote. Que ceux qui sont contre ma proposition lèvent la main. »

Pas un seul membre du cabinet ne broncha.

Consulat général des États-Unis à La Havane

Le 31 mai 1939

STRICTEMENT CONFIDENTIEL

[...] Au cours d'un déjeuner à l'American Club ce 31 mai, l'ambassadeur et le consul général ont demandé à Mario Lazo* s'il était en mesure de nous rapporter le contenu des discussions qui se sont déroulées ce jour dans l'enceinte du cabinet présidentiel. Aux environs de quatre heures de l'après-midi, M. Mario Lazo m'a appelé pour me dire qu'il s'était rendu spécialement à Camp Columbia pour s'entretenir avec le ministre de la Défense. Il ressort de son entrevue que le cabinet a voté à l'unanimité le départ des réfugiés juifs et a exigé que le Saint-Louis reprenne la mer avec l'ensemble de ses passagers. Le ministre a dit aussi que la question humanitaire avait été soulevée au cours de la réunion par le Dr Remos, secrétaire d'État, mais que le président était resté absolument intransigeant. Apparemment, il [le président] estime qu'une leçon doit être donnée à la Hamburg American Line, laquelle a pris la liberté d'amener ici des passagers qui étaient en possession de documents obtenus par la corruption, alors même que ladite compagnie avait été catégoriquement informée que des passagers qui voyageraient dans de telles circonstances ne seraient pas autorisés à débarquer. Le président considérait ce comportement comme « une gifle donnée à sa personne ».

[...] Plus tard (17 h 40) Mario Lazo est arrivé au club et a corroboré verbalement à l'ambassadeur le rapport antérieur. Il a

---

* Avocat de l'ambassade des États-Unis, ainsi que de la Standard Oil. De nationalité cubaine, il fit partie des ardents supporters de Batista. En 1968, il publia *Dagger in the Heart : American Policy Failures in Cuba* (« Un coup de poignard dans le cœur. Échecs américains à Cuba »), New York, Twin Circle Publishing Company, 1968.

*ajouté que le ministre de la Défense lui a confié que la personne
la plus responsable de cette situation déplorable était Lawrence
Berenson. En effet, il y a plusieurs mois de cela, le président
aurait clairement informé Berenson que des réfugiés arrivant
dans les circonstances identiques à celles du Saint-Louis ne
seraient pas admis sur le sol cubain. De toute évidence, Berenson a cru bon de passer outre l'avertissement, faisant ainsi le
jeu du colonel Benitez et de la Hamburg American Line.*

*Coert du Bois
Consul général*[73]

Au cours de ces cinq derniers jours, le décor autour du
Saint-Louis s'était métamorphosé. Aux proches des réfugiés
qui, tous les matins, se regroupaient sur les quais s'étaient
mêlés badauds, femmes, vieillards, enfants venus en curieux,
marchands de glace et de noix de coco, bateleurs. Les
mamas cubaines poussaient leurs landaus à l'ombre des étals
de fortune qui avaient surgi comme par enchantement le
long de la promenade du Prado. Des pêcheurs avaient transformé leurs embarcations en « bateaux de croisière », pro-
posant pour un peso des circuits autour du paquebot. On
trouvait aussi des loueurs de jumelles, des loueurs de chaises
pliantes, des loueurs de tout et de rien, des jongleurs, des
cracheurs de feu ou des montreurs de singe. Tandis qu'à
la nuit tombée les musiciens de rue faisaient irruption sur
la jetée en tapant sur leurs calebasses remplies de graines
en secouant leurs maracas, ou en se déchaînant sur des airs
de mambo ou de cucaracha.
   Tout cela se passait à quelques mètres des cœurs déchi-
rés. Tout près de ceux qui savaient que leurs proches risquaient de prendre le large d'un instant à l'autre, des
proches qu'ils ne reverraient peut-être jamais plus. Tout cela
se déroulait sous le regard anéanti de neuf cents personnes
qui, dans le miroitement des lumières du port, croyaient voir
par intermittence apparaître la lueur blafarde des miradors
et confondaient le raclement des *güiro* avec l'aboiement des
chiens. Tout cela avait lieu alors que Recha Weiler portait
encore le deuil de son mari et qu'Elise Loewe, accrochée à

ses enfants, se demandait si dans sa chambre d'hôpital Max recouvrerait jamais la raison.

De son côté, informé de la décision du cabinet, Luis Clasing ne trouva rien de plus judicieux que d'afficher sur la vitrine de l'agence de la Hapag une note rédigée en ces termes : « Le *Saint-Louis* reprendra la mer demain, jeudi 1er juin, à destination de Hambourg. »

Aussitôt, un immense mouvement de panique se déclencha parmi les premiers parents des passagers qui prirent connaissance de l'information. On frisa l'émeute. Clasing vit le moment où son agence allait être mise à sac. Commença alors une série de tentatives de corruption. En désespoir de cause, certains essayèrent par tous les moyens d'acheter des policiers, imaginant qu'ils pourraient les aider à arracher leurs familles des griffes du navire ; le consulat américain fut submergé de suppliques. On adjurait le gouvernement de Roosevelt de déclarer solennellement qu'à partir de ce jour il n'accueillerait plus un seul réfugié en provenance d'Allemagne, de manière que les rejetés du *Saint-Louis* puissent entrer prioritairement aux États-Unis. Toutes ces pressions, ces prières restèrent sans écho. Un mur s'était dressé entre le navire et le monde. Un mur invisible, mais dont l'ombre se projetait jusqu'à Hambourg.

Comme nous l'avons souligné, malgré la compassion authentique qu'il éprouvait pour ses passagers, Gustav Schröder avait choisi de garder ses distances. C'est peut-être pourquoi ce mercredi 31 mai, il était plus que jamais face à sa solitude ; une solitude d'autant plus grande qu'il s'apprêtait à monter en première ligne pour s'impliquer personnellement. Après tout, en tant que capitaine, n'était-il pas le principal responsable de ses passagers ? Sa voix n'aurait-elle pas dû dominer celles de Clasing et des autres ?

Il s'approcha de la glace qui ornait sa cabine et vérifia que sa tenue était irréprochable. Le rendez-vous qu'il avait réussi à arracher au colonel Juan Estevez Maymir, le secrétaire particulier du président Brù, pouvait se révéler crucial. Enfin, il allait pouvoir juger *personnellement et directement* de la situation. Il ajusta une dernière fois sa cravate et prit la direction du pont. Dans une trentaine de minutes, il serait au palais.

Il n'eut pas à attendre. Une secrétaire l'introduisit dans l'un des bureaux qui jouxtaient celui du président. Maymir se leva et tendit vers son visiteur une main chaleureuse, mais ferme.

« Je vous sais gré de me recevoir, furent les premiers mots de Schröder.

– Je vous en prie, capitaine. Je crois pouvoir imaginer les immenses problèmes qui vous accablent.

– Problèmes, dans ce cas précis, est un euphémisme. » Schröder prit une brève inspiration.

« J'aimerais savoir *réellement* ce qui se passe. J'aimerais comprendre. »

Maymir eut un geste las.

« C'est pourtant simple. Vous n'êtes pas sans savoir qu'un décret interdisant toute tentative d'immigration en dehors de conditions bien précises a été promulgué le 6 mai, c'est-à-dire sept jours *avant* le départ de votre navire. Or, votre compagnie, la Hapag, a choisi de passer outre. C'est donc la Hapag qui est seule responsable de la situation actuelle. C'est elle, et elle seule, qui est à blâmer; elle seule qui doit gérer ce qu'elle a engendré.

– Colonel, je ne vous contredirai ni sur le fond ni sur la forme. Un décret a été promulgué qui est venu remettre en question la validité d'un millier de visas, visas pourtant dûment avérés par les autorités cubaines.

– Permettez-moi de rectifier, capitaine : avérés par un gredin. Le colonel Benitez.

– Qui était, que je sache, directeur de l'Immigration dans votre gouvernement.

– Je...

– Écoutez-moi, je vous en prie. Je viens de vous dire à

195

l'instant que je n'avais pas l'intention de rentrer dans un débat juridique et encore moins politique. »

Il poursuivit avec toute la ferveur dont il était capable :

« Un millier de personnes, dont des femmes et des enfants pour la plupart, sont à présent dans le port de La Havane. »

Il pointa son index vers la baie vitrée ouverte sur la rade.

« Ils sont là. Ils sont *chez vous*. À quelques mètres de votre ville. Ils ont tout abandonné. On leur a tout pris. Ils n'ont plus de terre, plus de maison, plus rien. Si vous maintenez votre décision, nous n'aurons pas d'autre choix que de les rapatrier. Ce sera le retour en Allemagne. Savez-vous ce qui les attend là-bas ? En avez-vous une vague idée ? »

Maymir émit quelques mots vagues.

« La mort, déclara sèchement Schröder. Pensez-vous qu'ils accepteront cette perspective sans sourciller ? Non, monsieur le secrétaire. Ils ne l'accepteront pas. Je ne l'aurais pas acceptée non plus. »

Il marqua une pause et annonça :

« J'ai déjà dû faire face à deux tentatives de suicide. Et nous n'en sommes qu'au début. Je crains fort que ne se noue une entente tacite entre les passagers. »

Maymir plissa le front.

« Que voulez-vous dire ? Une sorte de pacte de suicide collectif ?

— Exactement. »

Le secrétaire sursauta.

« Chantage ! »

Il s'enfiévra d'un seul coup.

« Sachez que le gouvernement cubain ne cédera jamais à ce genre de menace ! Jamais, vous m'entendez ? De toute façon, notre conscience est pure. Ainsi que je vous l'ai dit en préambule, seule votre compagnie est coupable. Si un tel drame devait arriver, c'est la Hapag qui devra en répondre devant Dieu.

— Très bien. La Hapag sera donc responsable. Mais vous, colonel Maymir, et votre gouvernement, ne serez-vous pas tant soit peu déjugés par l'opinion internationale ? Croyez-

vous sincèrement qu'après une série de suicides vous conti-
nuerez à avoir comme vous dites la "conscience pure"?
Même si la Hapag s'est placée en contradiction avec vos lois,
je ne peux pas comprendre qu'à votre tour vous vous placiez
en contradiction avec la morale. »

Il éleva à peine le ton pour affirmer :

« N'en doutez pas. Si réellement certains passagers mettaient leur menace à exécution, Cuba ne s'en remettrait pas.
Et votre président encore moins. »

Maymir laissa tomber d'une voix neutre :

« Votre point de vue n'est pas inintéressant. Je m'engage
à le transmettre au président. »

Schröder extirpa une enveloppe de la poche de son veston et la tendit au secrétaire.

« Vous engagez-vous aussi à lui remettre cette lettre? J'y
ai noté l'essentiel... (Il hésita avant de dire :) de mon point
de vue. »

Maymir prit l'enveloppe, la posa devant lui et se leva.

L'entrevue était terminée.

Ce même mercredi 31 mai, en fin d'après-midi, Berenson
reçut la visite de l'ex-ministre de l'Agriculture, le Dr Lopez
Castro. Un homme bien sous tous rapports. Toujours sans
nouvelles du palais, l'avocat avait sollicité son aide.

Après un premier échange de banalités, Castro annonça :

« Je sors de chez le colonel Batista. Il vous fait dire que
l'affaire du *Saint-Louis* est en bonne voie, et qu'il entrera en
contact avec vous dans la soirée. »

Berenson se tourna vers sa collègue, Cecilia Razovsky, et
poussa un cri de victoire :

« Vous voyez? Tout s'arrange! »

Ce fut en fin de journée que le président Brù prit
connaissance de la lettre de Schröder. Après l'avoir lue attentivement, il la rangea sur la pile de courrier qui occupait une
place de plus en plus importante sur son bureau. Parmi les

nombreux télégrammes – essentiellement expédiés des États-Unis – il y avait celui que les passagers avaient adressé à l'épouse de Brù. Le président avait interdit à sa femme d'y donner suite.

Il tendit sa main vers son coffret à cigares, prit un Monte Cristo qu'il n'alluma pas, se contentant de le faire rouler nerveusement entre le pouce et l'index.

Décidément, cette affaire commençait vraiment à prendre une tournure désagréable. Ce n'était pas ce tas de lettres, même si certaines d'entre elles étaient signées par des personnalités en vue, qui l'irritait. Non. Le plus ennuyeux était les propos que Butler Wright, l'ambassadeur des États-Unis, avait tenus à Juan Remos lorsqu'il avait soulevé l'« aspect humanitaire ». Était-ce une manière détournée de faire passer un message à Brù ? de lui forcer la main ? S'il se moquait bien de l'opinion des diplomates britanniques ou français, celle du grand frère américain ne pouvait être ignorée. Et aujourd'hui, il y avait le courrier de Schröder. Disait-il vrai en le mettant en garde contre un « suicide collectif » ? À en croire le rapport du colonel Maymir, le capitaine allemand avait l'air réellement préoccupé par cette éventualité. Une dizaine de morts, voire plus, et à quelques encablures de son palais, voilà qui n'était pas bon pour l'image présidentielle.

Brù se décida à allumer son cigare.

Comment sortir de la nasse sans se déjuger ? Accepter de recevoir Berenson ? Force était de reconnaître qu'il ne pouvait totalement ignorer sa présence à Cuba. Il représentait tout de même le Joint, une organisation qui n'était pas dépourvue de puissance. Organisation américaine de surcroît.

Il resta encore un long moment à réfléchir, puis son visage se rasséréna d'un seul coup. Une idée venait de germer dans son esprit. Il composa aussitôt le numéro de téléphone de son ministre de l'Agriculture, Garcia Montes, celui-là même qui avait été contacté par Berenson. Il lui annonça qu'il était disposé à débattre du problème soulevé par le *Saint-Louis* et le convoqua pour le lendemain matin, neuf heures. Lopez Castro pourrait participer à cette conversation.

« Et souhaitez-vous aussi que je prévienne M. Berenson ? s'enquit le ministre.

– Pas pour l'instant. Lopez et vous. C'est tout. »

Brù raccrocha. Il se sentait plus détendu.

Depuis qu'il avait été introduit dans la cabine de Schröder en compagnie des autres membres du comité, Josef Joseph n'avait pas quitté le capitaine des yeux. Encadré par son officier en second et par le commissaire de bord, l'homme donnait l'impression d'avoir vieilli de dix ans en quelques heures. Tout en parlant, ses doigts n'arrêtaient pas de passer nerveusement d'un objet à l'autre. Le personnage qui leur faisait face aujourd'hui n'avait plus rien du fringant capitaine qui les avait accueillis une vingtaine de jours auparavant.

Schröder acheva d'une voix lasse de lire la copie de la lettre qu'il avait transmise au président Brù puis se tut et attendit les réactions. Il n'y en eut pas.

Autour de lui, les regards étaient lourds. Ni Josef Joseph, ni Max Weis, ni les quatre autres ne se sentaient l'envie de faire de commentaire. D'ailleurs, en eussent-ils éprouvé le désir qu'ils n'auraient su quoi dire. Il n'y avait rien dans cette lettre qui méritât qu'on s'y attarde. C'était une requête de plus. C'est tout.

Comme le silence se prolongeait, Müller laissa tomber d'un air sombre :

« Si votre lettre reste sans effet, alors il ne nous restera plus qu'à rentrer en Allemagne.

– Bien sûr, ironisa Josef Joseph. Seulement vous prenez le risque d'arriver à Hambourg avec une bonne partie de vos passagers en moins. »

Schröder approuva la remarque et enchaîna :

« C'est un risque que nous ne pouvons pas courir. Je suis responsable de la vie de chacun. »

Le silence retomba.

Tous semblaient perdus.

« À défaut de pouvoir faire débarquer les passagers, lança le capitaine, empêchons-les de mourir.

– Comment ? interrogea l'officier en second, qui jusque-là avait conservé le silence.

– Organisons des groupes de surveillance qui, dès la tombée de la nuit, patrouilleront à tour de rôle. »

Manasse fit remarquer :

« Parce que vous croyez que cela pourra empêcher une personne de se suicider si elle est vraiment déterminée ?

– Sans doute pas. Mais il faut bien faire quelque chose, non ? »

Il avait presque crié sa question. Tous constatèrent à quel point l'intonation était désespérée. Schröder se débattait avec lui-même.

Il reprit :

« Nous choisirons une quinzaine de passagers qui viendront prêter main-forte aux hommes d'équipage. Inutile de préciser que ces hommes devront faire preuve de la plus grande discrétion. À aucun prix les passagers ne doivent prendre conscience de l'imminence du désastre qui risque de les frapper. Tant que subsistera en eux une once d'espérance, ils tiendront le coup. Tant qu'ils continueront de croire qu'ils vont débarquer d'un jour à l'autre, nous maîtriserons la situation. Dans le cas contraire... »

Josef Joseph le coupa :

« Lorsque vous parlez de désastre, c'est au retour à Hambourg que vous pensez ?

– Évidemment.

– Ce ne sera pas un désastre, rectifia le Dr Max Weis. Ce sera la fin du monde. »

Le soir même, aux environs de vingt heures, les hommes qui avaient été désignés pour composer la patrouille « anti-suicide » se rassemblèrent dans le bureau du commissaire. Il les informa de leur charge et assigna chacun d'entre eux à la surveillance d'une section du navire. Les rondes pouvaient commencer.

Épuisés par l'attente, Lawrence Berenson et Cecilia Razovsky éprouvaient de plus en plus de mal à rester éveillés. Lopez Castro avait pourtant affirmé : « Le colonel Batista vous fait dire que l'affaire du *Saint-Louis* est en bonne voie, et qu'il entrera en contact avec vous dans la soirée. » Or, il était près de cinq heures du matin, et Batista n'avait toujours pas appelé.

La voix rauque, l'avocat lança à sa collègue :

« Inutile d'attendre. Il est beaucoup trop tard. Allez vous coucher. Demain nous aviserons. »

C'est au moment où Cecilia se dirigeait vers la porte que la sonnerie du téléphone retentit.

Berenson se précipita vers le combiné.

« Ici l'adjudant Mariné. Je vous téléphone de la part du colonel Batista. Il vous a obtenu un rendez-vous avec le président pour demain, jeudi, à seize heures. »

L'avocat poussa un soupir de soulagement.

« Oui, demain seize heures. J'y serai. »

16

*Consulat général des États-Unis
à La Havane
Jeudi 1ᵉʳ juin 1939*

STRICTEMENT CONFIDENTIEL

À la une des journaux de ce matin nous avons pu voir ce titre : « *Espoir en vue pour les sans-abri du* Saint-Louis. » *L'un des paragraphes affirmait, je cite : «* Des sources dignes de foi ont indiqué hier soir que les 922 réfugiés européens* qui se trouvent à bord du *Saint-Louis* allaient être autorisés à débarquer à Cuba. » *Afin de vérifier l'authenticité de cette information, le consul général s'est aussitôt mis en rapport avec Mario Lazo. Celui-ci lui a déclaré que son informateur de la veille (le Dr Ramos) venait justement de lui téléphoner pour lui dire qu'il avait pris connaissance de l'article en question, mais qu'aucune source officielle ne lui en avait confirmé la véracité. Il a précisé cependant que cela faisait plusieurs heures qu'il n'était pas entré en contact avec les autorités. Il a promis à Mario Lazo qu'il interrogerait l'entourage du cabinet pour savoir si un rebondissement quelconque justifiait une telle annonce. [...] À dix heures, le consul général a téléphoné au Comité de secours juif pour demander à Goldsmith quel crédit on pouvait apporter à l'article. C'est Berenson qui a décroché. Il a répondu ceci : «* Dans le courant de la nuit, je suis entré en rapport avec Lopez Castro et Garcia Montes qui m'ont assuré que "tout se passait bien là-haut". » *L'un et l'autre devaient se rendre au palais à*

---

* En réalité, ils n'étaient plus désormais que neuf cent sept.

neuf heures ce matin pour évoquer avec le président le problème
des garanties que le Comité s'apprêtait à présenter de la part des
réfugiés. [...] Lui-même avait reçu un appel du palais l'infor-
mant que le président le recevrait à midi. Berenson a conclu en
disant qu'il était très optimiste; que toute cette affaire était pra-
tiquement réglée, étant donné qu'il ne s'agissait plus désormais
que d'une histoire de « garanties ».

Coert du Bois
Consul général des États-Unis[74]

Même si les passagers avaient été mis au courant de ces
échanges, il est fort probable qu'aucun d'entre eux n'aurait
partagé l'optimisme de Berenson. Où l'avocat new-yorkais
puisait-il son optimisme? Dans quelle nouvelle attitude du
gouvernement cubain? La tension à bord demeurait toujours aussi vive, et les nerfs étaient à fleur de peau. Seuls les
enfants semblaient échapper à la chape d'angoisse qui pesait
sur le navire.

En milieu de matinée, un événement imprévu vint apporter un peu de distraction et un souffle d'air frais. Un hydra-
vion postal, arrivant de New York, se posa dans la rade. Dans
ses soutes, il y avait du courrier pour le *Saint-Louis*. Dans
l'heure qui suivit, une vedette s'amarra contre l'échelle de
coupée. Un policier monta à bord, un sac de cuir à la main,
et distribua les lettres à leurs destinataires. Encouragements
et formules optimistes composaient l'essentiel des écrits.
Mais pour ceux qui en prenaient connaissance, il était bien
difficile d'y croire. Comment continuer à avoir la foi lorsque
le monde entier semblait se moquer de savoir s'ils allaient
vivre ou mourir?

Ce ne fut pas à seize heures, comme il était convenu, que
Lawrence Berenson et Cecilia Razovsky furent introduits
dans le bureau du président Brù, mais à midi pile. Un coup
de fil dans la matinée avait prévenu l'avocat que le rendez-
vous était avancé. Le couple était accompagné du maire de
La Havane.

En sortant du taxi, Berenson eut un mouvement de surprise.

« Regardez ! C'est le colonel Benitez. »

En effet, le sulfureux directeur de l'Immigration sortait du palais*.

Dans les minutes qui suivirent, l'avocat et sa collègue entrèrent dans le bureau du président. Le maire fut prié de patienter à l'extérieur. À peine assis, Berenson déclara avec un large sourire :

« Je suis heureux que nous puissions enfin mettre fin à ce malentendu. Le Comité est tout à fait disposé à vous fournir les garanties que vous souhaitez. »

Brù observa un moment l'avocat avant de répliquer d'une voix calme :

« Si je vous ai accordé ce rendez-vous, c'est pour vous informer que je ne discuterai de rien, que je n'envisagerai rien avant que le *Saint-Louis* ne quitte les eaux territoriales cubaines. »

La réplique du président fit à Berenson et à Razovsky l'effet d'un coup de poing. La jeune femme répéta, consternée :

« *Avant que le* Saint-Louis *ne quitte les eaux territoriales cubaines* ?

— Parfaitement.

— Mais, monsieur le président, les passagers sont dans une situation déplorable. Ils sont épuisés, à bout de nerfs. Il y a eu deux tentatives de suicide. Le...

— Croyez que je suis le premier à déplorer ce qui se passe. Et je suis sincère. »

Il pointa son doigt sur l'avocat :

« C'est la Hapag qu'il faut blâmer. La Hapag qui a placé ces gens dans l'impasse où ils se trouvent. Si l'on avait respecté la loi, nous n'en serions pas là. La loi, monsieur Berenson ! Cela étant, il y a quelques minutes, j'ai donné des instructions pour que le navire quitte le port sur-le-champ. Et ce n'est qu'une fois qu'il se trouvera hors des eaux terri-

---

* Il venait de remettre sa démission au président Brù.

toriales que je me montrerai disposé à prêter l'oreille à vos doléances. »

Les traits de Berenson se détendirent d'un seul coup.

Il inclina le torse en avant en déclarant avec componction :

« Je reconnais là votre extrême magnanimité, monsieur le président. »

L'avocat ajouta sur sa lancée :

« Si la présence des réfugiés à La Havane vous pose problème, nous pourrons envisager de les installer à titre provisoire sur l'île des Pins. Qu'en pensez-vous ?

— Il semble que vous n'ayez toujours pas saisi le sens de mes propos : je vous répète que je ne discuterai de rien avant que le bateau ne quitte les eaux territoriales.

— Je comprends. Et il est bien entendu qu'une fois cela accompli, nous pourrons vous soumettre notre projet ?

— Absolument. »

Federico Brù se leva d'un seul coup.

« Nous devons nous séparer à présent. J'ai d'autres obligations qui m'attendent. »

Le couple se leva à son tour.

« Que dois-je dire à la presse, Votre Excellence ? Les journalistes vont certainement me poser des questions.

— Contentez-vous de déclarer que nous devons nous revoir pour poursuivre nos discussions. »

Une fois à l'extérieur, Berenson rapporta au maire la conversation et surtout il lui fit part de la volonté de Brù de voir le navire quitter les eaux territoriales.

« Je le pressentais, dit le maire. Vous avez dû avoir un choc.

— Bien sûr ! Mais que faire ? »

Cecilia Razovsky suggéra :

« Ne pourrait-on au moins lui demander de nous accorder l'autorisation de nous rendre à bord pour rassurer les passagers ?

— Excellente idée ! » approuva Berenson.

Ils firent demi-tour et prièrent le secrétaire de Brù de bien vouloir transmettre leur requête au président. L'homme accepta. Une minute plus tard il revint en déclarant :

« Le président vous fait dire que c'est hors de question. »
Berenson haussa les épaules et chuchota à sa collègue :
« Ce n'est pas grave. Tout ira bien. Je suis persuadé qu'en
exigeant que le *Saint-Louis* quitte les eaux territoriales, Brù
veut seulement sauver la face *... »

Consulat général des États-Unis
à La Havane

1ᵉʳ juin 1939

STRICTEMENT CONFIDENTIEL

*À treize heures trente, M. Berenson m'a contacté à mon domi-
cile pour m'informer qu'il revenait tout juste d'une entrevue
avec le président. Il m'a dit qu'il avait essayé de faire prendre
conscience au président de l'horrible situation que vivaient les
gens du* Saint-Louis *et qu'il avait attiré son attention sur l'aspect humanitaire. Le président l'a interrompu pour lui dire
qu'il était parfaitement au courant de cette situation et qu'il
était le premier à la déplorer. Néanmoins, il se devait en tant que
chef d'État de préserver le prestige du gouvernement cubain.
[...] Il a donné ordre au navire de quitter immédiatement les
eaux territoriales. Il a ajouté qu'une fois le bateau hors de ces
eaux il serait disposé à examiner les garanties qu'on voudra lui
soumettre concernant les moyens de subsistance des passagers
pendant leur séjour à Cuba, jusqu'au moment où ils pourraient
aller ailleurs.*

*M. Berenson a dit qu'il avait suggéré l'île des Pins comme
lieu d'accueil transitoire. [...]*

*Le ton de M. Berenson m'a paru des plus optimistes. En
d'autres termes, il est persuadé qu'en donnant l'ordre au bateau
de quitter les eaux territoriales, le président ne cherche qu'à sauver la face. Par la suite, nul doute qu'il autorisera – en échange*

---

* Au cours de la réunion qui se déroula dans les bureaux du Joint
le 15 juin, Berenson ainsi que Cecilia Razovsky affirmèrent que le président leur avait déclaré qu'il se contenterait de voir le bateau s'écarter à
trois milles nautiques du port de La Havane. Soit près de cinq kilomètres
et demi. « Trois milles, cela me suffirait. Et à la minute où cela sera fait,
revenez m'exposer votre projet. » De plus, toujours selon les deux représentants du Joint, le ton du président ne laissait aucunement présager
de la suite des événements.

de garanties satisfaisantes – le retour et le débarquement des passagers à l'île des Pins ou ailleurs ; mais certainement pas à La Havane.

J'ai demandé à Berenson quel genre d'information on pouvait communiquer à la presse. Il n'a pas su me répondre. Il a demandé au président qu'il veuille bien rassurer la communauté juive et les passagers en leur faisant savoir que le départ ne serait pas définitif. Mais le président est resté neutre à ce sujet.

M. Berenson a indiqué en outre qu'il avait sollicité du président l'autorisation de rendre visite aux passagers afin d'apaiser leurs craintes et parce qu'il redoutait que ne se produise une vague de suicide. Le président a refusé.

Alors qu'il arrivait au palais, Berenson a croisé le colonel Benitez, lequel lui est apparu très affecté. Selon certains bruits de couloir, Benitez aurait donné sa démission au président, qui ne l'aurait pas encore acceptée.

Berenson a conclu en m'informant qu'il s'apprêtait à quitter l'hôtel (le Sevilla-Biltmore) pour se rendre à la finca* de Castro Lopez où l'attendait aussi Garcia Montes. Tous trois allaient tenter de dresser une liste de « garanties » satisfaisantes qu'ils présenteraient à qui de droit. Il m'a demandé de transmettre ces informations à l'ambassadeur, ce que j'ai fait à quatorze heures, à l'American Club.

15 h 30. Nous n'avons toujours aucune nouvelle au sujet du Saint-Louis.

15 h 45. Un voyageur ayant l'intention de partir pour l'Espagne et d'embarquer sur le Saint-Louis lors de son prochain passage à La Havane, a déclaré qu'une rumeur circulait en ville selon laquelle le président venait de signer un décret stipulant à la Hapag que son bateau devait quitter le port sur-le-champ, sinon ce serait la marine cubaine qui l'y contraindrait.

16 heures. Mario Lazo m'a téléphoné pour me dire qu'il venait d'apprendre par une « autre source » que le président avait effectivement signé ce décret.

Coert du Bois
Consul général des États-Unis

PS : 16 h 05. J'ai communiqué l'ensemble de ces informations par téléphone à M. Coulter, l'adjoint du chef de la section des visas au département d'État, M. Warren étant absent[75].

---

* Propriété.

Ce fut Ostermeyer, l'officier en second, qui annonça la nouvelle au capitaine Schröder. Le radio venait de lui transmettre l'ordre du président Brù : le *Saint-Louis* était sommé de quitter immédiatement les eaux territoriales, sinon la force militaire serait employée.

« Quoi ? »

Schröder crut que le sol se dérobait sous ses pieds.

« Ce n'est pas possible ! Vous êtes certain que l'ordre émane du palais ?

– Absolument. »

Ostermeyer lui remit un document rédigé en espagnol où apparaissaient nettement le nom et la signature du président Brù.

« Voyez vous-même.

– Mais c'est insensé ! Qu'est-ce qui a bien pu motiver ce changement ? Et cette soudaineté ? Pourquoi ? »

En réalité, ces questions que se posait Schröder ne servaient qu'à libérer l'extraordinaire tension qui venait de l'envahir. Il connaissait parfaitement les réponses. Il avait toujours pressenti que telle serait la conclusion.

Il mit quelques minutes avant de se ressaisir :

« Prendre la mer sans nous ravitailler serait pure folie ! »

Tandis qu'il s'exprimait, on pouvait voir le léger tremblement qui s'était emparé de ses mains.

« Je descends à terre, lança-t-il avec brusquerie.

– Où allez-vous ?

– Chez Clasing d'abord, au palais présidentiel ensuite ! Je vais engager des poursuites contre le gouvernement cubain ! Mais avant cela... »

Il s'installa à son bureau et rédigea une note qu'il remit à Ostermeyer.

« Veillez à ce que ceci soit affiché sur le panneau d'informations, afin que tous les passagers en prennent connaissance. »

Il se leva et, tout en se dirigeant vers la porte, il ajouta :

« Je vous confie le bateau, Klaus. Prenez-en soin. »

L'officier acquiesça tout en se demandant si son supérieur n'avait pas perdu la tête : *Poursuivre le gouvernement cubain en justice?*

Dan Singer fut le premier à découvrir la note rédigée par Schröder. La foudre tombant à ses pieds ne lui eût pas fait plus d'effet.

Il serra très fort la main de Ruth et dit, la voix cassée :

« Que l'Éternel nous protège... »

Ruth mit ses lunettes et lut à voix haute :

« "Le gouvernement cubain nous a donné l'ordre d'appareiller. Sachez que notre départ ne signifie pas la rupture des discussions. Mais en nous éloignant de La Havane, nous permettrons à ceux qui en ont la responsabilité de mieux défendre notre cause et de poursuivre plus sereinement leur combat. Durant ce temps, je m'engage à conserver le navire à proximité des côtes américaines." Mais tout n'est pas perdu, s'exclama-t-elle. Tu vois bien. »

Elle cita :

« "Notre départ ne signifie pas la rupture des discussions." Tant que l'on ne nous impose pas de rentrer à Hambourg, tout reste possible. »

Dan approuva faiblement. Il était inutile d'inquiéter outre mesure son épouse. Un méchant pressentiment lui soufflait que ce départ représentait le commencement de la fin. Une fin dont il avait encore du mal à définir les contours, mais qu'il entrevoyait lourde de ténèbres.

La voix de la petite Brigitta Joseph, dix ans, les fit sursauter. Elle demanda :

« Qu'est-ce qu'il y a d'écrit ? Nous débarquons ? »

Ruth hésita avant de lui répondre :

« Pas encore. Nous allons faire une excursion le long des côtes de Floride.

– Génial ! » s'exclama la fillette.

Et elle courut prévenir ses camarades de jeux.

En écoutant la diatribe de Schröder, Luis Clasing se fit la même remarque que Klaus Ostermeyer : *Le capitaine n'avait plus tous ses esprits.* Il prit une profonde inspiration et rétorqua :

« Vous n'aurez pas accès au président. Ils ne vous laisseront même pas approcher de son bureau. »

Aux côtés de Clasing se tenait le Dr José Tamora, l'avocat de la compagnie. Il surenchérit :

« M. Clasing a raison. De plus, sachez que sur un plan strictement juridique, nous n'aurions aucune chance de gagner.

— C'est ce que nous verrons ! Conduisez-moi au palais présidentiel ! J'ai déjà rencontré Maymir, le secrétaire de Brù, il me recevra. »

À bout d'arguments, les deux hommes se résignèrent.

Une trentaine de minutes plus tard, ils accédaient au bureau de Juan Estevez Maymir.

« Il faut que je voie le président Brù. »

Le secrétaire afficha une moue désolée.

« Je crains, capitaine, que ce ne soit pas possible. Le président a un emploi du temps très chargé.

— Parfait. J'attendrai. »

Maymir secoua la tête.

« C'est inutile.

— Inutile ? Neuf cents personnes sont sous ma responsabilité ! Neuf cents vies humaines qui, à vos yeux, ne valent guère plus que du vulgaire bétail ! Mais bon sang ! Ne pouvez-vous pas un instant vous mettre à leur place ?

— Capitaine...

— Oui, je sais ! Vous allez me ressortir vos histoires de lois et de décret ! Ne comprenez-vous pas que l'heure n'est plus à ces arguties juridiques ? Des femmes, des enfants risquent de payer de leur vie votre manque d'humanité et votre stupide entêtement ! »

Le colonel se raidit.

« Je vous conseille de mesurer votre langage. Nous ne... »

Schröder reprit son souffle.

« Très bien. Mais vous ne vous en sortirez pas comme ça. »

Il scanda :

« Je vais vous poursuivre en justice. »

Il désigna le Dr Tamora.

« L'avocat de la Hapag se chargera du dossier. »

Le secrétaire eut une expression incrédule.

« Vous voulez nous poursuivre en justice ? Vous ? Alors que vous savez parfaitement que c'est précisément votre compagnie qui a violé la loi ! »

Il se dressa en prenant appui sur le bureau.

« Capitaine Schröder, j'en ai assez entendu. L'ordre du président est clair : vous devez quitter immédiatement La Havane. Et ceci est irrévocable !

– Impossible !

– Que voulez-vous dire ?

– Croyez-vous que l'on déplace un navire avec près d'un millier de passagers comme on déplace une carriole ? Je dois me ravitailler en nourriture. Faire le plein de fuel et d'eau potable !

– Parfait. De combien de temps avez-vous besoin ?

– Au moins jusqu'à demain. »

Maymir quitta la pièce. Il revint quelques minutes plus tard pour annoncer :

« Le président vous accorde jusqu'à demain dix heures. Pas une minute de plus. »

> « Aucune démarche, devait écrire Schröder dans son journal, aucune prière ne furent entendues. Aucun comité, aucune personnalité américaine influente ne furent capables de faire fléchir le gouvernement cubain. Le président restait inflexible. Je n'ai jamais vraiment compris la raison de tant de rigidité. J'ai pris un avocat. J'ai porté plainte contre les autorités. J'ai dit clairement à mon avocat ce que je pensais de cette attitude en usant de cette métaphore : le gouvernement cubain me fait penser à quelqu'un qui vous invite à dîner et qui, une fois que vous êtes arrivé sur son palier, vous claque la porte au nez[76]. »

Schröder n'était pas au bout de ses peines. Lorsqu'il regagna le navire, il tomba en plein climat insurrectionnel. Les uns après les autres, les passagers avaient pris connaissance de la note signalant le prochain départ du *Saint-Louis* et leur désespoir avait éclaté. Cris, bousculades. Protestations.

211

Supplications. Tout se mélangeait dans un brouhaha indescriptible.

À présent, les policiers se tenaient face à la foule hostile, adossés au bastingage et l'arme au poing, tandis qu'Ostermeyer et le commissaire Müller allaient d'un groupe à l'autre, implorant un retour au calme.

Schröder se précipita vers le sergent en faction et lui cria :

« Dites-leur de ranger leurs armes !

– Vous êtes fou ? Mes hommes vont se faire matraquer !

– Par des femmes et des enfants, mains nues ? C'est vous qui déraisonnez ! »

Il réitéra son ordre :

« Dites-leur de ranger leurs armes ! »

L'officier eut un moment d'hésitation, puis obtempéra à son corps défendant.

Schröder se tourna alors vers les passagers et déclara d'une voix plus paisible :

« Il serait préférable que vous vous dispersiez. »

Des voix s'élevèrent.

« Est-il vrai que nous allons appareiller ?

– Où allons-nous ?

– L'Amérique a-t-elle accepté de nous recevoir ?

– Combien de temps encore devons-nous attendre ? »

Schröder leva les mains en signe d'apaisement.

« M. Josef Joseph répondra à toutes vos questions. Je vous le promets. »

Alors que les passagers commençaient à s'éparpiller le long du pont, Dan Singer s'approcha du capitaine et le fixa avec intensité :

« J'ignore ce que vous savez réellement. J'ignore si notre entrée à Cuba est définitivement compromise. Je ne sais pas s'il existe encore un paradis pour nous, je pressens seulement que l'enfer nous guette et le jour où l'on nous y jettera, c'est vous, vous seul qui en porterez la responsabilité. »

Bien que la mise en garde fût injustifiée, Schröder ne trouva rien à répondre.

Ce fut une nuit terrible. La salle à manger resta déserte. Et l'orchestre silencieux.

Les patrouilles antisuicide scrutaient les ténèbres, à l'affût du moindre bruit.

Dans les cabines, mille et une visions funestes avaient envahi les esprits. Comme la plupart de ses compagnons, Aaron Pozner fut incapable de trouver le sommeil. Comme la plupart, à travers les vagues qui heurtaient inlassablement la coque, il avait l'impression d'entendre les vociférations des SA et le bruit des bottes.

17

Loin de là, dans la *finca* de Castro Lopez, Berenson mettait la dernière main au projet qu'il avait l'intention de soumettre au président Brù. Il était conseillé en cela par le ministre de l'Agriculture et trois de ses assistants, parmi lesquels se trouvait un certain Eisenstein. Curieusement, en dépit de la consonance de son nom, il n'était pas connu comme appartenant à la communauté juive de La Havane.

« Nous pourrions donc proposer au président des obligations cautionnées par le Joint, pour un montant de vingt-cinq mille dollars, qui permettront de répondre aux besoins des passagers pendant leur séjour sur le territoire cubain. Ne perdons pas de vue que la presque totalité des passagers possèdent des visas en bonne et due forme pour les États-Unis. Pour l'heure, les autorités américaines s'opposent à leur entrée, mais cette attitude ne pourra durer indéfiniment. »

Eisenstein secoua la tête.

« À mon avis, cela ne suffira pas. Je suggère que vous doubliez la somme.

— Cinquante mille dollars?

— Absolument.

— Il faut que j'en réfère à New York. Puis-je téléphoner? »

Un instant plus tard, Berenson obtenait l'accord d'Alfred Jaretzki, le président du Joint pour l'Amérique centrale et l'Amérique du Sud. Et ce dernier ajouta :

« Vous pouvez même aller jusque cent vingt-cinq mille dollars. »

L'avocat reposa le combiné et annonça :

« C'est bon pour cinquante mille dollars.

– Il faudrait aussi étendre la durée de cette caution à cinq ans au lieu de trois.

– Je n'y vois pas d'inconvénient. »

Une heure plus tard, le projet fut bouclé et confié à l'un des secrétaires du ministre afin que celui-ci le traduise en espagnol et le transmette au président Brù dès le lendemain à la première heure. Il était libellé comme suit :

The Sevilla-Biltmore
La Havane Cuba
Ce vendredi 2 juin

À Son Excellence Federico Laredo Brù
Président de la République cubaine

Cher Monsieur le Président,

Suite à l'entrevue que vous nous avez accordée le 1ᵉʳ juin 1939, j'ai l'honneur de soumettre à Votre Excellence les propositions suivantes élaborées par le Comité de secours juif, dans la perspective de l'entrée des passagers du Saint-Louis à Cuba, à présent que le navire a quitté les eaux territoriales.

1. Une caution de la Maryland Casualty Company*, qui dispose des qualités requises pour opérer sur le sol cubain, sera immédiatement déposée avec l'accord de Votre Excellence en faveur de la République cubaine. Le montant de cette caution sera de cinquante mille dollars (50 000 $) sous forme d'obligations et garantira ce qui suit :

(a) Aucun des passagers séjournant Cuba ne violera les lois du travail du gouvernement cubain, et si des personnes étaient jugées coupables d'une telle violation, elles seraient aussitôt condamnées à la déportation par le gouvernement cubain. Le coût de cette déportation serait prélevé sur la caution.

(b) La caution servira en outre à indemniser le gouvernement cubain dans le cas où l'un des passagers se retrouverait à la charge de l'État.

---

* Compagnie d'assurances américaine.

(c) Si dans un délai de trois ans, les passagers âgés de vingt et un ans ou plus ne trouvaient aucun débouché dans l'un des secteurs approuvés par le gouvernement cubain, ils quitteront le sol cubain pour un autre pays sous quatre-vingt-dix jours et le coût de leur déplacement sera pris en charge par la caution.

[...]

(e) La caution sera valide durant une période de cinq ans, et son montant se réduira au fur et à mesure que le nombre des réfugiés présents ira en diminuant, et sera recalculée tous les six mois.

2. L'installation des réfugiés dans des lieux tels que l'île des Pins sera déterminée par le secrétaire des Haciendas en accord avec le Comité de secours juif.

[...]

3. Le Comité de secours juif, ou un organisme cubain désigné par ledit comité, sera autorisé à gérer un centre d'enseignement pour les enfants. Des instituteurs en provenance des États-Unis pourront collaborer avec leurs collègues cubains, approuvés par le gouvernement cubain. Les frais d'éducation ne seront en aucun cas à la charge du gouvernement cubain.

4. Le Comité de secours juif, ou l'organisme cubain qu'il désignera, décidera du lieu le plus propice à l'installation de ces centres éducatifs, en accord avec le secrétaire des Haciendas.

[...]

5. Tous les réfugiés mâles du Saint-Louis, âgés de plus de vingt et un ans, seront tenus de se présenter tous les trois mois, soit auprès du secrétaire des Haciendas, soit auprès des commissariats de police en fonction de leur lieu de résidence.

Dans le cas où le projet ci-dessus rencontrait l'approbation de Votre Excellence et si Votre Excellence décidait d'autoriser les passagers du Saint-Louis à débarquer sur le sol cubain, nous lui accordons toute notre confiance afin que le débarquement ait lieu dans les délais les plus brefs étant donné les conditions dans lesquelles se trouvent les réfugiés.

Vous trouverez, en annexe, une liste des passagers qui pourrait faire l'objet de quelques modifications. Ci-joint aussi la liste des organisations américaines que le Comité de secours juif représente officiellement.

[...]
Agréez, je vous prie, l'expression de nos profonds respects et de notre très haute considération.

Cecilia Razovsky
Secrétaire et directrice du Comité
national de coordination pour l'aide
aux réfugiés et émigrants
en provenance d'Allemagne

Lawrence Berenson
Avocat conseil du Comité national
de coordination pour l'aide
aux réfugiés et émigrants
en provenance d'Allemagne[77]

Satisfait, Berenson regagna son hôtel. Pour lui, les choses étaient en bonne voie. Cette séance de travail avec le ministre de l'Agriculture et ses conseillers l'avait convaincu que désormais ce n'était plus qu'une affaire d'argent.

Il faisait fausse route. Comme nous le constaterons plus tard, l'argent ne fut qu'un prétexte. Un leurre.

Aux alentours de midi et demi, alors qu'il déjeunait en compagnie de Cecilia Razovsky au Miami, l'un des restaurants les plus cotés de La Havane, il vit débouler en trombe l'avocat du Comité de secours, le Dr Bustamente.

L'homme était surexcité :

« Venez immédiatement ! Allons à votre hôtel !

— Mais qu'est-ce qui vous arrive ?

— C'est de la plus haute importance. Je vous expliquerai. Venez ! »

Lorsqu'ils s'engouffrèrent dans le hall du Sevilla-Biltmore, une autre surprise, et de taille celle-là, attendait Berenson.

Un homme les guettait, qui n'était autre que Manuel Benitez Jr., le fils du funeste directeur de l'Immigration. Un physique de play-boy, doublé d'une réputation exécrable. Il occupait les fonctions de chef de la police de la circonscription de Pinar, dans la province de Rio. Lors de la révolution

217

des Sergents*, en 1933, le jeune Benitez avait pris fait et cause pour Batista et était resté depuis son indéfectible allié, agissant même parfois comme son auxiliaire personnel.

Il désigna un coin tranquille et les trois hommes prirent place.

« Avant toute chose, j'aimerais m'excuser pour le comportement de mon père. Je peux vous assurer qu'il n'a fait qu'écouter son cœur. Il ne cherchait qu'à sauver des vies humaines. C'est tout. »

Berenson balaya le commentaire d'un geste indifférent et questionna :

« Que voulez-vous de moi ?

— Le président m'a chargé de négocier. Je...

— Voulez-vous répéter ?

— Le président m'a chargé de négocier. Pourquoi cet étonnement ? Je peux trouver une solution à votre problème.

— Ah ?

— Pour un million de dollars.

— Quoi ? »

L'attitude sirupeuse que Benitez avait utilisée en préambule se transforma d'un seul coup. Il cria presque :

« Ne m'interrompez pas ! Et ne me faites pas croire que vous ne disposez pas de cette somme. Vous l'avez ! Là ! Vous n'avez qu'à mettre la main dans votre poche. »

Berenson se dit qu'il devait faire un mauvais rêve ou qu'il était face à un fou.

L'autre poursuivait :

« Je peux m'arranger pour faire en sorte que vos passagers débarquent à l'île des Pins. »

Il lança :

« Quatre cent cinquante mille dollars ! »

Tout à coup, la somme était réduite de plus de la moitié.

---

* Le 5 septembre 1933, les sergents Batista et Zaldívar renversaient le président imposé par les États-Unis (Carlos Manuel de Cespedes) avec l'aide des étudiants et d'une grande partie de la population.

« Arrêtez ! Vous plaisantez, j'espère ?

— Pas le moins du monde !

— Je ne dispose pas de cette somme ! D'ailleurs, qu'est-ce qui me prouve que vous êtes bien missionné par le président Brù ? »

Benitez leva les yeux vers Bustamente :

« Dites-lui... »

L'avocat cubain s'empressa d'expliquer :

« Je me trouvais tout à l'heure dans les bureaux du quartier général de la police et j'ai vu dans le bureau du major Garcia une lettre manuscrite du président à en-tête du palais, stipulant que le major et le colonel Benitez étaient bien chargés de négocier. C'est pour cela que je me suis empressé de vous joindre. »

Berenson semblait totalement perdu.

« Écoutez. Je ne peux pas prendre de décision. Je vais en parler avec les gens de New York. »

L'avocat haussa les épaules.

« Comme vous voudrez. Mais je vous préviens : le temps presse. »

Manuel Benitez Jr. vit aujourd'hui à Miami où il est responsable d'une radio cubaine. Interrogé en 1994 sur le rôle tenu par son père, il eut deux réponses contradictoires. Dans la première, il déclara : « Cet argent n'allait pas dans sa poche. C'est le gouvernement cubain qui l'empochait. »

Et dans la seconde, sans doute sur l'insistance du journaliste qui lui rappelait que, selon de nombreux témoignages, les sommes perçues furent bel et bien détournées par le colonel, il répondit : « Peut-être... Peut-être bien... Je ne suis pas certain. Mais ces gens ont sauvé des vies. »

Et d'ajouter alors qu'on lui soumettait l'un des permis accordés par son père : « Les riches Juifs américains qui habitaient sur place [à La Havane] ont payé pour faire venir leur famille. Vraiment, cela nous indique qu'un droit d'entrée pour un citoyen ne coûtait pas bien cher pour sauver sa vie. Aujourd'hui, vous devez payer entre vingt mille et trente mille dollars *(sic)*. Cent cinquante dollars, c'est le prix qu'ils devaient payer. »

Quant à l'attitude de Laredo Brù, il expliqua : « Laredo Brù m'a dit à quel point il me respectait et m'appréciait. Mais il ne pouvait rien faire. Le secrétaire d'État des États-Unis, sur ordre du président Roosevelt, lui avait demandé de ne pas autoriser un Juif de plus à entrer sur le sol cubain. Voilà l'ordre qui avait été donné. Il ne pouvait absolument rien faire. »

New York Times
Vendredi 2 juin

CUBA ORDONNE LE DÉPART DES RÉFUGIÉS
Par Ruby Hart Philipps, correspondant à La Havane

Le président Federico Laredo Brù a signé un décret dans lequel il intime l'ordre à la Hamburg American Line de faire le nécessaire pour que le Saint-Louis *appareille sans délai avec ses 917* (sic) *réfugiés d'Allemagne. Depuis samedi, ceux-ci sont restés confinés à bord dans l'espoir de pouvoir débarquer à Cuba.*

En cas de refus, Joaquin Ochtorena, le secrétaire au Trésor, fera appel à la marine nationale pour que celle-ci reconduise de force le navire hors des eaux territoriales. Tout marin ayant débarqué illégalement sera arrêté et reconduit sur le bateau. [...]

De nombreux avocats américains et cubains tentent d'obtenir des visas pour différentes îles des Caraïbes dans l'espoir de trouver un havre pour leurs clients.

Lawrence Berenson, du Comité de secours juif, qui a rencontré hier le président Brù, a déclaré que le chef de l'exécutif avait exprimé sa profonde sympathie pour les réfugiés, mais qu'il avait refusé de leur accorder l'autorisation d'entrer à Cuba.

Après qu'il eut pris connaissance du décret, Luis Clasing, l'agent de la Hamburg American Line, a, dans un premier temps, menacé de porter l'affaire devant les tribunaux, mais s'est ravisé. [...]

Il semble quasi certain désormais que le Saint-Louis *lèvera l'ancre ce matin pour naviguer au-delà de la limite des douze milles* (sic) *et se placera en attente, dans l'espoir que ses passagers obtiendront l'autorisation de débarquer. [...]*

L'avocat Max Loewe, qui a tenté de se suicider en s'ouvrant les veines, se trouve toujours dans un état critique à l'hôpital

Calixto-Garcia. Tous les efforts pour permettre à son épouse et à ses enfants de se rendre à son chevet sont restés vains. [...]

Le gouvernement cubain – semble-t-il – serait prêt à autoriser les passagers à entrer à Cuba moyennant une caution de cinq cents dollars par personne. Un montant qui serait remboursé une fois que les réfugiés auraient quitté le pays. [...]

John E. Lewis*, dirigeant de la CIO**, a télégraphié au colonel Batista le texte suivant : « Je vous supplie au nom de l'humanité de permettre aux réfugiés du Saint-Louis *et du* Flandre, *qui sont dans le désespoir, l'accès à votre pays. Si ces réfugiés étaient contraints de retourner en Allemagne, ils seront – sans aucun doute – expédiés dans des camps de concentration. Je prends la liberté de m'adresser à vous, sachant les sentiments de compassion que vous éprouvez à l'égard des victimes de la politique nazie. Je veux espérer que vous viendrez en aide à ces victimes. »*

2 juin 1939, dix heures du matin

Les premières vibrations des machines qui se mettaient en marche montaient des entrailles du *Saint-Louis*.

Babette Spanier, prise de panique, s'agrippa au bras de son mari.

« Entends-tu ? »

Il essaya de la rassurer.

« C'était prévu. Mais nous allons revenir. Ne t'inquiète pas. »

Babette crut peut-être à ces mots, mais elle fut sans doute la seule. Dans un élan d'exhortations et de larmes, les gens s'étaient rués vers le bastingage. En contrebas, debout dans les canots, leurs amis, les membres de leur famille criaient des phrases de soutien, d'autres priaient à voix

---

* Il était à l'époque le plus puissant dirigeant syndicaliste.

** Congress of Industrial Organisation. Syndicat ouvrier fondé en 1935.

basse, mains tendues vers le paquebot comme s'ils cherchaient à le retenir.

Des vedettes de la police s'efforçaient de maintenir à distance cette forêt d'esquifs hétéroclites ; barques de pêcheur, dinghys, canoës, coquilles de noix. Manifestement, tout ce qui pouvait flotter à La Havane avait été réquisitionné par ces anonymes.

Par-delà le vacarme, Ruth Singer se surprit à répéter inlassablement : « Nous n'allons pas mourir. Nous n'allons pas partir. » Et à sa voix se mêlaient d'autres voix de femmes, formant une litanie qui s'élevait jusqu'au ciel.

Légèrement en retrait, Dan gardait le silence, le regard embrumé. Il pensait à sa fille, à ses petits-enfants qu'il ne reverrait peut-être plus ; il pensait à cette nuit de Cristal et dans sa mémoire revenait la question qu'avait dû se poser Jakob Felton alors qu'il succombait sous les coups des SS : « Pourquoi, Adonaï ? Pourquoi ? »

Le comité des passagers venait de pénétrer dans la timonerie où Schröder surveillait les manœuvres d'appareillage.

« Capitaine, lança Josef Joseph, nous vous adjurons de stopper les machines.

— C'est impossible.

— Vous pouvez désobéir ! Vous le savez !

— La marine interviendra. Je ne peux pas. »

Herbert Manasse s'exclama :

« Personne ! Personne ne peut vous contraindre. Vous êtes seul maître à bord !

— Ils utiliseront la force !

— De quelle manière ? Croyez-vous qu'ils tireront sur le *Saint-Louis* ?

— C'est un risque que je ne peux pas courir ! J'ai un millier de passagers à bord ! »

Max Weis fit observer :

« Justement ! Nous sommes votre bouclier. Jamais ils n'oseront couler le navire. Au pire, et ce serait l'idéal, ils l'endommageront et nous serons immobilisés.

– Impensable ! Je suis responsable de vous, mais je suis aussi responsable du navire. »

Josef Joseph revint à la charge :

« Ne cédez pas, capitaine. Si vous cédez maintenant, nous n'aurons plus jamais aucune chance de faire entendre nos droits. Ce sera la fin !

– Vous avez tort ! Réfléchissez, je vous en prie. Aux yeux du président nous sommes en infraction avec la loi. Pour des raisons qui n'appartiennent qu'à lui, il a fait de cette affaire une histoire de prestige. En nous sommant de quitter les eaux territoriales, il y a une chance, faible je l'admets, pour que les discussions reprennent dans des conditions plus sereines et qu'un compromis soit trouvé qui permettra à Brù de sauver la face. En revanche, si nous bafouons une fois encore ce qu'il considère être le droit cubain, alors, croyez-moi, les portes de La Havane seront à jamais scellées. »

Il conclut avec force :

« Soumettons-nous. Et tout redeviendra possible. »

À court d'arguments, Josef Joseph haussa les épaules.

« Que le Seigneur fasse que vous ayez raison, capitaine Schröder. Sinon, qu'Il vous pardonne. »

Au moment où il faisait signe à ses compagnons de se retirer, un marin vint annoncer l'arrivée à bord de Milton Goldsmith. Le dirigeant du Comité de secours souhaitait parler aux réfugiés avant que le bateau ne prenne la mer.

« Faites une annonce par haut-parleur, ordonna Schröder. Que tout le monde se regroupe dans le grand salon. »

Il n'était pas loin de 10 h 20.

Un quart d'heure plus tard, le grand salon était bondé. Ceux qui n'avaient pas pu y pénétrer étaient restés dans le couloir. Femmes, enfants aux aguets. Le cœur au bord des lèvres.

Milton Goldsmith s'était hissé sur une chaise pour mieux dominer l'assemblée. À ses côtés se tenait un représentant des forces de l'ordre chargé d'écouter et de rapporter à ses supérieurs les propos qui allaient être échangés.

« Frères, sœurs », commença Goldsmith en allemand.

Aussitôt, il fut repris sèchement par l'officier cubain.

« En anglais, señor ! »

Le représentant du comité protesta :

« Mais c'est absurde ! Tout le monde ici ne parle pas cette langue.

– Alors un passager traduira.

– Vous pouvez au moins nous accorder le droit de nous exprimer dans notre langue natale ! »

L'officier persista dans son refus.

« En anglais, señor Goldsmith. Sinon vous devrez quitter le navire. »

Le directeur du Comité se résigna.

« Sœurs, frères, reprit-il, j'ai pleinement conscience de la tragédie que vous êtes en train de vivre. Je vous demande seulement de ne pas perdre confiance. Dans ces ténèbres qui nous environnent existe une lumière d'espoir. Tout n'est pas perdu. Sachez qu'ici, à La Havane, mais aussi à New York et dans le monde entier, des gens se battent à vos côtés. Des personnalités importantes sont en train de tout faire pour que justice vous soit rendue. Vous n'êtes pas seuls. La presse internationale s'est emparée de votre histoire. À l'heure qu'il est, plus personne à travers le monde n'ignore le traitement inique qui vous est infligé. Le Joint n'a pas l'intention de baisser les bras. Notre organisation fera en sorte que vous ne rentriez jamais en Allemagne. Vous débarquerez. Ici, ou ailleurs. Mais, je vous le répète, pas en Allemagne. »

Il marqua une courte pause, puis :

« Le comité des passagers sera tenu au courant – heure par heure si possible – de chacune de nos démarches, ainsi que de celles du Joint à New York et il vous les transmettra. »

Il promena un regard ému sur l'assistance et conclut :

« N'oubliez pas. Vous êtes une seule et même famille maintenant. Et en tant que telle, vous êtes une force. Gardez espoir. »

Un silence bouleversant succéda à l'allocution. Point d'applaudissements. Juste quelques sanglots étouffés.

Au moment où Goldsmith quittait le salon, Herbert Manasse jeta un coup d'œil à sa montre.

« Onze heures. Nous avons une heure de retard.

— Retard ? Que voulez-vous dire ? répliqua Josef Joseph avec un sourire las. Personne ne nous attend. »

11 h 10

Dans un roulement de chaînes, l'ancre jaillit de la surface des flots.

Elise Loewe et ses deux enfants observaient en silence la masse métallique qui remontait le long de la coque. Quelques minutes plus tard, le navire s'ébranla.

Le regard d'Elise se perdit dans les brumes de chaleur. Là-bas, dans une chambre d'hôpital, reposait son époux. Aux dernières nouvelles, son état s'était amélioré. Mais quand ? quand le reverrait-elle ? Le reverrait-elle jamais ?

Bientôt, La Havane ne fut plus qu'un tout petit point.

> « Ce fut le départ le plus triste qu'il m'ait été donné de vivre, écrira Schröder. Les femmes étaient terriblement inquiètes. "Capitaine, me demandèrent certaines d'entre elles, où nous emmenez-vous ?" Et pour la première fois de toute mon existence de marin, je ne pouvais pas répondre à cette question[78]. »

À Berlin, Goebbels exultait...

18

« Samedi matin, 3 juin, écrit Erich Dublon. Le navire navigue à présent, à mi-chemin entre Cuba et les côtes de Floride. On peut voir des bancs de poissons volants qui jaillissent des flots par intermittence. Depuis notre départ, toutes les deux heures, des messages en provenance du Joint de New York sont affichés. Tous répètent inlassablement la même chose : "Courage, nous travaillons pour vous." Nous espérons encore des nouvelles favorables de La Havane. Les passagers qui y possèdent de la famille errent sur les ponts, la mine désespérée. Heureusement qu'il reste de quoi fumer. Un bon cigare, de temps à autre, permet de mieux supporter la situation[79]. »

À dix heures, Berenson poussa la porte du major Garcia. Depuis sa rencontre avec Benitez, l'avocat n'avait pas cessé de se tourmenter. *Et si l'homme avait dit la vérité ? Si vraiment lui et Garcia avaient bien été délégués pour négocier officieusement ?* Il allait en avoir le cœur net.

« Ne vous faites pas de souci pour si peu ! s'exclama le major dès que Berenson lui eut relaté son entrevue avec Benitez. Oubliez tout. Et surtout n'en parlez à personne. L'important, c'est ce qui est en cours. Je dois voir le président tout à l'heure à propos du projet. Je vous téléphonerai dès mon retour. Vers dix-neuf heures.

— Mais ce document dont m'a parlé Bustamente ? Écrit de la main du président...

– Je vous répète : oubliez tout ça. Vous avez l'appui de Batista. Tout ira bien. »

Et sans plus attendre, prétextant une affaire urgente, il raccompagna Berenson à la porte.

De retour à son hôtel, l'avocat eut un autre visiteur. Il s'agissait de Nestor Pou, le consul de la République dominicaine dont le gouvernement avait laissé entendre qu'il était disposé à accepter les rejetés du *Saint-Louis*. Curieusement, les conditions soumises par le consul furent, à quelques nuances près, identiques à celles évoquées par le fils du colonel Benitez : un demi-million de dollars. L'avocat répondit pour la forme qu'il transmettrait la proposition au Joint de New York.

Vers quatorze heures, alors qu'il était monté s'allonger dans sa suite, il reçut le coup de téléphone qu'il espérait du major Garcia.

« Alors, s'empressa-t-il de s'enquérir, que pense le président de la garantie de cinquante mille dollars que je lui ai proposée ?

– Il pense, señor, qu'elle est très insuffisante.

– Dans ce cas, que suggère-t-il ?

– Le triple. »

Berenson fit à son interlocuteur la même réponse qu'au consul de Saint-Domingue :

« Je dois en référer à New York.

– Parfait.

– Est-ce que dans ce montant nous pouvons inclure les passagers de l'*Orduna* et du *Flandre* ?

– Sans problème. Le président vous recevra demain midi dans sa maison de campagne de Párraga. »

La confiance de l'avocat se trouva revigorée. Oui, se dit-il en raccrochant. Il avait eu raison, dès le début, tout cela n'était qu'une histoire d'argent. Ce fut aux alentours de dix-huit heures que Berenson put joindre Joseph Hyman à New York.

Contre toute attente, ce dernier ne parut pas choqué outre mesure par les exigences du président cubain.

« OK pour cent cinquante mille dollars. Et, à tout hasard,

227

sachez que vous avez une marge de manœuvre de cinquante mille dollars de plus. Nous sommes disposés à verser immédiatement la somme, à condition bien entendu d'obtenir les garanties nécessaires. »

Puis Hyman demanda :

« Et la République dominicaine ?

— Sincèrement, je ne pense pas qu'il soit nécessaire de perdre notre temps à étudier leur proposition. Il serait nettement préférable de concentrer tous nos efforts sur Cuba. »

Pendant ce temps-là, le *Saint-Louis* continuait de voguer en cercles monotones à quelques milles des côtes de Floride avec neuf cent sept personnes qui luttaient contre le désespoir. Neuf cent sept personnes, bien loin d'imaginer que leur droit de vivre ou de mourir se résumait à une feuille comptable. Comme si le regard des enfants, les âmes, la chair ne valaient guère plus qu'un ballot de fret. Ainsi que devait l'écrire quarante-huit heures plus tard le consul général Coert du Bois : « J'ai dit à M. Berenson que lui-même et ses confrères à New York avaient géré cette affaire comme des maquignons au lieu de défendre avant tout l'élément humanitaire[80]. »

Dans le même temps, à des milliers de kilomètres de là, à Paris, un homme s'échinait lui aussi à trouver une issue viable à la tragédie. C'était Morris Troper, le président-directeur général du Joint pour l'Europe. Dès qu'il eut pris connaissance de la position du gouvernement cubain, il entra en contact avec des responsables français et britanniques pour savoir si ces deux pays seraient disposés à accueillir les passagers du *Saint-Louis* dans le cas où la solution cubaine serait définitivement abandonnée et si le navire n'avait plus d'autre choix que de regagner Hambourg. Il n'avait toujours pas obtenu de réponse concrète.

Ce même 3 juin, le gouvernement américain annonça officiellement qu'il refusait l'accès à son territoire aux passagers du *Saint-Louis* et ce, malgré le fait que la majorité de ces passages possédaient des visas en bonne et due forme.

La résidence secondaire du chef de l'exécutif était située dans le quartier de Párraga, à l'ombre de l'église Sainte-Barbe.

Lawrence Berenson et Antonio Bustamente prirent place dans le somptueux bureau du président où régnait une chaleur suffocante.

« Alors, señor, commença sans préambule le chef du gouvernement cubain, pensez-vous être en mesure de satisfaire nos exigences ?

— Nous pourrions sans difficulté tripler la somme. À savoir cent cinquante mille dollars au lieu des cinquante mille initialement prévus.

— Prévus ? Prévus par qui, señor Berenson ? Si vous voulez parler de la proposition que vous m'avez fait parvenir, alors je vous réponds tout de suite que cette somme de cinquante mille dollars n'a aucun sens. Je me demande sur quelle base vous avez cru utile de me soumettre ce chiffre.

— Mais le major Garcia...

— Oubliez le major Garcia ! Écoutez-moi attentivement. Le fait même que j'aie accepté de vous revoir est signe que je ne suis pas aussi indifférent au sort de ces malheureux que d'aucuns se plaisent à le proclamer. Croyez-le. Cependant, il ne sera pas dit que le cœur l'emportera sur la raison. C'est un luxe qu'un chef d'État ne peut se permettre. Alors voilà... »

Brù se cala dans son fauteuil et poursuivit :

« Si vous souhaitez que nous trouvions un compromis,

alors il vous suffit de vous acquitter de la somme exigée par la loi cubaine, à savoir cinq cents dollars pour toute personne désireuse d'acquérir le statut de réfugié. Vous avez près de mille passagers. Faites le compte. »

Berenson écarquilla les yeux.

« Vous voulez dire, un demi-million de dollars ?

— Oui. Et pas sous forme d'obligations, mais en cash.

— En cash ? Votre Excellence... »

Bustamente l'interrompit brusquement.

« Allons ! señor Berenson. Vous n'allez tout de même pas nous faire croire que pour les gens riches de votre communauté, l'argent est un problème ! Mon ami Horowitz me décrivait tout récemment encore comment vous vous réunissez lors de soirées de charité où un tel lance : "J'offre cinquante mille !" Et tel autre : "Soixante mille !" Qu'est-ce qu'un demi-million de dollars pour vous ?

— Vous nous surestimez, protesta l'avocat. Les bénéfices récoltés au cours de ces soirées sont utilisés pour venir en aide à *l'ensemble* des réfugiés à travers le monde entier. Ce qui représente bien peu de chose par personne.

— Revenons à notre sujet », dit le président.

Il fit signe à Bustamente d'approcher et tous deux échangèrent à voix basse quelques mots en espagnol que Berenson eut du mal à saisir, puis Brù s'adressa à nouveau à lui :

« Alors ? Que décidez-vous ? Si vous avez du mal à rassembler toute la somme, je pourrais éventuellement y contribuer*. »

Déconcerté, Berenson balbutia :

« C'est très généreux de votre part, Votre Excellence. Laissez-moi le temps d'en parler avec les responsables new-yorkais.

— Très bien. Prévenez-nous quand vous aurez rédigé votre nouveau projet. *Adios*, señor Berenson. »

---

* Selon Berenson, et si curieux que cela paraisse, le président semblait très sincère.

Il leva l'index en signe de mise en garde.

« Et n'oubliez pas ! Nous ne voulons pas d'obligations, mais du cash. C'est clair ?

— Très clair. Et le navire ? Il risque de s'éloigner de plus en plus de Cuba. Dieu seul sait où il se trouve à l'heure qu'il est.

— Quarante-huit heures ! décréta Brù. En quarante-huit heures, je peux le faire revenir. »

Ce terme de quarante-huit heures devait par la suite être source de diverses interprétations. Mais dans l'instant, il n'éveilla pas l'attention de Berenson.

Quelque peu secoué par ces nouvelles exigences, il se précipita à son hôtel pour prévenir le Joint.

« D'accord pour quatre cent cinquante mille dollars, lui assura Hyman. Néanmoins, et dans la mesure du possible, essayez de ne pas compter les enfants de moins de seize ans.

— Je ferai pour le mieux », promit Berenson.

Il alla se servir un double Martini. La nuit risquait d'être longue.

Vers trois heures du matin, il posa son stylo et relut la nouvelle mouture du projet.

SS Saint-Louis

Total des passagers	*933*
Passagers de moins de 16 ans	*162*
Touristes qui partiront pour les États-Unis	*25*
Total :	*746*
746 à 500 $	*373 000 $*

SS Flandre

Total des passagers	*103*
Passagers de moins de 16 ans	*20*
Total	*83*
83 à 500 $	*41 500 $*

SS Orduna

Total des passagers	*72*
Passagers de moins de 16 ans	*15*
Total	*57*
57 à 500 $	*28 500 $*
Total :	*443 000 $*

Cette somme sera réunie comme suit :
a) Par le comité new-yorkais, en liquide, et
immédiatement, à la National City Bank de
La Havane avec ordre de virement en faveur
du Trésor cubain :   200 000 $
b) Par le Comité de secours de La Havane :   50 000 $
c) Participation de 16 passagers du Saint-Louis *:*   8 000 $
d) Participation de 50 passagers du Flandre *:*   25 000 $
*e) Participation de 14 passagers de l'*Orduna *:*   7 000 $
Total   290 000 $

Le comité new-yorkais a promis de combler rapidement la dif-
férence
Soit   153 000 $

Total :   443 000 $

Toute somme supplémentaire qui pourrait être obtenue par l'in-
termédiaire des parents des réfugiés qui se trouvent à bord des
différents navires, ira au bénéfice du Trésor cubain et servira
d'amortissement aux 200 000 $ qui auront été versés par le
comité de La Havane.
Le Saint-Louis *pourrait ne pas débarquer à La Havane, mais*
à l'île des Pins, à Matanzas ou à Cienfuegos[81].

Le lendemain, il remettrait le document à Bustamente qui le traduirait et le transmettrait au major Bernardo Garcia afin que celui-ci le remette à Brù.

Une infime erreur s'était glissée dans ses calculs. Il n'y avait pas neuf cent trente-trois passagers à bord du *Saint-Louis*. Mais neuf cent sept.

Là-bas, sur l'écume de l'Atlantique, le paquebot errant venait d'arriver à proximité de Miami.

« Personne ne savait vraiment où nous allions, dira Philip Freund. Nous étions comme une sorte de nébuleuse naviguant sans but. Personne n'avait la réponse[82]. »

« Nous voyons la côte, note Dublon, la côte et les hôtels de luxe, les grands immeubles et les routes bordées de palmiers qui scintillent sous le soleil.

« De luxueux canots à moteur fendent les vagues, il y a des gens qui font du ski nautique ; certains nous font des signes ; nous ne pouvons que les envier.

« Là-haut, dans le ciel, un avion tourne au-dessus de nous. Nous sommes devenus un objet de curiosité.

« [...] Pas de nouvelles du Joint aujourd'hui. Sans doute parce que nous sommes dimanche ; à moins que les représentants soient chez le président pour discuter de notre destin[83]. »

« Tout à coup le bateau a fait un grand demi-cercle, racontera Herbert Karliner, et c'est alors que j'ai vu pour la première fois Miami. Les splendides hôtels, le sable de la plage, les voitures qui roulaient au loin. Vous me croirez ou non, mais à cet instant je me suis promis que si jamais je revenais ce serait là que je viendrais vivre[84]. »

Les premiers garde-côtes américains venaient de surgir. À la manière de chiens de garde, ils se rangèrent dans le sillage du navire.

STRICTEMENT CONFIDENTIEL

Ce dimanche, neuf heures, l'ambassadeur m'a téléphoné pour me dire que Berenson venait de le contacter, qu'il semblait en plein désarroi, et qu'il souhaitait nous voir tous les deux dans les plus brefs délais pour nous demander des conseils. Il ne souhaitait pas que cette rencontre se déroulât dans les locaux de l'ambassade, alors j'ai proposé que nous nous retrouvions à mon domicile. L'ambassadeur et lui sont arrivés à neuf heures trente. Berenson nous a alors exposé les difficultés auxquelles il était confronté. Le président exigerait désormais une caution de cinq cents dollars par passager, ce qui fait approximativement un montant global de quatre cent cinquante mille dollars. En cas de refus, le Saint-Louis se verrait interdire définitivement l'accès à Cuba. À ce propos, Luis Clasing a informé Busta-mente, l'avocat du Comité de secours juif, qu'il ne pourrait pas maintenir le navire dans cette situation au-delà de vingt-quatre heures. C'est-à-dire jusqu'à lundi 5 juin, seize heures. Il semblerait, par ailleurs, que Bustamente ait doublé ses employeurs en conseillant vivement au président Brù et à son entourage proche de ne pas céder sur le montant de la caution. En résumé, il apparaît que le château de cartes si laborieusement conçu par Berenson soit en train de s'écrouler. Il a demandé à l'ambassadeur d'intervenir auprès du colonel Batista et de réclamer de lui qu'il plaide la cause du Saint-Louis *auprès du président Brù. Nous avons refusé et nous lui avons plutôt conseillé de se mettre en rapport avec Luis Clasing afin de savoir très précisément de combien d'autonomie disposait le navire. Nous lui avons aussi fortement suggéré de prendre en considération la proposition de la République dominicaine et de rétablir le dialogue avec Pou. Il ne nous a pas échappé que Berenson était réticent à cette idée et que, selon lui, ce sentiment était partagé par le bureau new-yorkais. Nous avons tout de même insisté en lui faisant remarquer que la perspective dominicaine représentait une carte majeure dans son jeu et qu'il était temps de la jouer.*

> *Coert du Bois*
> *Consul général des États-Unis*[85]

Un point de détail essentiel est à retenir de ce mémorandum. Berenson se rend chez le consul à neuf heures du matin, c'est-à-dire trois heures *avant* son rendez-vous prévu avec Brù. Tout laisse à croire dans ses propos qu'il *sait* déjà les conditions qu'on va lui imposer : cinq cents dollars de caution par passager. De même, il semble suffisamment angoissé pour solliciter l'intervention de l'ambassadeur auprès de Batista. On voit bien qu'il pressent que « l'affaire » lui échappe. Et le consul s'en rend compte : « Il apparaît que le château de cartes si laborieusement conçu par Berenson soit en train de s'écrouler. » Comment ne pas en conclure que la fameuse discussion qu'il avait eue avec Benitez Jr. fut beaucoup plus poussée et bien plus sérieuse que Berenson ne le laissa croire aux responsables du Joint le 15 juin ? Il devait être particulièrement convaincu pour anticiper en citant le montant de quatre cent cinquante mille dollars, *alors qu'il n'avait pas encore rencontré le président cubain*. Tout démontrait qu'il avait commis une erreur de jugement en sous-estimant l'intervention de Benitez ou qu'il avait reçu d'autres renseignements qui tous allaient dans le même sens, et dont il n'a pas jugé utile de rendre compte. Quelle que soit l'explication, il est important de souligner, au crédit de l'avocat, que l'affaire était perdue d'avance. Elle avait été jugée bien avant son intervention. Ainsi que l'avenir le démontrerait, à aucun moment Brù n'eut l'intention d'accepter les réfugiés du *Saint-Louis*.

À quatorze heures précises, le major Garcia confia au président le plan revu et aménagé par l'avocat new-yorkais.

Une heure plus tard, à 15 h 17 exactement, à Washington, le téléphone sonnait dans le bureau de Cordell Hull.

Le secrétaire d'État reconnut à l'autre bout du fil la voix du secrétaire au Trésor américain, Henry Morgenthau Jr*.

Voici la transcription de la conversation surréaliste et pour le moins ambiguë qui se déroula entre les deux hommes[86] :

> *Hull : Hello, Henry.*
> *Morgenthau : Hello, Cordell.*
> *H : Oui, monsieur ?*
> *M : Comment allez-vous ?*
> *H : Très bien !*
> *M : Cordell, certains de mes amis new-yorkais m'ont appelé au sujet de cette terrible tragédie concernant ce bateau, le* Saint-Louis, *et ses neuf cents réfugiés.*
> *H : Oui.*
> *M : Et il y a eu toutes sortes de choses contradictoires sur ce qui pourrait être fait ou non. Je veux dire...*
> *H : Ouais.*
> *M : Car, s'ils avaient su que les choses en arriveraient là, ils auraient agi.*
> *H : Oui.*
> *M : Vous me suivez ?*
> *H : Oui. En fait, je me suis entretenu avec l'ambassadeur cubain il y a environ une heure et il y a une vingtaine de minutes avec le président...*
> *M : Oui.*
> *H :... à ce sujet.*
> *M : Oui.*

---

* Vieil ami du président Roosevelt, il avait été nommé à ce poste le 17 novembre 1933. Fonction qu'il occupera jusqu'en 1945.

H : Et ce matin j'en ai parlé avec le vieux James Carson* de New York, cet homme très compétent, qui se trouve à Savannah (sic)...

M : Oui.

H :... à La Havane**.

M : Oui.

H : Il a soulevé la question des visas de touriste.

M : Oui.

H : Ils pourraient aller aux îles, nos îles là-bas. Comment diable s'appellent-elles... ?

M : Les îles Vierges ?

H : Ouais.

M : Ouais.

H : Il a suggéré qu'on pouvait les y installer le temps de les caser ailleurs.

M : Oui.

H : J'ai tout de suite adhéré à cette idée, mais j'ai découvert que juridiquement...

M : Ouais.

H :... nous ne pouvions pas leur délivrer des visas de touriste à moins qu'ils n'aient une adresse d'origine précise et qu'ils soient en mesure d'y retourner.

M : Oui.

H : Par conséquent, et au regard de la loi, nous sommes désarmés.

M : Je vois.

H : Ensuite, l'ambassadeur cubain m'a laissé entendre que le problème essentiel se résumait à une affaire de financement. Et que selon lui – mais qu'il ne fallait pas en faire état pour l'instant...

M : Oui.

H :... Il pensait qu'une solution était envisageable.

M : Hmm... Hmm...

H : Je pense que les organisations juives qui vont gérer l'aspect financier possèdent un ou deux représentants à La Havane en ce moment et qu'ils sont en rapport avec eux.

M : Je n'en suis pas si sûr. Il semblerait qu'il y ait beaucoup de confusion.

---

* Responsable des intérêts américains à La Havane.

** Manifestement, Cordell Hull confond les deux noms : *Havana* et *Savannah*. Ou commet un lapsus.

H : C'est aussi l'opinion de l'un de mes hommes là-bas. Mais je crois qu'ils résoudront le problème financier. Le financement sera certain.

M : Bon, mais à propos de...

H : Ce que je veux dire, c'est qu'ils ont de grandes chances de réussir. C'est ce que j'essaie de dire.

M : Bon. Mais supposons... Ne pourrions-nous pas suggérer que le Joint envoie quelqu'un chez vous, de manière à ce qu'il soit en prise directe ?

H : Oui. Mais nous ne pouvons leur dire que ce nous savons de l'affaire. Le problème doit être suivi par leur représentant à La Havane. Il faut qu'ils délèguent quelqu'un là-bas.

M : Vous croyez qu'il serait préférable d'agir là-bas plutôt que d'agir d'ici ?

H : Oui. Nous ferons ce que nous pouvons, vous comprenez, selon les circonstances. Mais ils ont besoin d'un homme là-bas qui sache comment mettre au point le financement de tout ça.

M : Je vois...

H : C'est le problème principal.

M : Et ce serait mieux d'avoir quelqu'un là-bas, plutôt qu'ici ?

H : C'est mon impression. Mon impression. Je suggère qu'il prenne cette suggestion en considération.

M : Je vois...

H : Si elle est valable, ou si elle ne l'est pas...

M : Je pensais que... enfin, si nous avions ici un homme comme Paul Baerwald*, ou quelqu'un d'autre.

H : Ouais.

M : De manière à ce qu'il soit régulièrement informé de ce qui se passe à Cuba et ici.

H : Oui. Seulement – voyez-vous, c'est une affaire entre Cuba...

M : Je vois...

H : ... entre le gouvernement cubain et ces gens.

M : Je vois...

H : Et pas entre ce gouvernement [celui des États-Unis].

M : Je vois. Et pour cette histoire des îles Vierges ?

H : Je crois ce que m'a dit mon ami. C'est la raison pour laquelle il leur faut rester proches du gouvernement cubain.

---

* Président du Joint à Londres.

M : Hmm... Hmm. Voyez-vous un inconvénient à ce que je vous rappelle demain ?

H : Pas du tout, monsieur. Je continue à m'en occuper du mieux que je peux.

M : Et je peux vous rappeler ?

H : Oui, monsieur. Quand vous voudrez.

M : Merci !

H : Ouais.

M : Merci !

À quinze heures trente, ce lundi, le président Brù donna une conférence de presse au cours de laquelle il rappela les conditions précises qu'il avait soumises au Comité de secours juif. Une fois celles-ci dûment remplies, les réfugiés pouvaient être autorisés à s'installer sur l'île des Pins.

Le président ne crut pas utile de répéter la phrase sibylline qu'il avait prononcée lors de son rendez-vous avec Berenson : « Quarante-huit heures ! En quarante-huit heures, je peux le faire revenir. » De toute évidence, il n'avait pas encore étudié le projet de l'avocat. L'examina-t-il jamais ?

Aux journalistes qui lui demandèrent de commenter cette déclaration, l'avocat new-yorkais répondit : « Les propos du président sont inspirés de sentiments humanitaires et ils émanent d'un grand homme d'État. »

Là-bas, à l'ombre de la Floride, surveillé de jour comme de nuit par les garde-côtes américains, le navire poursuivait toujours son voyage vers nulle part. Un télégramme, signé par l'Associated Press, avait été remis à Schröder :

VEUILLEZ NOUS INFORMER DE VOS INTENTIONS À CAUSE INTÉRÊT MONDIAL POUR VOTRE SITUATION[87]

Le capitaine répondit :

MON INTENTION EST DE TOUT FAIRE POUR ATTÉNUER L'ANGOISSE CROISSANTE DE MES PASSAGERS DONT LE SEUL DÉSIR EST DE TROUVER UN ASILE[88]

Le second télégramme dont il accusa réception eut le don de le surprendre. Il avait été envoyé par un hurluberlu* new-yorkais du nom de Bernard Sandler qui s'était intronisé « sauveur du *Saint-Louis* ». Étrange personnage qui se targuait d'avoir été un « vétéran juif » durant la Première Guerre mondiale et, en tant que tel, ne manquait pas une occasion de s'afficher en grande tenue lors de parades militaires qui réunissaient, elles, les *vrais* vétérans. Il avait même proposé au Joint de faire défiler tous les rescapés de la guerre qui avaient perdu bras *et* jambes, en signe de solidarité avec les passagers du *Saint-Louis*.

VOUS CONSEILLE VOUS RENDRE ZONE INTERNATIONALE PRÈS ÎLE BEDLOE** DANS LE PORT DE NEW YORK ET ATTENDRE PENDANT QUE GROUPE HOMMES D'AFFAIRES AMÉRICAINS ET MOI RÉUNISSONS VOTRE GARANTIE ET EN MÊME TEMPS FAISONS APPEL CONGRÈS POUR QU'IL ACCORDE ASILE À VOS PASSAGERS[89]

Gustav Schröder montra le message à Müller :
« Avez-vous entendu parler de cet homme ? »
Le commissaire secoua la tête.
« Très bien. Dites au radio de répondre : "Veuillez confirmer et arranger tous les détails avec la Hapag de New York." Et faites afficher le télégramme de ce monsieur sur le panneau d'information. Fabulation ou non, il ne pourra qu'entretenir l'espoir des passagers. »
Il avait raison. Un vent d'optimisme souffla aussitôt sur le navire. On pensait à eux.

« Pour moi, dira Gisela Feldman, tant que nous voguions au large des côtes de la Floride, nous pouvions garder espoir. Pour nous, l'Amérique était le pays de l'opulence, là où les rues étaient pavées d'or. Nous étions presque cer-

---

* « *A lunatic* », comme devait le décrire J.C. Hyman dans une lettre adressée le 27 juin 1939 à Paul Baerwald, le directeur du Joint à Londres.
** Elle appartient au groupe d'îlots qui parsèment l'entrée du port de New York à l'embouchure de l'Hudson et tient son nom d'un marchand néerlandais : Isaac Bedloo. C'est là qu'en 1877 fut érigée la statue de la Liberté.

tains que la petite poignée de gens que nous formions ne pouvait être laissée à la porte de ce monde-là[90]. »

Le seul que cette nouvelle encourageante ne réjouissait guère était Otto Schiendick. Si, par malheur, le *Saint-Louis* ne rentrait pas en Allemagne mais accostait aux États-Unis, les documents secrets que lui avait confiés Hoffman pouvaient tomber entre les mains du FBI. Ce ne serait pas la première fois que les services américains se livreraient à la fouille des quartiers de l'équipage ou même à une fouille corporelle. Les chances qu'on découvre les documents étaient infimes, mais le Leiter fut pris de panique. Sans réfléchir, il se rua dans la salle des radios et ordonna à l'opérateur d'expédier le texte suivant à l'intention de la « boîte aux lettres » secrète de l'Abwehr.

UTILISEZ TOUTE INFLUENCE POUR RAPPELER NAVIRE EN ALLE-MAGNE SANS DÉLAI[91]

Interloqué, le radio fit mine d'obéir, mais sitôt que Schiendick quitta la salle, il se précipita chez Schröder pour lui montrer le télégramme.

La réaction du capitaine ne se fit pas attendre. Il convoqua immédiatement le Leiter dans sa cabine.

« Seriez-vous devenu fou, Schiendick ? Qu'est-ce que cela veut dire ?

– Quoi donc ? »

Le capitaine exhiba le câble.

« Je ne fais que mon devoir !

– Votre devoir ? Depuis quand un marin a-t-il le *devoir* de déterminer la direction que doit prendre un navire ! »

Schiendick décida de tomber le masque.

« Depuis qu'il appartient aux services secrets et qu'il a une mission de la plus haute importance à accomplir. »

La révélation, pour aussi inattendue qu'elle fût, ne surprit pas le capitaine. Il avait appris par Müller que lors de la visite surprise de Hoffman, l'agent allemand avait exigé de rencontrer l'Ortsgruppenleiter en tête à tête. Dès cet instant, Schröder s'était douté qu'un lien occulte existât entre l'Abwehr et Schiendick. Il venait simplement d'en avoir confirmation.

Il répliqua :

« Sachez qu'à mes yeux vous n'êtes rien de plus qu'un steward aux ordres de son capitaine. »

Il balança la feuille au visage de Schiendick.

« Votre télégramme ne sera pas expédié. »

Le Leiter manqua de s'étouffer.

« Il vous en coûtera ! Une fois à Hambourg votre comportement sera rapporté à qui de droit ! »

Et il répéta avec force :

« Il vous en coûtera ! »

Schröder désigna la porte.

« Dehors ! »

Dans la soirée, un flash diffusé par une station de radio de Miami fit grandir un peu plus l'espérance des passagers. On annonçait que le président Brù avait donné son autorisation pour que le navire accoste à l'île des Pins. Ce flash venait confirmer un article de Hart Philipps, correspondant du *New York Times* à La Havane, paru le matin même.

CUBA OUVRE SES PORTES AUX GENS DU SAINT-LOUIS

Le gouvernement cubain est disposé à considérer un plan qui permettrait aux réfugiés qui se trouvent à bord du Saint-Louis de s'installer à Cuba dans un camp de concentration (sic) provisoire situé sur l'île des Pins et ce, jusqu'au moment où ils pourront repartir pour une autre destination. C'est ce que le président Brù a déclaré à la presse hier après-midi.

Il a toutefois précisé que des garanties devaient être fournies afin que ces personnes ne se retrouvent pas à la charge de l'État. Il a fait observer que personne ne pouvait nier que le peuple cubain était un peuple hospitalier, qu'il avait toujours recueilli des réfugiés en dépit des grands sacrifices que cela représentait pour l'emploi des Cubains. Mais cette générosité a donné lieu à d'intolérables abus qui ont conduit à ce que des flots de réfugiés cherchent à se déverser sur le pays au mépris de lois en vigueur. Ces abus font à présent l'objet d'une enquête. [...] Le président

241

a ensuite exprimé toute sa sympathie pour les passagers, et ses regrets pour avoir dû s'opposer à leur entrée sur le sol cubain. « La fonction que j'occupe m'oblige à prendre des décisions douloureuses et à faire taire la voix du cœur. »

M. Lawrence Berenson, l'avocat du Comité de secours juif, nous a déclaré que le Joint avait reçu le soutien de nombreuses personnalités du monde entier. Il a ajouté : « Je suis convaincu que tous se réjouiront de constater que l'hospitalité cubaine et ses traditions humanitaires ne sont pas démenties. »

Même Aaron Pozner commença à y croire.

Une salve d'applaudissements accueillit la nouvelle.

L'orchestre se remit à jouer. Les gens s'embrassaient. D'autres poussaient des cris de joie. L'air s'était tout à coup empli de bonheur.

Schröder ordonna au timonier Heinz Kritsch de faire route plein sud.

Dan Singer prit sa femme entre ses bras et la serra de toutes ses forces.

SAUVÉS ! ILS ÉTAIENT SAUVÉS !

19

Mardi 6 juin 1939

DÉBARQUEMENT À L'ÎLE DES PINS NON CONFIRMÉ[92]

Il était six heures du matin.

Schröder relut les mots que venait de lui expédier Luis Clasing et dut faire un effort surhumain pour maîtriser les battements de son cœur.

Quel événement avait pu se produire cette fois? Était-ce possible?

Il convoqua aussitôt le comité des passagers pour leur annoncer la funeste nouvelle.

« Ce n'est pas vrai, soupira Josef Joseph.

— Avez-vous demandé confirmation? interrogea Max Weis.

— Pas encore. Mais je vais le faire. »

Ernst Vendig fit remarquer :

« Le télégramme dit bien "Débarquement non confirmé". Ce qui ne sous-entend pas qu'il soit définitivement annulé. Dans ce cas, tout ne serait pas perdu. Vous ne croyez pas? »

Schröder hocha la tête, soucieux.

« Je ne sais plus. Je suis perdu, je l'avoue.

— Pourquoi ne pas écrire directement à Mme Roosevelt

par l'intermédiaire de nos épouses ? suggéra Sally Guttmann. Après tout, n'est-elle pas une femme avant d'être la
première dame des États-Unis ? »

Josef Joseph afficha une moue dubitative.

« Nous avons déjà tenté la démarche auprès de la femme
du président Brù. Et nous n'avons eu que le silence en guise
de réponse.

— Qu'avons-nous à perdre ? s'exclama Herbert Manasse.
L'Amérique n'est pas Cuba. Je suis certain que Mme Roosevelt ne pourra pas rester insensible à un tel appel. »

Schröder trancha.

« Je suis de l'avis de M. Manasse. Et comme il vient de
le souligner, vous n'avez rien à perdre. Rédigez le texte et
faites-le signer par toutes les femmes qui sont à bord.

— D'accord, acquiesça Joseph. Et dans l'immédiat, que
comptez-vous faire ? Demi-tour ?

— Je vais conserver notre trajectoire, sans tenir compte
du télégramme. Mais nous diminuerons notre vitesse. »

« Quarante-huit heures ! »

Tels avaient été les mots prononcés par Brù lors de son
rendez-vous avec Berenson. Si l'on interprétait la phrase
comme un ultimatum, celui-ci aurait dû expirer le mardi
midi.

Nous étions mardi. Il n'était pas loin de onze heures. Et
Berenson attendait dans le bureau de Bustamente, les yeux
rivés sur le cadran de l'horloge qui ornait l'un des murs.

À treize heures, le téléphone sonna. Bustamente
décrocha.

C'était le major Garcia.

« Señor Bustamente ?

— Je vous écoute, major.

— Je dois me rendre immédiatement au camp Columbia
pour rencontrer le colonel Batista. Je vous contacterai à mon
retour. »

L'avocat cubain n'eut pas le temps de répliquer. L'autre
avait raccroché.

« Qu'est-ce que cela signifie ? »

Bustamente haussa les épaules, perplexe.

« Peut-être que Brù cherche à obtenir l'aval de Batista ? »

Presque simultanément, Henry Morgenthau appelait, comme il s'y était engage, le secrétaire d'État américain, Cordell Hull.

Une fois encore, le dialogue entre les deux hommes frisa le saugrenu.

Morgenthau : Cordell ?

Hull : Oui, monsieur.

M : Comment allez-vous ?

H : Très bien.

M : Je vous appelle au sujet du Saint-Louis, *ce bateau allemand.*

H : Oui.

M : Mes amis de New York disent qu'ils ont des problèmes avec les Cubains qui réclament de l'argent cash.

H : La situation, voyez-vous, est la suivante : les gars de New York ne veulent pas que les Cubains reçoivent l'argent et les Cubains veulent en recevoir.

M : Ah, ah.

H : Mes hommes travaillent là-bas avec le... l'homme qui représente les gens de New York.

M : C'est cela.

H : J'ai oublié son nom.

M : N'y a-t-il rien que je puisse faire, ou qu'ils puissent faire ?

H : Rien, à ma connaissance. Si je trouve quelque chose, je vous en informerai.

M : Merci beaucoup.

H : Ouais.

M : Merci.

H : Ouais.

M : Au revoir.

Vers dix-huit heures, les premiers journaux de La Havane, mais aussi le *New York Times,* titraient à la une :

[...] Au sortir d'une réunion avec le président Brù, le secrétaire au Trésor, Joaquin Ochtorena, a fait savoir que le gouvernement cubain ne permettra pas aux 907 passagers de la compagnie Hamburg American Line – qui se trouvent en ce moment quelque part dans l'Atlantique – d'accoster dans quelque port cubain que ce soit. Il a expliqué que le délai de quarante-huit heures qui permettait à Lawrence Berenson, l'avocat du Comité de secours juif basé à New York, de présenter les garanties exigées par l'État cubain, à savoir cinq cents dollars par passager, et d'offrir des assurances quant aux frais qui auraient découlé de l'installation des réfugiés dans un camp de concentration (sic) sur l'île des Pins, ce délai avait expiré. M. Ochtorena a aussi précisé que la commission chargée d'examiner la question avait reçu entre-temps de M. Berenson une contre-proposition qui était totalement inacceptable. C'est l'une des raisons pour lesquelles aucun accord n'a pu aboutir. La compagnie maritime serait prévenue incessamment de la décision du gouvernement.

[...] M. Berenson a exprimé sa profonde surprise à l'annonce de cette décision, tout en assurant qu'il persisterait dans ses efforts en vue d'aboutir à une solution : « Je ne comprends absolument pas les raisons de cette décision soudaine prise par le palais, a-t-il dit. Je vais essayer de me mettre en rapport avec le président. »

[...] M. Berenson a aussi indiqué qu'il n'envisageait pas de se pencher sur la proposition faite par la République dominicaine.

Le nouveau directeur pour l'Immigration, le Dr Acandita Gomez Debandujo, a déclaré : « J'éprouve une grande sympathie pour ces infortunés passagers, mais il s'agit là d'une décision économique. Cuba est une petite île, et nous ne sommes pas en mesure d'intégrer encore plus de réfugiés. »

Dans sa suite de l'hôtel Sevilla-Biltmore, Berenson, la tête entre les mains, se répétait inlassablement la même question : *Bon Dieu... Mais pour quelle raison ? Pourquoi ?*

Il se redressa et prit Cecilia Razovsky à témoin.

« Il n'a jamais été question d'ultimatum, n'est-ce pas ? Jamais ! »

Plus tard, à New York, il présentera sa version des faits : « J'ai appris (bien après que toute l'affaire fut terminée) que le président Brù avait pour habitude de répéter au ministre de l'Agriculture que son secrétaire au Trésor n'avait "aucune expérience de la publicité" et que c'était à son insu que l'homme avait décidé de ce délai de quarante-huit heures. Cette déclaration était donc une erreur. À aucun moment, en plus de l'exigence des cinq cents dollars par passager, le président n'a laissé entendre qu'il imposait aussi un délai. Le mal étant fait, Brù n'a pas jugé utile de démentir[93]. »

Vrai ou faux, de toute façon, cette « erreur » faisait l'affaire de Brù. Lorsque l'on analyse toutes les pièces du dossier, force est de constater que le président cubain *n'a jamais eu l'intention* d'autoriser le *Saint-Louis* à accoster. Les visas, le décret, le « délai » non respecté ne furent, à n'en pas douter, que des prétextes.

Quant à Berenson, il s'est retrouvé piégé dans un labyrinthe. Son manque de perspicacité, son excès d'assurance ne l'ont certainement pas aidé à se dégager de ce piège.

STRICTEMENT CONFIDENTIEL

À 11 h 25, aujourd'hui, Avra Warren, directeur de la section des visas au département d'État, m'a appelé de Washington pour me dire qu'il venait tout juste d'avoir une conversation téléphonique avec les responsables du Joint à New York. Ils lui ont expliqué que le gouvernement cubain exigeait à travers Berenson une garantie allant bien au-delà de deux cent cinquante mille dollars, et que la Maryland Casualty Company ne disposait pas sur place, à La Havane, de ce montant. Ils ont demandé à Warren s'il ne voyait pas un moyen d'offrir aux Cubains des garanties supplémentaires, sous une autre forme que financière. Warren a requis mon avis. Je lui ai dit qu'il valait mieux qu'il ne se mêle pas à cette affaire ; qu'il se garde bien de donner avis ou conseil, et lui ai recommandé de renvoyer les gens du Joint auprès de leur représentant à La Havane, c'est-à-dire, M. Lawrence Berenson. Et j'ai ajouté que s'il souhaitait être véritablement informé de l'état de la situation actuelle, il devrait lire le mémorandum que j'ai rédigé à propos de la rencontre entre l'ambassadeur, Berenson et moi-

même qui s'est déroulée le dimanche 4 juin. À la fin de notre discussion, Warren a conclu en disant : « J'ai pigé. Nous allons rester en dehors de tout cela. »

Coert du Bois
Consul général des États-Unis

À dix-huit heures ce même jour, Berenson m'a téléphoné chez moi pour demander à me voir de toute urgence. [...] Il est arrivé quinze minutes plus tard et m'a montré une traduction de la déclaration faite par le secrétaire au Trésor, Ochtorena, et qui avait été publiée dans le courant de l'après-midi par deux journaux, Avance *et* Païs*. La déclaration ne laissait planer aucun doute quant à la décision prise par le président cubain d'interdire aux passagers du* Saint-Louis *l'accès à Cuba. [...] J'ai envoyé un domestique m'acheter les journaux en question et j'ai pu vérifier l'exactitude de la traduction. Berenson s'est alors lancé dans une sorte de monologue interminable. Je n'ai pu en retenir que les points suivants :*

1. Il n'a jamais eu l'occasion de voir Batista.

2. Au cours de la visite que le colonel Benitez avait effectuée à son hôtel (visite que Mlle Razovsky m'a décrite comme étant formelle, et au cours de laquelle Benitez se serait plus ou moins excusé pour le comportement de son père*), le colonel aurait fait part des exigences du président, à savoir le versement d'un montant entre quatre cent mille et cinq cent mille dollars [...]. Seule, une lettre à en-tête du palais que Bustamente dit avoir vue, mais pas Berenson, *prouvait que le rôle d'intermédiaire de Benitez était avéré.*

3. Berenson m'a dit que, durant tout le temps des négociations, il avait été harcelé par ses supérieurs de New York qui l'adjuraient de répondre en tout point aux demandes du président Brù, soulignant que l'argent serait à disposition. Berenson

---

* Autre contradiction. Lors de la réunion du 15 janvier qui s'est tenue dans les bureaux du Joint, Berenson dit que lorsque Bustamente est venu le retrouver au restaurant Le Miami, il a demandé à Mlle Razovsky de ne pas le suivre à l'hôtel : « *Miss Razovsky was nervous, so I said : You stay here.* » On ne voit pas comment la jeune femme a pu être témoin de la scène alors qu'elle n'était pas présente. La seule explication est que Berenson lui-même lui aurait fait le récit de la rencontre.

leur a répondu que si on le laissait travailler en paix, il pourrait leur économiser une somme considérable.

Le reste du discours était incohérent, excessif et régulièrement ponctué d'obscénités. J'ai rapporté notre rendez-vous à l'ambassadeur aussitôt après le départ de l'avocat.

Coert du Bois
Consul général des États-Unis[94]

Le capitaine Schröder fut informé du dénouement par un câble expédié par Goldsmith. Il n'en divulgua pas le contenu au comité.

À minuit dix, un second câble lui parvint. Cette fois, il était signé Claus-Gotfried Holthusen, le directeur de la Hapag à Hambourg. Son contenu était clair :

RETOUR HAMBOURG SANS DÉLAI[95]

Quatrième partie

20

Mercredi 7 juin 1939

Lorsque Schröder informa les membres du comité des passagers de l'ordre qu'il venait de recevoir, une expression incrédule envahit les visages. Ils venaient de prendre définitivement conscience d'une affreuse réalité : ils étaient vomis par le monde. Des pestiférés. Voilà ce qu'ils étaient.

Pas plus que Mme Brù, Mme Roosevelt n'avait jugé utile de répondre aux appels au secours envoyés par les femmes du *Saint-Louis.*

« Et la République dominicaine ? interrogea fiévreusement Josef Joseph. Elle semblait prête à nous recevoir. Que s'est-il passé ?

– Je n'en sais rien, répondit le capitaine, aussi abattu que ses interlocuteurs.

– Que comptez-vous faire ? questionna Herbert Manasse. Vous savez, n'est-ce pas, que dès l'instant où les passagers seront mis au courant, il faudra vous attendre au pire.

– J'en suis parfaitement conscient. C'est pourquoi je propose que nous continuions à garder le silence. J'ai aussi pris une importante décision... »

Les regards le scrutèrent, à l'affût.

La voix grave, Schröder annonça :

« Je vais ignorer l'injonction de la Hapag et je vais tenter d'entrer de force dans l'un des ports de Floride. Le plus proche. Le premier que nous croiserons. »

Un mouvement se produisit parmi les membres du comité ; mélange de stupeur et de gratitude.

« C'est extrêmement courageux de votre part, capitaine. Mais croyez-vous que ce soit faisable ?

— Nous verrons bien. Une chose est sûre : nous devons agir vite. Le temps nous est compté. »

Une heure plus tard, le *Saint-Louis* se rapprochait à vitesse réduite d'un petit port de plaisance, à quelques encablures de Miami.

« Nous allons accoster, cria quelqu'un.

— Oui ! Je vois un débarcadère ! Là-bas ! Droit devant. »

La proue du navire fendait l'écume. Il n'était plus qu'à un mille nautique de l'entrée du port.

Schiendick se demanda si le capitaine n'était pas devenu fou.

C'est alors que les vedettes américaines se placèrent en travers de la route du *Saint-Louis*. À l'aide d'un porte-voix, ordre fut donné au capitaine de faire immédiatement demi-tour sous peine de représailles.

En évoquant ces heures, Schröder écrira :

« J'avais prévu d'accoster en Floride illégalement. Les passagers étaient prêts à débarquer à tout instant. Par une belle matinée ensoleillée, nous sommes entrés dans un port pour tâter le terrain. À la minute où nous sommes entrés, j'ai vu que nous étions déjà surveillés. Alors que j'atteignais un endroit accessible au débarquement, des garde-côtes ainsi que des avions militaires ont entouré le paquebot pour empêcher toute tentative de débarquement[96]. »

« Pourquoi ne nous laissaient-ils pas entrer ? s'interrogea Sol Messinger. Nous leur avons même demandé de nous installer dans des camps. Or, la seule réponse des États-Unis fut la navette des garde-côtes. Ils s'assuraient que nous étions assez éloignés de la côte pour que personne ne tente de rejoindre la terre ferme[97]. »

D'une voix sourde, Schröder ordonna au timonier de prendre le cap est-nord-est.

Direction l'Allemagne.

Preuve s'il en était de l'imbroglio, mais aussi de la mauvaise foi cubaine dont furent victimes les gens du *Saint-Louis*, ce même jour la Chase National Bank de New York accusait réception de cette lettre, signée par James Rosenberg, président du Joint new-yorkais, et par Edwin Goldwesser, son trésorier.

> *Messieurs,*
>
> *Le soussigné, American Jewish Joint Distribution Comittee, inc., vous prie d'informer le gouvernement cubain que nous vous autorisons à lui soumettre la proposition suivante :*
>
> *Le Comité s'engage à s'acquitter de la caution de cinq cents dollars pour chacun des passagers se trouvant à bord du* Saint-Louis, *de l'*Orduna *et du* Flandre *qui n'auraient pas déjà réglé cette somme afin de permettre leur immigration à Cuba, répondant ainsi aux conditions imposées par la loi en vigueur.*
>
> *[...]*
>
> *Vous aurez l'amabilité d'aviser le gouvernement que vous avez plein pouvoir pour présenter cette proposition et que vous disposez des sommes nécessaires.*
>
> *Vous préciserez au gouvernement cubain qu'en sus de ce qui précède, le Comité garantit qu'aucun des réfugiés ne deviendra une charge publique pour l'État cubain. L'application de ce dernier point étant de la responsabilité du Comité et non de la Chase National Bank[98].*

Et simultanément, le Joint adressait le télégramme suivant au président Brù :

À L'HONORABLE PRÉSIDENT DE LA RÉPUBLIQUE CUBAINE

HIER APRÈS-MIDI ALORS QUE NOUS ÉTIONS SOUS L'IMPRESSION QUE LES NÉGOCIATIONS QUI AURAIENT DÛ PERMETTRE L'ADMISSION SUR VOTRE TERRITOIRE DES PASSAGERS DU SAINT-LOUIS ÉTAIENT EN BONNE VOIE NOUS AVONS APPRIS QUE VOTRE GOUVERNEMENT CONSIDÉRAIT CES NÉGOCIATIONS

CADUQUES – STOP – SACHANT VOTRE SOUHAIT D'ARRIVER SANS
DÉLAI À UNE SOLUTION JUSTE ET HUMAINE NOUS N'AVONS
ÉPARGNÉ AUCUN EFFORT ICI [À NEW YORK] POUR RÉUNIR LES
FONDS NÉCESSAIRES AFIN DE RÉPONDRE AUX DEMANDES DE
VOTRE GOUVERNEMENT – STOP – NOUS Y SOMMES PARVENUS
CE JOUR ET NOUS VENONS D'AUTORISER LA CHASE NATIONAL
BANK À LA HAVANE À VOUS SOUMETTRE LA PROPOSITION SUI-
VANTE – STOP – NOUS VERSERONS LA CAUTION DE CINQ CENTS
DOLLARS POUR CHACUN DES PASSAGERS DU SAINT-LOUIS AFIN
DE LEUR PERMETTRE D'ENTRER À CUBA DANS LE RESPECT DES
LOIS EN VIGUEUR CE MÊME MONTANT SERA VERSÉ POUR CHA-
CUN DES PASSAGERS DE L'ORDUNA ET DU FLANDRE [...] – STOP
– LA CHASE BANK A REÇU LE VIREMENT DES FONDS ET ILS SONT
À DISPOSITION – STOP – DE SURCROÎT LE COMITÉ S'ENGAGE
À GARANTIR QU'AUCUN DES RÉFUGIÉS NE DEVIENDRA UNE
CHARGE PUBLIQUE POUR LE GOUVERNEMENT CUBAIN – STOP –
CONSCIENTS QUE LE SAINT-LOUIS FAIT ACTUELLEMENT ROUTE
POUR L'ALLEMAGNE NOUS VOUS SUPPLIONS AVANT QU'IL SOIT
TROP TARD DE LES AVERTIR PAR RADIO QU'ILS POURRONT FAIRE
DEMI-TOUR – STOP – NOUS PRIONS RESPECTUEUSEMENT VOTRE
EXCELLENCE DE DONNER UNE SUITE IMMÉDIATE ET FAVORABLE
À CE QUI PRÉCÈDE[99]

Le président cubain répondit :

FAISANT SUITE À VOTRE TÉLÉGRAMME CONCERNANT LES RÉFU-
GIÉS DU SS SAINT-LOUIS VOUS N'ÊTES PAS SANS SAVOIR CHER M
ROSENBERG QUE COMPTE TENU DE SES RESSOURCES ET DE LA
TAILLE DE SON TERRITOIRE CUBA A ACCORDÉ PLUS QU'AUCUNE
AUTRE NATION AU MONDE SON HOSPITALITÉ AUX GENS PERSÉ-
CUTÉS – STOP – PAR CONSÉQUENT IL EST IMPOSSIBLE D'AP-
PROUVER L'AUTORISATION D'ENTRER AUX ÉMIGRÉS DU NAVIRE
– STOP – LE SUJET SAINT-LOUIS A ÉTÉ DÉFINITIVEMENT CLOS
PAR LE GOUVERNEMENT – STOP – C'EST DÉPLORABLE MAIS JE
NE PEUX FAIRE ROUVRIR LE DOSSIER BIEN QUE J'EUSSE AIMÉ
VOUS DIRE L'INVERSE
MES SALUTATIONS DISTINGUÉES[100]

Comme nous l'avons fait observer précédemment, Brù
n'a jamais eu l'intention de céder. À aucun moment. Il
n'avait fait qu'essayer de gagner du temps, de louvoyer, tout
en sachant qu'il ne plierait jamais.

Deux nouvelles propositions d'accueil arrivèrent coup sur coup dans les bureaux du Joint à New York. L'une émanait du Honduras ; l'autre de celui que Joseph Hyman avait traité de « *lunatic* » : le singulier Bernard Sandler.

Le président du Honduras faisait savoir que son pays était prêt à recevoir les passagers, mais il ne spécifiait aucune condition.

Bernard Sandler – qui bien entendu avait échoué dans sa tentative de convaincre le Congrès – signalait qu'il pouvait fournir un bateau sur lequel on transférerait les gens du *Saint-Louis* si l'on réunissait cinquante mille dollars. Eddie Cantor, un célèbre chanteur, acteur et humoriste, se proposa même de régler la somme*.

Le Joint refusa les deux propositions et se pencha à nouveau sur l'offre de la République dominicaine. Après une étude attentive, elle fut déclinée à son tour, le pays ne disposant pas des structures d'accueil nécessaires.

On se tourna alors vers le Canada. Immense pays, vastes étendues désertes. Pourquoi refuserait-on l'accès à neuf cent sept émigrants qui, dans leur très grande majorité, possédaient des visas d'entrée aux États-Unis ?

Dans un bel élan commun, le Premier ministre Mackenzie King et Frederick Blair, le directeur du bureau de l'Immigration, opposèrent un refus catégorique. Frederick Blair, pasteur appartenant à la congrégation baptiste, eut même cette réplique hallucinante. À un journaliste qui lui demandait : « Combien de Juifs seriez-vous disposé à accueillir ? », il répondit : « *None is too many.* » *Aucun serait de trop*[101].

L'un de ses collaborateurs, James Gibson, qualifiera le personnage de « sainte erreur vivante ». Ce cher M. Blair avait coutume de clamer que « les Juifs [faisaient] preuve d'un exécrable égoïsme en essayant d'obtenir à tout prix des permis de séjour pour leurs proches ». Il prêchait : « Je leur rends service en leur interdisant l'accès au territoire canadien. Leur présence développerait l'antisémitisme. »

---

* Il bénéficiait à cette époque d'une notoriété identique à celle que devaient connaître des années plus tard Presley ou Sinatra.

257

On doit aussi à Blair ce sinistre commentaire : « J'ai suggéré récemment à trois messieurs juifs que je connais bien que ce pourrait être une très bonne chose s'ils prenaient la décision de consacrer un jour au repentir et à la prière. Ce jour pourrait d'ailleurs se prolonger d'une semaine ou plus. Ils devraient s'efforcer de répondre honnêtement à la question suivante : Pourquoi sont-ils si impopulaires presque partout ? S'ils acceptaient d'abandonner leurs habitudes, je suis sûr qu'ils pourraient être aussi populaires au Canada que nos amis scandinaves. »

Quant au Premier ministre Mackenzie King, il jugeait la présence des Juifs inutile, estimant qu'ils étaient incapables de travailler la terre*!

Si ce n'était pas un cauchemar, on aurait pu en rire.

Et les télégrammes de refus se succédèrent inexorablement, expédiés par les divers responsables du Joint présents en Amérique latine.

DE BOGOTÁ COLOMBIE
NOTRE INTERVENTION EN COLOMBIE SANS RÉSULTAT – STOP –
IMMIGRATION ARRÊTÉE – STOP – NOUS CONTINUERONS NÉANMOINS À POURSUIVRE NOS EFFORTS
SIGNÉ WASSERMAN-ZELNER

DE BUENOS AIRES ARGENTINE
LE PARAGUAY TOUJOURS INDÉCIS – STOP – ESSAYONS L'URUGUAY – STOP – ARGENTINE RÉSULTATS DOUTEUX – STOP – DES RUMEURS DE PRESSION FERMENT TOUTES CAPITALES DU MONDE
SIGNÉ MILABOWSKI

---

* Le 5 novembre 2000, vingt-cinq rescapés du *Saint-Louis* furent invités à Ottawa en compagnie de leurs épouses afin de recevoir les excuses de la communauté chrétienne du Canada. Bien que, à aucun moment, le gouvernement canadien n'eût ressenti le besoin de formuler des regrets, la communauté, elle, avait jugé qu'il était temps que l'Église reconnaisse sa part de responsabilité dans cette tragédie, estimant que par son silence et son inaction elle avait contribué à la persécution des Juifs durant la guerre. Les survivants furent accueillis au château Laurier, à Ottawa, par le révérend Marcel Gervais, archevêque de l'Église catholique. Parmi les survivants se trouvait Herbert Karliner.

DE SANTIAGO CHILI
RIEN À FAIRE CONCERNANT LE SAINT-LOUIS À CAUSE SITUATION
POLITIQUE
SIGNÉ WEINSTEIN[102]

Ayant épuisé toutes les possibilités en Amérique du Nord et en Amérique latine, les responsables se tournèrent alors vers l'Europe.

Étaient-ce à présent des râles, des gémissements, ou des cris de désespoir qui s'élevaient vers le ciel au-dessus du *Saint-Louis*?

Malgré toutes les précautions prises par le comité des passagers pour les épargner, ils avaient compris. *Maintenant ils savaient.* Le monde entier leur avait claqué la porte au nez. L'improbable était devenu réalité. L'impossible une certitude. Le cap que suivait le *Saint-Louis* les conduisait tout droit en enfer.

Les Charlotte Hecht, Rosy Bergmann, Karliner, Elise Loewe et ses enfants, la petite Brigitta Joseph, les Pozner et tous les autres. *Ils savaient.*

Depuis qu'ils avaient quitté Cuba, des versets de la Genèse revenaient sans cesse à l'esprit de Dan Singer : « Je bénirai ceux qui te béniront, je réprouverai ceux qui te maudiront, par toi se béniront toutes les nations de la terre. »

Qu'était-il advenu de la promesse de Yahvé?

> « Alors que nous revenions vers l'Europe, confiera Karl Danziger, les rumeurs enflaient. J'avais une superbe montre en or que mon père m'avait donnée et qui lui venait de son propre père. C'était une montre-gousset, avec sa petite clé pour la remonter. J'étais terrifié à l'idée de revenir en Allemagne. Je me disais que si on trouvait cette montre sur moi, je serais immédiatement tué sans qu'on me pose la moindre question. Alors je l'ai prise et je l'ai jetée par-dessus bord. J'étais presque en larmes. Ce fut un moment terrible[103]. »

Des voix répétaient : « Nous ne mourrons pas, nous ne devons pas mourir ».

Elise Loewe essayait tant bien que mal de rassurer ses enfants : « Vous verrez, quelqu'un aura sûrement une idée. »

Curieusement, en prononçant ces mots, Elise était sans doute loin d'imaginer la justesse de ses propos. Un homme avait pris leur destin en main et se battait avec une extraordinaire énergie pour les sauver. Cet homme, c'était Morris Troper, responsable du Joint pour l'Europe.

Dans la matinée du 8 juin, deux télégrammes coup sur coup atteignirent le *Saint-Louis*. Le premier était adressé au capitaine Schröder et disait ceci :

NOUS SOUHAITONS VOUS INFORMER QUE NOUS FAISONS TOUS LES EFFORTS POUR DÉBARQUEMENT VOS PASSAGERS – STOP – PROSPECTONS PLUSIEURS POSSIBILITÉS – STOP – ESPÉRONS ABOUTIR D'ICI TRENTE-SIX HEURES
SIGNÉ MORRIS TROPER PRÉSIDENT-DIRECTEUR GÉNÉRAL DU JOINT POUR L'EUROPE[104]

Le second avait été rédigé à l'attention d'Herbert Manasse*.

EN TANT QUE PRÉSIDENT-DIRECTEUR GÉNÉRAL DU JOINT POUR L'EUROPE JE TIENS À VOUS ASSURER QUE NOUS TENTONS TOUT CE QUI EST CONCEVABLE POUR TROUVER UN HAVRE POUR LES PASSAGERS DU SAINT-LOUIS – STOP – SOLUTIONS EN VUE QUI NOUS L'ESPÉRONS SERONT CONFIRMÉES DE FAÇON PLUS CERTAINE AU COURS DES PROCHAINES TRENTE-SIX HEURES – STOP – ENTRE-TEMPS DITES BIEN AUX PASSAGERS DE GARDER L'ESPOIR[105]

Les deux télégrammes furent placés sur le panneau d'informations, bien en vue, afin que tous soient en mesure de les lire. Et les passagers firent ce que Troper avait suggéré : ils reprirent espoir.

En effet, à Paris, Troper était en train de soulever ciel et terre pour convaincre les autorités françaises ainsi que celles des autres pays européens d'ouvrir leur porte aux errants du *Saint-Louis*.

---

* À la lecture des archives, il semblerait que les gens du Joint aient conclu que c'était Herbert Manasse et non Josef Joseph qui était à la tête du comité des passagers.

Pour ce qui était de la France, il bénéficiait de deux soutiens infiniment précieux : Mme Louise Weiss, secrétaire générale aux réfugiés*, et le baron Guy de Rothschild. Ce dernier estimait que si Troper parvenait à convaincre les Anglais de recevoir un certain nombre de passagers, cela aurait un effet des plus favorables sur les autorités françaises, et conduirait ces dernières à en faire autant.

Dans les heures qui suivent, Morris Troper accomplit ce que l'on pourrait appeler sinon un miracle, en tout cas un véritable exploit et ce, dans un délai incroyablement court.

Une information de première importance lui fut transmise aux alentours du 9 juin : près de sept cent cinquante passagers étaient en possession de visas d'immigration parfaitement avérés pour les États-Unis, et attendaient leur tour sur la liste des quotas. L'information pouvait peser d'un poids non négligeable dans les négociations en cours, puisqu'elle laissait sous-entendre que les réfugiés ne seraient qu'en situation de transit, et que par conséquent ils ne risquaient pas d'être à la charge des États concernés. L'information fut confirmée.

De son côté, Louise Weiss intervint auprès de la Children's Aid Society, en français l'Œuvre de secours aux enfants (OSE). Il s'agissait d'une institution juive créée dans les premiers temps de l'Union soviétique, en 1912, et qui en 1933 avait installé son quartier général à Paris. Initialement, elle s'était fixé comme tâche de contribuer à l'hygiène des enfants juifs orphelins et de subvenir à leurs soins médicaux. Mais assez rapidement, elle se consacra exclusivement

----

* Née à Arras en 1893, d'origine alsacienne du côté paternel et germano-tchécoslovaque du côté maternel, Louise Weiss fut une personnalité marquante de l'histoire de ce siècle. En janvier 1918, elle fonda une revue politique, *L'Europe nouvelle,* dans laquelle elle plaidait pour la paix et l'entente entre les peuples européens. C'est en février 1939 qu'elle créa un Comité des réfugiés pour venir en aide aux personnes persécutées par le régime nazi en Allemagne. Lorsque la France fut envahie, elle entra dans la Résistance sous le nom de Valentine. En 1945, elle assista au procès de Nuremberg en tant que journaliste. Elle est décédée en 1983.

au destin des enfants réfugiés. Suite à l'intervention de Mme Weiss, l'OSE fit savoir qu'elle était disposée à héberger cent cinquante enfants parmi ceux qui se trouvaient sur le *Saint-Louis*.

Parallèlement, Morris Troper restait en contact permanent avec le directeur du Joint à Londres, M. Baerwald, à qui incombait la délicate mission de convaincre le gouvernement britannique. Une tâche identique avait été dévolue à Max Gottschalk, l'alter ego de Baerwald en Belgique.

Le 10 juin, Guy de Rothschild, secondé par l'un de ses amis, M. Braunschweig, déposa une requête auprès du gouvernement français pour que la moitié des passagers soient accueillis à Tanger, au Maroc, alors sous protectorat français. En échange de quoi, le Joint assumerait le coût de leur séjour, jusqu'au moment où ils partiraient pour leur destination finale. La garantie fut estimée à cent cinquante dollars par an et par passager[106].

Ce même jour, sous la double pression de Baerwald et – il faut le souligner – de Joseph Kennedy*, ambassadeur des États-Unis à Londres, le gouvernement britannique accepta que l'affaire du *Saint-Louis* soit « évoquée à titre exploratoire » auprès d'un membre subalterne du personnel du ministère de l'Intérieur. Le résultat de la rencontre, comme devait le souligner Baerwald, n'eut rien de prometteur. « Pour quelle raison la Grande-Bretagne devait-elle venir en aide, alors qu'elle ignorait tout de ces passagers et que, à La Havane, le comité américain de secours s'était révélé incapable de leur tendre une main secourable[107] ? »

Et pendant que des hommes de bonne volonté luttaient pied à pied pour les sauver, les passagers du *Saint-Louis* ne baissaient pas les bras et continuaient de se battre avec leurs modestes moyens.

---

* Père de John Fitzgerald Kennedy. Il avait été nommé ambassadeur à Londres en 1937. Fervent défenseur d'une politique isolationniste, il se retrouvera en désaccord avec Roosevelt et démissionnera en 1940.

Désormais, la salle de radio était devenue le point de réunion du comité. Des télégrammes étaient rédigés et expédiés à travers le monde.

La Hapag ayant refusé de maintenir la gratuité des messages, leur financement était assuré par les passagers eux-mêmes, qui donnaient en gage leurs bijoux, leurs vêtements aux membres d'équipage.

La supplique envoyée au Premier ministre britannique, Neville Chamberlain, ne fit pas exception.

907 PASSAGERS À BORD DU PAQUEBOT SAINT-LOUIS MOITIÉ FEMMES ET ENFANTS REFOULÉS À CUBA MALGRÉ PERMIS DE DÉBARQUEMENT ET À PRÉSENT EN ROUTE VERS HAMBOURG IMPLORENT REFUGE EN ANGLETERRE OU AU MOINS DÉBAR-QUEMENT À SOUTHAMPTON CAR RETOUR HAMBOURG IMPOS-SIBLE ET ACTES DE DÉSESPOIR SERAIENT INÉVITABLES[108]

Or, un de ces actes était précisément en train de s'accomplir.

Une douzaine de jeunes gens menés par Aaron Pozner marchaient en direction de la passerelle du poste de commandement. Leur intention était claire : ils avaient décidé de prendre le contrôle du navire. Tout valait mieux que la mort. Lorsqu'ils firent irruption dans la timonerie, à la seule expression de leurs visages, Heinz Kritsch, qui était à la barre, comprit en un éclair ce qui se passait. Il voulut actionner le signal d'alarme, mais fut repoussé sans ménagement dans un coin de la pièce. L'équipage de quart maîtrisé, Pozner ordonna à Ostermeyer, l'officier en second, d'aller quérir le capitaine.

Schröder arriva dans les minutes qui suivirent.

Quelles pensées traversèrent l'esprit des deux hommes lorsqu'ils se retrouvèrent face à face ? D'un côté, l'ancien combattant médaillé de la Première Guerre mondiale, officier de marine aguerri ; de l'autre, un jeune professeur, frêle, rescapé de Dachau, qui n'avait jamais commis le moindre acte de violence de toute sa vie.

« Vous allez faire demi-tour, lança Pozner d'un ton aussi ferme que possible.

263

– Vous savez bien que ce n'est pas possible.

– Demi-tour !

– Réfléchissez. Vous encourez les pires ennuis. On ne maîtrise pas un navire en occupant, sans armes, la timonerie. »

Un ricanement fusa d'entre les lèvres de Pozner.

« Les pires ennuis dites-vous ? Que voulez-vous qu'il m'arrive de pire que de mourir dans un camp, d'être rossé, de subir les crachats et les humiliations, d'être traité pire qu'une bête ? Je ne veux plus ! Vous m'entendez ? Plus jamais ça ! »

Il ajouta d'une voix sourde :

« Vous ne pouvez pas comprendre. Vous êtes allemand !

– On ne répond pas à un crime par un autre crime. Or, ce que vous êtes en train de faire est considéré par la loi comme étant un acte criminel. Je vous en prie. Quittez la passerelle.

– Non ! Faites demi-tour ! Nous ne bougerons pas d'ici. »

Sans se départir de son calme, Schröder se tourna vers le timonier.

« Kritsch ! Regagnez votre poste. »

Le marin fit mine d'avancer, mais deux jeunes gens le maîtrisèrent aussitôt.

« Obéissez ! cria Pozner.

– Il n'en est pas question ! »

Plongeant ses yeux dans ceux du jeune professeur, Schröder enchaîna :

« Si étonnant que cela puisse vous paraître, non seulement je comprends votre désespoir, mais je compatis.

– Vous ne pouvez pas comprendre ! répéta Pozner avec force.

– Si c'était le cas, croyez-vous que j'aurais tout tenté au cours de ces derniers jours pour éviter le pire ? Je suis allemand, vous l'avez dit. Et insensible à vos souffrances, selon vos critères. Pourtant, Dieu m'est témoin que j'ai pris fait et cause pour vos coreligionnaires, prenant le risque de me voir déjugé une fois en Allemagne, mettant en péril ma famille. Car figurez-vous que moi aussi j'ai une famille, Herr Pozner. »

Il n'y eut pas de réplique. Manifestement, Pozner perdait pied.

Schröder en profita pour poursuivre.

« Voici ce que je vous propose. Je vais oublier ce qui vient de se passer. Je n'en tiendrai pas compte dans mon rapport. En échange, vous quitterez la passerelle et regagnerez vos cabines sur-le-champ. »

Un jeune homme hurla :

« Mais nous ne pouvons pas rentrer en Allemagne ! C'est la mort qui nous attend.

— Je peux vous faire cette promesse : je continuerai à faire tout ce qui est en mon pouvoir pour que jamais vous n'y retourniez. Dans peu, nous ne serons plus loin des côtes britanniques. Tout reste encore possible. Je n'ai pas dit mon dernier mot. D'ailleurs, vous n'êtes pas abandonnés ; des gens travaillent pour vous. Ils se battent. Et ils réussiront, je l'espère. Gardez confiance ! »

Un flottement se produisit parmi les mutins. Ils échangèrent des regards éperdus.

Finalement, Pozner murmura à l'intention de ses camarades.

« Venez. Partons. »

Et faisant volte-face vers le capitaine, il lança :

« Nous verrons si vous êtes l'homme d'honneur que vous prétendez être. »

L'incident eut sur Schröder un effet plus important que Pozner n'eût pu l'imaginer. Durant tout ce voyage, il s'était tenu à la décision qu'il avait prise dès le départ de ne jamais frayer avec les passagers, or ce qui venait de se passer lui fit prendre conscience qu'il s'était trompé. Il aurait dû bien au contraire essayer d'être plus proche d'eux et se manifester « physiquement », au lieu de s'entêter à rester à l'écart.

Ce matin encore, un couple âgé était venu le trouver. Leo Haas et son épouse Elisabeth.

La voix de la femme résonnait encore dans sa tête : « Monsieur le capitaine, pitié. Vous savez que nous ne pouvons pas retourner là-bas. Nous avons tout perdu et nous finirons dans les camps. Si vous persistez à rentrer à Hambourg, vous trouverez une centaine de cabines vides puisque nous avons moins peur de la mort que des camps. Ne pénétrez pas en mer du Nord. Je vous en conjure[109]. »

La mer du Nord... pour les passagers c'était la porte qui ouvrait sur l'Hadès.

« Je ne suis pas un lâche, lui avait confié la veille le Dr Max Zeilner, mais rien que l'idée d'approcher la mer du Nord me terrorise[110]. »

Et ce n'était pas tout. Depuis qu'ils s'étaient éloignés des côtes américaines, un bruit courait que certains avaient l'intention de saboter les machines du navire.

« Ostermeyer ! ordonna Schröder, convoquez les hommes et les femmes. Dites-leur que j'ai à leur parler. »

Une heure plus tard, la plupart des passagers s'étaient regroupés dans le grand salon.

En observant l'assemblée, en constatant l'immense sentiment de désolation qui voilait les visages, une pensée le traversa : le *Saint-Louis* avait été chassé du monde. Il lui fallait maintenant quitter aussi cette planète inhospitalière.

Rassemblant ce qui lui restait d'énergie, il prit la parole. Son discours fut bref. Seule sa conclusion devait laisser son empreinte : « Quoi qu'il arrive, nous ne franchirons pas la mer du Nord. Quoi qu'il arrive, vous ne retournerez pas en Allemagne. »

Il n'avait pas lancé cette affirmation en l'air. Une idée avait germé dans son esprit et fait son chemin depuis quarante-huit heures.

À la nuit tombée, il fit venir dans sa cabine l'officier en second et l'ingénieur en chef.

« J'ai pris une très grave décision, leur annonça-t-il. J'exige de vous le secret le plus absolu. »

Il marqua une pause, puis :

« Je vais faire échouer le *Saint-Louis* sur la côte anglaise. »

21

« Ce fut un moment terrible. J'avais tout prévu. À l'heure de la marée basse, je comptais profiter de la nuit pour amener le bateau sur la côte sablonneuse du sud de l'Angleterre. J'avais repéré un endroit précis sur la carte, entre Plymouth et Douvres. L'ingénieur en chef m'a prodigué d'excellents conseils pour mener à bien mon projet. Nous mettrions le feu au paquebot, faisant croire que l'incendie provenait d'une explosion dans la salle des machines. Nous débarquerions ensuite les passagers à l'aide des canots de sauvetage. Le bateau serait ensuite remorqué vers un port de détresse[111]. »

Lorsqu'il conçut ce projet, Schröder avait-il pris vraiment toute la mesure de son acte ? Les conséquences, pour lui et les siens, eussent été, n'en doutons pas, extrêmement graves.

Le samedi 10 juin, en fin de matinée, alors que le navire se rapprochait de l'Angleterre, une conversation téléphonique déterminante se déroulait entre l'infatigable Morris Troper et Max Gottschalk, le directeur du Joint pour la Belgique. Gottschalk venait de s'entretenir avec le ministre de la Justice de ce pays, Paul-Émile Janson. Celui-ci lui avait promis de défendre la cause du *Saint-Louis* auprès du Premier ministre, Hubert Pierlot.
Hubert Pierlot en référa le jour même au roi Léopold III. Et en moins d'une heure, la décision que l'Amérique et

Cuba avaient débattue pendant des jours pour ne pas aboutir, cette décision fut prise : LA BELGIQUE ACCEPTAIT D'ACCUEILLIR DEUX CENT CINQUANTE PASSAGERS SUR LES NEUF CENT SEPT QUI SE TROUVAIENT À BORD ! La garantie proposée par Gottschalk aux autorités belges était de la même ampleur que celle qui avait été exigée par le président cubain : cinq cents dollars par personne admise.

Fou de bonheur, Morris Troper, en accord avec James Rosenberg, le président-directeur général du Joint, décida de n'informer les premiers concernés que lorsque la décision serait formellement annoncée. Une fausse joie pouvait se révéler fatale.

Ce qu'il ignorait, c'est qu'au moment où il raccrochait le téléphone avec Gottschalk, un homme venait de se donner la mort sur le *Saint-Louis*. Cet homme n'était autre que le timonier Heinz Kritsch.

> « Ce jour-là, mon meilleur timonier, Kritsch, manqua à l'appel. On l'avait aperçu pour la dernière fois près de la drisse, sur le pont arrière. Après avoir fouillé tout le bateau, on le retrouva pendu dans un réduit situé à l'avant. Dieu seul sait la raison qui l'a poussé à accomplir ce geste ! Sa mort représenta pour moi et pour la Hapag une grande perte. Rares étaient les hommes aussi qualifiés que Kritsch. Ce troisième décès me déprima au plus haut point[112]. »

Maintenant que la Belgique avait ouvert la brèche, il restait à Morris Troper à convaincre la France, les Pays-Bas et l'Angleterre. Le directeur du Joint était confiant. L'exemple belge ne pouvait que stimuler ces pays, sinon en éveillant leur conscience, du moins en les plaçant dans une situation embarrassante.

Le dimanche 11 juin, Troper appela le Joint à New York et fit un compte rendu de la situation en cours.

1. La Belgique a autorisé 250 passagers à entrer sur son territoire.

2. Bien que n'ayant pas encore obtenu l'accord final du gouvernement français, je suis très confiant quant au résultat.

La France pourrait recevoir au moins 400 passagers qui seraient installés à Tanger. Peut-être même cinq cents.

3. J'ai entamé des pourparlers avec Mme van Tijn, Premier ministre des Pays-Bas, ainsi qu'avec le comité au Luxembourg afin d'explorer si ces pays acceptaient d'accueillir des passagers. Et à travers le HICEM*, le Portugal a lui aussi été sollicité.

4. Je suggère que l'on essaye d'inclure dans le quota d'immigration** établi pour la Palestine et à titre prioritaire les passagers qui ne sont pas détenteurs de visas. Ils seraient environ deux cents[113].

Le sort, moins tristement célèbre, des deux autres navires fut aussi évoqué. Pour l'heure, les cent passagers qui se trouvaient à bord de l'*Orduna* avaient été transférés sur un autre navire, le *SS Orbita*, qui naviguait vers Liverpool. Quant aux quatre-vingt-seize passagers du *Flandre*, ils retournaient vers Saint-Nazaire.

Lundi 12 juin, une seconde bonne nouvelle arriva au 19, rue de Téhéran, siège du Joint à Paris. Elle émanait du Premier ministre néerlandais, Mme Gertrud van Tijn.

Cher Monsieur Troper,

Après que vous m'avez téléphoné samedi soir pour me décrire l'affreuse situation dans laquelle se trouvaient les passagers du Saint-Louis, *le professeur Cohen et moi-même avons eu une longue discussion au terme de laquelle nous avons décidé d'envoyer un télégramme au ministre de la Justice. Vous trouverez sa réponse ci-dessous.*

Nous avons aussi appelé le sénateur van den Bergh Jr., qui à son tour est intervenu auprès du ministre de la Justice, sollicitant de lui une audience pour le lendemain matin.

De surcroît, je peux vous dire, à titre confidentiel, que des suppliques de personnalités non juives ont été envoyées directement à la reine.

---

* Nous rappelons qu'il s'agit d'un organisme né en 1927 de la fusion de trois agences concernées par les problèmes de l'immigration juive dans le monde.

* Ce quota était déterminé par les seules autorités britanniques et limité, selon le Livre blanc de MacDonald, à dix mille personnes par an.

Je n'ai pas besoin de vous décrire l'immense joie qui fut la mienne lorsque j'ai reçu ce télégramme du ministre de la Justice, que j'ai traduit à votre intention :

À PROPOS DES INFORMATIONS QUE VOUS M'AVEZ TRANSMISES ADMISSION EN HOLLANDE EST ACCORDÉE POUR 194 PASSAGERS DU NAVIRE LE SAINT-LOUIS – STOP – INFORMATIONS COMPLÉMENTAIRES SUIVENT CONCERNANT LES STRUCTURES D'ACCUEIL SIGNÉ GOSELING MINISTRE DE LA JUSTICE

Je vous ai transmis ce message par téléphone il y a quelques minutes, mais j'estime plus sage de vous le confirmer par écrit.
[...] J'ai été ravie de pouvoir vous aider dans ce cas d'urgence, et je souhaite vous dire néanmoins que si le Joint Distribution Committee ne s'était pas engagé à prendre en charge les frais de séjour et s'il ne nous avait pas donné l'assurance quant à l'émigration des passagers vers une autre destination, je ne crois pas que je serais parvenue à obtenir le consentement du gouvernement.
Sincèrement vôtre,

G. van Tijn[114]

Précisons que dans un premier temps – car les choses vont sensiblement évoluer – les cent quatre-vingt-quatorze passagers que les Pays-Bas acceptaient d'héberger faisaient partie des passagers *qui ne possédaient pas de visas d'immigration*. On comprend dès lors la dernière remarque du Premier ministre néerlandais. Son pays prenait un risque certain.

En apprenant la nouvelle, on peut imaginer le soulagement de Troper. Il dut se dire : « Nous sommes presque à mi-chemin. Plus que quatre cent soixante-trois. » Il attendait maintenant la réponse de la France et de la Grande-Bretagne.

À 15 h 40, le téléphone sonna. C'était Mme Louise Weiss. Elle s'était entretenue avec le ministre des Affaires étrangères, M. Georges Bonnet, et celui-ci lui avait assuré qu'il serait tout à fait « enchanté » d'accéder à la requête que lui avait soumise M. Sarraut, ministre de l'Intérieur. Ce dernier les attendait à dix-huit heures.

À dix-huit heures précises, Morris Troper arriva dans les bureaux de M. Sarraut, accompagné de Mme Weiss, du représentant du cardinal-archevêque de Paris, Jean Verdier, de M. Jules Braunschweig, qui avait été délégué par le baron de Rothschild. La question du *Saint-Louis* fut examinée sous tous les angles. À la fin de la réunion, le ministre donna son accord : la France accueillerait le même nombre de passagers que la Belgique, soit deux cent cinquante, mais elle était disposée si besoin était à les accueillir *tous*, quitte à les répartir ensuite selon les opportunités[115]. Tanger fut abandonné en raison du ressentiment arabe envers la communauté juive. Les passagers débarqueraient à Boulogne et seraient hébergés dans l'Hexagone.

Plus que cent quatre-vingt-quatorze !

Restait l'Angleterre, qui traînait les pieds...

Ce même jour, 12 juin, on pouvait lire dans le *New York Times*, en page 7 :

> *À la suite des efforts combinés des comités de secours juifs, à Amsterdam et Bruxelles, les 900 réfugiés qui ont fui l'Allemagne et qui sont actuellement en route vers l'Europe à bord du* Saint-Louis, *appartenant à la* Hamburg American Line, *ont été autorisés à débarquer en Hollande, en Belgique et en France après que toutes les démarches auprès de nombreux pays, dont l'Amérique, ont échoué. [...] James Rosenberg, le président-directeur général du Joint, a communiqué le message suivant : « Je crois que nous pouvons désormais affirmer, après quatre jours et quatre nuits d'efforts ininterrompus, que grâce à l'hospitalité et à la magnanimité de différents gouvernements européens, grâce à des êtres de premier rang, tous les réfugiés du* Saint-Louis *vont pouvoir enfin trouver un havre en Europe. Le contact a été constant entre les autorités de ces pays et les délégués du Joint, aussi serait-il inconvenant que nous nous appropriions la déclaration finale. [...] D'autres démarches sont par ailleurs en cours auprès d'autres nations. Tant qu'elles n'auront pas trouvé de conclusion, il serait prématuré d'en dire plus. Sachez seulement que M. Paul Baerwald, le président du comité de secours, ainsi que M. Harold Linder, membre du comité, œuvrent en ce moment auprès des autorités britanniques. M. Morris Troper avec qui j'ai été en contact téléphonique quotidien suit le problème de très près.*

À l'occasion des tractations en cours, nous avons renouvelé notre espoir de voir cette affaire résolue dans les jours prochains, selon les principes humanitaires.

En déclarant que *tous* les réfugiés avaient trouvé asile, on pourrait supposer que James Rosenberg s'engageait un peu à la légère, puisque, à l'heure où il parlait, la Grande-Bretagne ne s'était toujours pas prononcée. En réalité, il avait reçu un câble de Troper qui laissait entendre que la décision britannique serait très certainement favorable.

Le lendemain, mardi 13 juin, à quinze heures, à Londres, se tint une séance de travail à laquelle participèrent lord Winterton, Alexander Maxwell, le sous-secrétaire permanent du Home Office, M. Cooper, appartenant également au Home, M. Otto Schiff, M. Pell, qui appartenait au comité intergouvernemental, Paul Baerwald, directeur du Joint, et son conseiller, M. Linder. À la fin de la réunion, le porte-parole du gouvernement de Sa Très Gracieuse Majesté annonça que la Grande-Bretagne était disposée à offrir l'hospitalité à deux cent quatre-vingt-sept passagers.

Presque simultanément, le grand-duché de Luxembourg faisait savoir qu'il acceptait de recevoir soixante-quinze réfugiés *sous la condition qu'ils soient domiciliés hors de la ville de Luxembourg.* L'offre n'avait plus d'intérêt. Les neuf cent sept indésirables avaient enfin trouvé un asile.

Ces chiffres ne seront vraiment définitifs qu'à la veille de l'arrivée du *Saint-Louis.*

Ce soir-là, sur le navire, personne encore n'était au courant de ces rebondissements qui venaient de les ramener dans le monde des vivants.

Ce n'est que le lendemain, mercredi 14 juin, que Morris Troper leur télégraphia :

ARRANGEMENTS FINAUX POUR DÉBARQUEMENT TOUS PASSAGERS RÉALISÉS – STOP – GOUVERNEMENTS DE BELGIQUE HOLLANDE FRANCE ET ANGLETERRE ONT COOPÉRÉ MAGNIFIQUEMENT AVEC COMITÉ DE SECOURS AMÉRICAIN JOINT POUR RÉALISER CETTE POSSIBILITÉ[116]

Le télégramme fut lu publiquement en présence du capitaine Schröder.

Aussitôt une clameur déferla sur la Manche. Elle se hissa jusqu'au ciel, dans un mélange de larmes de joie et de louanges au Seigneur. On riait, on s'enlaçait. On se répétait jusqu'à plus soif l'incroyable nouvelle.

La nuit venue, la piste de danse retrouva sa raison d'être et jamais l'orchestre ne joua avec autant de ferveur.

Les femmes avaient mis leur plus belle robe. Les hommes avaient ressorti leur smoking.

Ruth Singer ne valsait pas. Elle volait littéralement entre les bras de son mari.

« Libres ! Nous allons pouvoir retrouver notre fille et nos petits-enfants ! »

Josef Joseph s'empressa d'écrire au président-directeur général du Joint, James Rosenberg :

LES 907 PASSAGERS DU SAINT-LOUIS QUI ONT OSCILLÉ PENDANT TREIZE JOURS ENTRE ESPOIR ET DÉSESPOIR ONT REÇU CE JOUR VOTRE NOUVELLE QUI NOUS DÉLIVRE – STOP – NOTRE GRATITUDE EST AUSSI IMMENSE QUE LA MER SUR LAQUELLE NOUS NAVIGUONS DEPUIS LE 13 MAI – STOP – PARTIS PLEIN D'ESPÉRANCE EN L'AVENIR NOUS AVONS CONNU LA PLUS GRANDE DÉSESPÉRANCE – STOP – AGRÉEZ MONSIEUR LE PRÉSIDENT AINSI QUE LE JOINT AMÉRICAIN SANS OUBLIER LES GOUVERNEMENTS DE BELGIQUE DES PAYS-BAS DE LA FRANCE ET DE L'ANGLETERRE LES PLUS PROFONDS LES PLUS ÉTERNELS REMERCIEMENTS DES HOMMES DES FEMMES ET DES ENFANTS RÉUNIS PAR LE MÊME DESTIN À BORD DU SAINT-LOUIS[117]

Le 14, le journal parisien *Excelsior* titrait :

FRANCE, ANGLETERRE, BELGIQUE ET HOLLANDE
SE PARTAGERONT LES RÉFUGIÉS INDÉSIRABLES
DU SAINT-LOUIS

[...] Le tri des contingents se fera à Southampton, lorsque le Saint-Louis *y fera escale.*

On retrouvait le même commentaire dans *Le Petit Parisien, L'Œuvre* ou encore *Le Jour.* Mais ces journaux se trompaient. Le tri était prévu à Anvers.

22

Le jeudi 15, à 11 h 15, une ultime séance de travail se tint à Paris dans les bureaux du ministère des Affaires étrangères. Elle réunissait M. Bussières, le chef de la Sûreté, M. Combes, sous-directeur général du ministère de l'Intérieur, MM. Fourcade et Farsat, représentant le même département, M. Seydoux, du ministère des Affaires étrangères, Mme Louise Weiss, M. Cremer, délégué de l'OSE, M. Malamede, délégué du HICEM, M. Lambert, responsable du Groupement de coordination des œuvres juives, Albert Lévy, du comité d'assistance, Bernard Auffray, du comité Mauriac, le révérend père Ricquet, qui représentait le cardinal Verdier, et enfin Morris Troper.

M. Bussières résuma la position française. En sus des deux cent cinquante passagers du *Saint-Louis,* l'État acceptait de recevoir les quatre-vingt-seize réfugiés qui se trouvaient à bord de l'*Orduna.* Il ajouta : « Je regrette tout de même que nos amis américains se soient montrés incapables d'accueillir dans l'un de leurs ports des personnes qui, pourtant, bénéficiaient de visas d'immigration les autorisant à entrer aux États-Unis, préférant les renvoyer en Europe. »

En rentrant de la réunion, Troper reçut un appel de Holthusen, le directeur de la Hapag en Allemagne, qui lui signalait l'arrivée du *Saint-Louis* à Anvers dans l'après-midi du samedi 17 aux alentours de quinze heures. Une fois les formalités terminées, les réfugiés à destination de la France seraient transférés sur le *SS Racotis* (navire battant pavillon de la Hapag) qui les emmènerait ensuite à Boulogne.

Mais jusqu'au départ de Troper pour Anvers, les choses continuèrent d'évoluer et, finalement, la répartition des passagers fut établie comme suit[118] :

Belgique : 214 ;
Angleterre : 288 ;
France . 224 ;
Pays-Bas : 181.

Installé à l'hôtel Century, à Anvers, le directeur européen du Joint consacra toute la journée du vendredi 16 juin à mettre en place les structures d'accueil et, avec ses collègues de France, de Belgique, des Pays-Bas et d'Angleterre, il entreprit le délicat labeur qui consistait à déterminer la destination des passagers.

Jamais ces hommes ne se seraient doutés que, à ce moment précis, ils décidaient de qui vivrait et qui mourrait.

Le lendemain, à quatre heures du matin, trois voitures prirent la direction de Vlissingen, en Hollande, à environ quatre-vingts kilomètres d'Anvers, très précisément à l'embouchure de l'estuaire de la Scheldt. C'est dans la rade de ce port qui avait connu ses heures de gloire que Troper avait rendez-vous avec le *Saint-Louis*. Dix-huit personnes faisaient partie du voyage, parmi lesquelles Mme Louise Weiss et Ethel, l'épouse de Troper.

La brume recouvrait le paysage et le soleil avait du mal à percer.

La frontière fut franchie une heure plus tard.

Aux alentours de cinq heures trente, les occupants des deux premiers véhicules se retrouvèrent dans un petit café de Vlissingen. Les autres, retardés par une crevaison, les rejoignirent une trentaine de minutes plus tard. Le temps de prendre une boisson chaude et ils se rendirent au commissariat principal afin d'obtenir l'autorisation de monter à bord du remorqueur qui les conduirait jusqu'au *Saint-Louis*.

Puis, ce fut l'attente. Vers onze heures du matin, le

navire apparut dans la rade. Nul ne pourrait décrire l'émotion qui s'empara à ce moment-là du petit groupe. C'était comme s'ils découvraient un bateau fantôme, revenu des abysses.

Dan Singer écarquillait les yeux. Debout à ses côtés, Ruth avait du mal à maîtriser le tremblement qui avait envahi son corps. Était-ce l'émotion ? Ou des réminiscences de l'angoisse qui les avait tant taraudés durant ces derniers jours ? Les deux, sans doute.

À gauche et à droite du couple, les neuf cent sept indésirables étaient accoudés eux aussi au bastingage et dévoraient du regard la côte néerlandaise qui se rapprochait lentement.

Là-haut, sur la passerelle, le capitaine Schröder scrutait pareillement le paysage à l'aide de ses jumelles. Il est probable que l'émotion qu'il ressentait était sinon identique à celle qu'éprouvaient ses passagers, du moins presque aussi intense. La descente aux enfers semblait enfin terminée.

Il aperçut le remorqueur qui progressait dans leur direction en fendant les flots et descendit aussitôt vers le pont inférieur, prêt à recevoir leur sauveur.

La gorge nouée, Morris Troper gravit les marches de l'échelle de coupée.

À peine eut-il posé le pied sur le pont qu'un tonnerre d'applaudissements retentit à travers le navire.

Le capitaine lui tendit la main en déclarant avec une certaine solennité :

« Monsieur, l'équipage au grand complet est à vos ordres ! »

Quelques instants plus tard, il fut conduit jusqu'au grand salon où trônait toujours le portrait du Führer.

Alignés le long des murs, les deux cents enfants du *Saint-Louis* avaient formé une haie d'honneur. Quand il pénétra dans la salle, fusèrent, ici et là, des « *God bless you !* » « Dieu vous bénisse ! »

Une fois le silence revenu, la petite Liesel, la fille de Josef Joseph, s'avança vers Troper et déclama en allemand :

« Cher monsieur Troper, à vous, mais aussi à l'ensemble de l'American Jewish Joint Distribution Committee, nous, enfants du *Saint-Louis*, souhaitons exprimer nos plus vifs remerciements, du plus profond de nos cœurs, pour nous avoir sauvés d'une grande misère. Nous prions Dieu qu'Il vous accorde sa bénédiction. Nous regrettons beaucoup que les fleurs ne poussent pas sur le *Saint-Louis*, sinon nous vous aurions offert le plus grand, le plus merveilleux des bouquets*. »

Tout en essayant de maîtriser les larmes qui perlaient à ses yeux, Troper souleva la fillette et la serra fort contre lui.

Josef Joseph se présenta alors et les deux hommes se donnèrent l'accolade sous les acclamations.

Maintenant, l'heure était venue de commencer la délicate opération qui consistait à informer chacun des passagers de la destination qu'on lui avait attribuée.

Cinq points d'accueil furent constitués. Au centre du salon prirent place les représentants du Joint de Grande-Bretagne, de France, de Belgique et de Hollande avec Morris Troper à leur tête.

À leur droite, le comité d'accueil belge, présidé par Mlle Blitz, elle-même assistée par M. Birnbaum, Mme Hélène Kowarsky et Mlle Toschi.

Le comité néerlandais, composé de Mme Wysmuller-Meyer, de MM. Moser et Dentz.

Le comité français, formé de Mme Louise Weiss et du Dr Bernstein.

Et enfin, le comité anglais, avec Mlle Margot Hoffman.

Se trouvaient là aussi les sept membres qui composaient le comité des passagers dont la mission était de servir d'intermédiaires entre ces officiels et les gens du *Saint-Louis*.

---

* Le lendemain, Troper fit porter à Liesel un bouquet de roses rouges. Elle devait déclarer des années après : « C'était la première fois qu'un gentleman m'offrait des fleurs. »

Les formalités se déroulèrent dans une extrême tension. En effet, il était impératif que tout soit réglé avant l'entrée du navire dans le port d'Anvers. Et cette tension était accentuée par la pression exercée par les passagers anxieux de connaître leur destination. Soulignons que près de quatre-vingt-dix pour cent d'entre eux aspiraient à gagner l'Angleterre. Ils estimaient, à juste titre, que la Manche les protégerait.

Lorsque, aux environs de quatorze heures trente, tout fut terminé, il resta un ultime problème à résoudre. Il était de taille. Après un décompte aussi long que fastidieux, on s'aperçut qu'il n'y avait pas moins de trois cents tonnes de malles et de bagages à main ! Près de cinq mille pièces en tout, qu'on devait transborder sur les différents bateaux chargés d'emmener les passagers soit à Boulogne, soit à Southampton, ou vers les trains à destination de Bruxelles ou d'Amsterdam. Répartir cet ensemble en évitant, autant que faire se peut, les erreurs ne fut pas la moindre des gageures.

Au moment où Troper s'apprêtait à quitter le paquebot, Josef Joseph lui remit une lettre manuscrite qui s'achevait par ces mots :

> [...] *Votre action restera à jamais gravée dans nos cœurs, ainsi que dans celui de nos enfants et de nos petits-enfants. Nous ne l'oublierons jamais. Que le Dieu tout-puissant vous accorde, à vous et à tous les hommes du Joint, la juste récompense pour tout ce que vous avez fait pour nous et nos enfants. Que le Seigneur accorde aussi sa bénédiction à vos futures entreprises. Et si, en conclusion, nous vous demandons de ne pas oublier les passagers du* Saint-Louis, *c'est parce que nous avons appris à vous aimer et que nous souhaitons que vous nous gardiez dans votre mémoire*[*][119].

---

* Josef Joseph et les siens partirent pour Londres. Lorsque commença le Blitz, Liesel, la fille de Josef, fut envoyée à Clifton (Écosse) où elle poursuivit ses études dans une école juive sous le nom de Whittington. En août 1940 – événement incroyable – Josef fut arrêté du seul fait qu'il était allemand. Il fut interné à l'île de Man, puis libéré en septembre. Le 10 du même mois, la famille quitta alors l'Angleterre, via l'Écosse, pour aller vivre aux États-Unis.

Le 18 juin, Gustav Schröder écrivit à Troper :

> *Avant de quitter Anvers, je tiens à vous remercier sincèrement pour l'efficacité et la rapidité avec laquelle vous et les différents comités êtes parvenus à organiser le débarquement de mes passagers. Par cette fin heureuse, je me joins à ceux-ci pour vous exprimer ma gratitude**[120].

Le 11 mars 1993, Yad Vashem décidera d'honorer la mémoire du capitaine en lui accordant le titre de Juste des Nations**.

À la fin de cette extraordinaire journée du 17 juin, Morris Troper envoya ce câble laconique au Joint de New York :

OPÉRATION RÉPARTITION 907 PASSAGERS TERMINÉE − STOP − PENSE QUE TOUT EST EN ORDRE − STOP − VAIS ME COUCHER APRÈS DIX-SEPT HEURES DE TENSION JAMAIS CONNUES DE TOUTE MON EXISTENCE[121]

Pense que tout est en ordre...

---

* Pendant la guerre, le *Saint-Louis* fut incendié par les bombardements alliés sur Hambourg. En 1949, le capitaine Schröder rendit une dernière visite à la carcasse toujours présente dans le port de Hambourg.

** Créé en 1953 par une loi du Parlement israélien, Yad Vashem est le mémorial central de la Shoah. L'expression « Juste des Nations » puise son origine dans le Talmud. Au long des générations, elle a servi à désigner toute personne non juive ayant manifesté une relation positive et amicale envers les Juifs. À la fin de la guerre, Schröder fut arrêté et inculpé par les Alliés. Il ne fut relâché qu'après que les survivants du *Saint-Louis* eurent témoigné de sa conduite.

ÉPILOGUE

Moins de trois mois plus tard, le 1ᵉʳ septembre 1939, la Pologne était envahie.

Le 2 avril 1940, ce fut au tour du Danemark et de la Norvège.

Entre mai et juin, les Pays-Bas, la Belgique et la France sont pris dans les serres de l'aigle nazi.

Le 20 août 1941, Dan Singer et Ruth, réfugiés à Paris, rue Montmartre, chez des amis français, sont arrêtés à la suite de la « rafle du XIᵉ arrondissement », surnommée ainsi car la plupart des quatre mille deux cent trente-deux Juifs arrêtés ce jour-là habitaient ce secteur.

Le 21, ils sont emmenés à Drancy, transformé depuis la veille en camp d'internement par les forces allemandes. Ils feront partie des soixante-dix-sept convois en partance pour Auschwitz.

Ils n'ont jamais revu leur fille, ni leurs petits-enfants.

Comme eux, la famille Karliner. Herbert fut le seul rescapé*.

---

* Le jeune Herbert avait été séparé des siens et placé dans un refuge pour enfants, en zone libre. Ses parents et ses sœurs vivaient à Mirebeau, au nord de Poitiers, en zone occupée. La maison où habitaient les Karliner appartenait alors à un photographe. De retour sur les lieux, en 1994, Herbert retrouva des plaques photographiques sur lesquelles figuraient les derniers portraits des membres de sa famille – probablement

Comme eux, Hermann Goldstein, mort à Auschwitz en 1942.

Comme eux, Salomon Lehmann, déporté du camp de Malines en Belgique, mort à Auschwitz.

Comme eux, Isidor Loeb, déporté du camp de Malines en Belgique, mort à Auschwitz.

Comme eux, Lina Lob, déportée de Belgique, morte à Auschwitz en 1942.

Comme eux, Ismar Moskiewicz, déporté de Drancy, mort à Auschwitz en 1942.

Comme eux, Selma Simon, déportée du camp de Westerbork, aux Pays-Bas, morte à Auschwitz, en 1943.

Comme eux, Karl Simon, déporté du camp de Westerbork, aux Pays-Bas, mort à Auschwitz, en 1943.

Comme eux, Else Stein, déportée du camp de Westerbork, morte à Auschwitz, en 1943.

Comme eux, Werner Stein, déporté du camp de Westerbork, mort à Auschwitz en 1943.

Comme eux, Josef Koppel, interné à Drancy, mort à Auschwitz en 1942.

Comme eux, Irmgard Köppel, internée à Drancy, morte à Auschwitz, en 1942.

Comme eux, Jacob Köppel, interné à Drancy, mort à Auschwitz en 1942[122].

Comme eux...

La petite Brigitta Joseph, dix ans, qui demandait à Ruth Singer en regardant le panneau d'informations du *Saint-Louis* : « Qu'est-ce qu'il y a d'écrit ? Nous débarquons ? », fut internée à Drancy le 4 septembre 1942, ainsi que tous les membres de sa famille, et déportée à Auschwitz par le convoi n° 30. Seul son père survécut[123].

---

des photos d'identité. Les parents d'Herbert essayaient désespérément d'obtenir de nouveaux papiers pour pouvoir émigrer aux États-Unis. Ils n'ont pas eu le temps d'y parvenir.

Erich Dublon a tenu son livre de bord jusqu'au 8 juin.

Lui et les siens (Willy, Erna et Eva) firent partie des deux cent cinquante-quatre passagers envoyés en Belgique. Le 8 août 1942, Erich fut déporté à Auschwitz. Il y mourra le 3 septembre. Willy, Erna et Eva connaîtront le même sort et mourront le 15 janvier 1944*.

Pense que tout est en ordre... écrivait Morris Troper.

---

* Le destin du journal de bord : dans les années trente, à Erfurt (trois cents kilomètres au sud de Berlin), les Heiman et les Dublon étaient voisins. Peter Heiman et Erich Dublon devinrent amis. En 1939, les deux familles furent séparées. Les Heiman réussirent à partir pour les États-Unis. Peter et Erich se promirent de ne pas se perdre de vue. À peine arrivé à Bruxelles, Erich Dublon posta son journal à la famille Heiman à New York. Aujourd'hui, celle-ci réside à Malibu, en Californie.

Liste des passagers

ABER, Evelyin
ABER, Renate
ABERBACH, Adolf
ABERBACH, Anna
ACKERMANN, Bertha
ADELBERG, Samuel
ADLER, Berthold
ADLER, Carola
ADLER, Chaskel
ADLER, Paul
ADLER, Regina
ADLER, Resi
ALEXANDER, Gisela
ALEXANDER, Karl
ALEXANDER, Leo
ALTSCHILLER, Jütte
ALTSCHUL. Gerd
ALTSCHUL, Hans
ALTSCHUL, Lotte
ALTSCHUL, Rolf
APFEL, Babette
ARENS, Alfred
ARNDT, Arthur
ARNDT, Hertha
ARNDT, Lieselotte
ARON, Alfred
ARON, Sofie
ASCHER, Herbert
ASCHER, Vera
ATLAS, Charlotte

BACH, Willy
BACK, Cecilia
BACK, JAMES
BAJOR, Ladislas
BAK, Stella Bianca
BALL, Magdalena
BALL, Rudolf
BANEMANN, Jeanette
BANEMANN, Margit
BANEMANN, Philipp
BARDELEBEN, Anna
BARDELEBEN, Marianne
BARUCH, Frieda
BARUCH, Ludwig
BEGLEITER, Alfred
BEGLEITER, Naftali
BEGLEITER, Sara
BEIFUSS, Alfred
BEIFUSS, Emma
BENDHEIM, Bertha
BENDHEIM, Ludwig
BENJAMIN, Adelheid
BERGGRÜN, Antonie
BERGGRÜN, Ludwig
BERGMANN, Otto
BERGMANN, Rosy
BERNSTEIN, Bruno
BERNSTEIN, Julius
BERNSTEIN, Margot
BERNSTEIN, Selma

BIBO, Günther
BIENER, Elsa
BIENER, Selmar
BLACHMANN, Arthur
BLACHMANN, Erna
BLACHMANN, Gerda
BLATTEIS, Elias
BLATTEIS Gerda
BLATTEIS, Klaus
BLAUT, Arnold
BLAUT, Artur
BLECHNER, Oskar
BLUM, Betty
BLUM, Richard
BLUMENSTEIN, Elsa
BLUMENSTEIN, Heinz-Georg
BLUMENSTEIN, Regi
BLUMENSTOCK, Lea
BLUMENSTOCK, Mechel
BLUMENSTOCK, Ruth
BOAS, Benno
BOAS, Charlotte
BOHM, Heinz
BOHM, Kurt
BONNE, Beatrice
BONNE, Hans-Jacob
BONNÉ, Meta
BORCHARDT, Alice
BORCHARDT, Heinrich
BORNSTEIN, Wilhelm
BRANDT, Dieter
BRANDT, Johannes
BRANDT, Lina
BRANN, Alfred
BRAUER, Erich
BRAUER, Käthe
BREITBARTH, Arthur
BRENNER, Blanka
BRODEROVA, Elizabeth
BRÜCK, Herbert
BRUHL, Hedwig
BRÜHL, Lieselotte
BRÜHL, Walter
BUCHHOLZ, Auguste

BUCHHOLZ, Wilhelm
BUFF, Fritz
BUKOFZER, Martha
BUXBAUM, Levi
CAMNITZER, Edith
CAMNITZER, Rosalie
CAMNITZER, Siegfried
CHAIM, Georg
CHRAPLEWSKI, Jan
CHRAPLEWSKI, Klara
CHRAPLEWSKI, Peter
CBRAPLEWSKI, Siegfried
COHEN, Rudolf
COHN, Eugen
COHN, Georg
COHN, Helene
COHN, Johanna
COHN, Lewis
COHN, Lydia
COHN, Rita
COHN, Sara
COHN, Walter
COHNSTAEDT, Fritz
COHNSTAEDT, Nelly
COHN, Auguste
CUNOW, Carl
CZERNINSKI, Hilde
CZERNINSKI, Inge
CZERNINSKI, Max
DANIEL, Anna
DANZIGER, Karl
DANZIGER, Rosa
DAVID, Emma
DINGFELDER, Johanna
DINGFELDER, Leopold
DINGFELDER, Rudi
DOBIECKI, Bajrech
DOBIECKI, Bella
DOBIECKI, Golda
DONATH, Paul
DÖRNBERG, Gertha
DRESEL, Alfred
DRESEL, Richard
DRESEL, Ruth

286

DRESEL, Zilla
DUBLON, Erich
DUBLON, Erna Dora
DUBLON, Eva
DUBLON, Lore
DUBLON, Willy-Otto
DZIALOWSKI, Bruno
DZIALOWSKL, Lici
ECKMANN, Egon
EDELSTEIN, Ida
EICHWALD, Fritz
EINHORN, Aron
EINHORN, Gitel
EISNER, Ludwig
EPSTEIN, Bettina
EPSTEIN, Moritz
ERDMANN, Rose
ERDMANN, Simon
ESKENAZI, Albert
ESKENAZI, Gertrud
ESKENAZI, Nissin
FALK, Eugen
FALKENSTEIN, Hilde
FALKENSTEIN, Max
FANTO, Julius
FEIG, Werner
FEILCHENFELD, Alice
FEILCHENFELD, Bertha Judith
FEILCHENFELD, Henny
FEILCHENFELD, Rafaël
FEILCHENFELD, Wolf
FINK, Herta
FINK, Manfred
FINK, Michael
FINKELSTEIN, Ina
FISCHBACH, Amalia
FISCHBACH, Amalie
FISCHBACH, Jonas
FISCHBACH, Moritz
FISCHER, Hans-Hermann
FISCHER, Johanna
FISCHER, Ruth
FLAMBERG, Brandla
FLAMBERG, Fella

FRANK, Clara
FRANK, Manfred
FRANK, Max
FRANK, Moritz
FRANK, Siegfried
FRANK. Ursula
FRÄNKEL, Alice
FRANKEL, Hans
FRANKEL, Leo
FRANKFURTER, Lilly
FREIBERG, Gisela
FREIBERG, Herta
FREIBERG, Ruda Regina
FREUND, Lieselotte
FREUND, Philipp
FREUND, Therese
FRIED, Engelbert
FRIEDEMANN, Walter
FRIEDHEIM, Alfred
FRIEDHEIM, Edith
FRIEDHEIM, Hertha
FRIEDMANN, Amalie
FRIEDMANN, Bruno
FRIEDMANN, Georg
FRIEDMANN, Lilian
FRIEDMANN, Rose
FRIEDMANN, Ruth
FRIEDMANN, Willy
FRÖHLICH, Max
FUCHS-MARX, Anna
FUCHS-MARX, Walter
FULD, Hans
FULD, Julie
FULD, Ludwig
GABEL, Beate
GABEL, Gerhard
GABEL, Heinrich
GELBAND, Benjamin
GELBAND, Chana
GEMBITZ, Heinz-Adolf
GEMBITZ, Martha
GEMBITZ, Max
GERBER, Rosa
GERBER, Ruth

GLADE, Bruno
GLASER, Arthur
GLASERFELD, Moritz Max
MAX GLASS, Herbert
GLÜCKSMANN, Hans Heinrich
GLÜCKSMANN, Heinrich
GLÜCKSMANN, Margarete
GOLDBAUM, Anna
GOLDBERG, Wilhelm
GOLDREICH, Rudolf
GOLDREICH, Therese
GOLDSCHMIDT, Adolf
GOLDSCHMIDT, Alex
GOLDSCHMIDT, Else
GOLDSCHMIDT, Fritz
GOLDSCHMIDT, Gerda
GOLDSCHMIDT, Inge
GOLDSCHMIDT, Klaus-Helmut
GOLDSCHMIDT, Lore
GOLDSTEIN, Heinz
GOLDSTEIN, Hermann
GOLDSTEIN, Recha
GOTTFELD, Julius
GOTTFELD, Rosa
GOTTHELF, Fritz
GOTTHELF, Kate
GOTTLIEB, Sali
GOTTSCHALK, Charlotte
GOTTSCHALK, Erika
GOTTSCHALK, Jacob
GOTTSCHALK, Regina
GREILSAMER, Erich
GREVE, Evelyn
GREVE, Heinz Ludwig
GREVE, Johanna
GREVE, Walter
GRONOWETTER, Hermann
GROSS, Frieda
GROSS, Johanna
GROSSMANN, Erich
GROSSMANN, Friedrich
GROSSMANN, Helene
GROSSMANN, Henny
GROSSMANN, Idel

GROZA DE QUINTERO, Ileana
GRUBER, Alex
GRUBER, Gisela
GRUBER, Hermann
GROBER, Max
GRUBNER, Jakob
GRUBNER, Joachim
GRUBNER, Mano
GRUBNER, Ryfka
GRÜNBERG, Etty
GRÜNSTEIN, Gerd Fritz
GRÜNSTEIN, Heinz
GRÜNTHAL, Adolf
GRÜNTHAL, Bertha-Ellen
GRÜNTHAL, Else
GRÜNTHAL, Horst-Martin
GRÜNTHAL, Lutz
GRÜNTHAL, Margarete
GRÜNTHAL, Ruthild
GRÜNTHAL, Sibyll
GRÜNTHAL, Walter
GUTMANN, Martha
GUTTMANN, Harry
GUTTMANN, Helga
GUTTMANN, Josef
GUTTMANN, Margarete
GUTTMANN, Rosi
GUTTMANN, Ruth
GUTTMANN, Sally
HAAS, Anton
HAAS, Elisabeth
HAAS, Leo
HABER, Nathan
HAMBURGER, Arthur
HAMMERSCHLAG, Max
HAMMERSCHLAG, Moses
HANDLER. Fritz
HÄNDLER, Georg
HANDLER, Marie
HANDLER, Rosamunde
HAUSDORFF, Arthur
HAUSDORFF, Gertrud
HAUSER, Cecilie
HAUSER, Herrmann

288

HECHT, Charlotte
HEIDT, Else
HEIDT, Fritz
HEILBRUN, Berna
HEILBRUN, Bruno
HEILBRUN, Günther
HEILBRUN, Ingeborg
HEILBRUN, Johanna
HEILBRUN, Leon
HEILBRUN, Norbert
HEILBRUN, Ruth
HEILBRUN, Sally
HEIM, Emil
HEIM, Gerda
HEIMANN, Bella
HEIMANN, Erwin
HEINEMANN, Hilmar
HELDENMUTH, Alfred
HELDENMUTH, Lilo
HELDENMUTH, Selma
HELLER, Frantisek
HELLER, Freide
HELLER, Irma
HELLER, Moritz
HERMANN, Gerda
HERMANN, Julius
HERMANN, Sophie
HERMANNS, Julius
HERMANNS Fritz
HERZ, Amalie
HERZ, Anna
HERZ, Max
HERZ, Walter
HESS, Adolf
HESS, Ilse
HESS, Jette
HESS, Martin
HESS, Vera
HESSE, Robert
HEYMANN, Arno
HEYMANN, Dorothea
HEYMANN, Hedwig
HILB, Fritz
HIRSCH, Hermann

HIRSCH, Joachim
HIRSCH, Margot
HIRSCH, Max
HIRSCHBERG, Julius
HIRSCHBERG, Regina
HIRSCHFELD, Ruth
HIRSCHFELD, Siegfried
HOFFMANN, Emma
HOFFMANN, Karl
HOFFMANN, Selma
HOFMANN, Cilly
HOFMANN, Siegfried
HOPP, Margarethe
HUBER, Lilli
HÜNEBERG, Walter
ISAKOWSKI, Kurt
ISNER, Babette
ISNER, Bella
ISNER, Justin
ISNER, Ruth
ISRAEL, Hugo
JACOBOWITZ, Martin
JACOBOWITZ, Mathilde
JACOBOWITZ, Walter
JACOBSOHN, Erich
JACOBSOHN, Margarete
JACOBSOHN, Thomas
JACOBY, Käthe
JACOBY, Otto
JACOBY, Regina
JACOBY, Sunna
JIMENEZ, José
JOEL, Günther
JOEL, Johanna
JOEL, Leon
JONAS, Julius
JORDAN, Johanna
JOSEPH, Benno
JOSEPH, Brigitte
JOSEPH, Ernst
JOSEPH, Frieda
JOSEPH, Fritz
JOSEPH, Hertha
JOSEPH, Josef

JOSEPH, Liesel
JOSEPH, Lilly
JUNGERMANN, Alois
JUNGERMANN, Chaim
JUNGERMANN, Lucie
JUNGERMANN, Moschek
KAHN, Arthur
KAHN, Else
KAHN, Gustav
KAHN, Willi
KAHNEMANN, Paula
KAIM, Hans
KAMINKER, Berthold
KARLINER, Flora
KARLINER, Herbert
KARLINER, Ilse
KARLINER, Joseph
KARLINER, Marta
KARLINER, Ruth
KARLINER, Walter
KARMANN, Annemarie
KARMANN, Karl
KARMANN, Käthe
KARMANN, Richard
KARMANN, Sidonie
KASSEL, Artur
KASSEL, Fritz
KATZ, Julius
KATZ, Siegfried
KAUFHERR, Betty
KAUFHERR, Hannelore
KAUFHERR, Josef
KAUFMANN, Adelheid
KAUFMANN, Nathan
KEILER, Ruth
KIRCHHAUSEN, Hermann
KIRCHHAUSEN, Karl
KLEIN, Evelyr
KLEIN, Hannelore
KLEIN, Hans
KLEIN, Hermanda
KLEIN, Leopold
KLEIN, Luise
KLEIN, Nicolaus

KNEPEL, Chaja
KNEPEL, Gisela
KNEPEL. Sonja
KOCHMANN, Alice
KOCHMANN, Friedrich
KOCHMANN, Hilde
KOHN, Maximilian
KOHORN, Paul
KOPPEL, Irmgard
KOPPEL, Jakob
KOPPEL, Josef
KOPPEL, Judith
KORMANN, Osias
KREBS, Günther
KROHN, Regina
KÜGLER, Maria
KUTNER, Hans
LANGNAS, Leon
LASKAU, Benno
LAUCHHEIMER, Ida
LEBRECHT, Max
LEHMANN, Mina
LEHMANN, Salomon
LEIMDÖRFER, Hugo
LEINKRAM, Aron
LEINKRAM, Mina
LENNEBERG, Georg
LENNEBERG, Gisela
LENNEBERG, Hans
LENNEBERG, Julius
LENNEBERG, Werner
LEVIN, Hildegard
LEVIN, Ilse
LEVIN, Ingeborg
LEVIN, Kurt
LEVIN, Mirjam
LEVY, Ernestine
LEWITH, Julius
LEWITH, Valerie
LEYSER. Erich
LEYSER, Friedrich
LEYSER, Margot
LICHTENSTEIN, Fritz
LICHTENSTEIN, Lucie

LICHTENSTEIN, Max Norbert
LIEPMANN, Erna
LIEPMANN, Herbert
LISSBERGER, Hedwig
LITMANN, Majlich
LOB, Anneliese
LOB, Armin
LOB, Bella
LOB, Isidor
LOB, Karolina
LOB, Marie
LOB, Ruth
LOEB, Hans-Otto
LOEB, Olga Marie
LOEWE. Elise
LOEWE, Fritz
LOEWE, Max
LOEWE, Ruth
LOEWENSTEIN, Ernst
LOEWENSTEIN, Regina
LOEWISOHN, Martha
LÖVINSOHN, Edith
LÖVINSOHN, Hella
LÖWENSTEIN, Alice
LÖWENSTEIN, Ernst
LÖWENSTEIN, Ida
LÖWENSTEIN, Kurt
LÖWENSTEIN, Otto
LOWY, Geza
LUFT, Gerhard
LUFT, Margot
LUSTIG, Egon
LUSTIG, Elsa
MAIER, David
MAIER, Freya
MAIER, Helene
MAIER, Ludwig
MAIER, Pauline
MAIER, Sonja
MAINZER, Ernst
MAINZER, Olga
MANASSE, Alfred
MANASSE, Emmy
MANASSE, Herbert

MANASSE, Ida
MANASSE, Wolfgang
MANKIEWITZ, Johanna
MANKIEWITZ, Siegfried
MANNHEIMER, Siegfried
MARCUS, Friedrich
MARCUS, Ilse
MARCUS, Kurt
MARX, Emil
MARX, Flora
MARX, Salomon
MARX, Simon
MASCHKOWSKY, Arthur
MASCHKOWSKY, Toni
MAY, Ludwig
MAYER, Adalbert
MAYER, Fanny
MAYER, Ludwig
MAYER, Samuel
MAYER, Stephanie
MENDEL, Christine
MENDEL, Elisabeth
MENDEL, Karl
MENENDEZ, Mercedes
MENENDEZ, Ramira
MENENDEZ, Zeza
MESSINGER, Pessla
MESSINGER, Salo
MESSINGER, Selman
METIS, Annette
METIS, Lotte
METIS, Wolfgang
MEYER, Anna
MEYER, Berthold
MEYER, Elfriede
MEYER, Ernst
MEYER, Joseph
MEYERHOFF, Charlotte
MEYERSTEIN, Alice
MEYERSTEIN, Hans
MEYERSTEIN, Ludwig
MICHAELIS, Cecilie
MICHAELIS, Walter
MOSER, Edmund

MOSER, Rosalie
MOSES, Alfred
MOSES, Eugen
MOSES, Georg
MOSES, Helmut
MOSES, Martha
MOSES, Thea
MOSKIEWICZ, Ismar
MOTULSKY, Arno
MOTULSKY, Lia
MOTULSKY, Lothar
MOTULSKY, Rena
MUCK, Joachim
MÜHLENTHAL, Charlotte
MÜLLER, Ernst
MÜLLER, Margot
MÜNZ, Karl
MÜNZ, Meta
MÜNZ, Paula
MÜNZ, Sophie
NATHANSON, Harry
NATHANSON, Hilde-Nora
NEUBERG, Ilse
NEUBERG, Wilhelm
NEUFELD, Fritz
NEUFELD, Joseph
NEUHAUS, Felix
OBERDORFER, Gerda
OBERDORFER, Hedwig
OBERDORFER, Margarete
OBERDORFER, Max
OBERDORFER, Simon
OBERDORFER, Stefanie
OBERNDORFER, Paula
OBSTFELD, Hermine
OEHL, Dorothea
OEHL, Käthe
OPPÉ, Armin
OPPÉ, Margarethe
OPPENHEIMER, Adolf
OPPLER, Arthur
OPPLER, Elise
OSTRODZKI, Beti
OSTRODZKI, Ernst

OYRES. Herbert
OYRES, Karl
PANDER, Berta
PANDER, Hilde
PANDER, Max
PHILIPPI, Ernst
PHILIPPI, Gert
PHILIPPI, Margarete
PHILIPPI, Wolfgang
PICK, Elisabeth
PINTHUS, Heinz
POMMER, Martin
PRAGER, Margarethe
PRAGER, Siegfried
PREGER, Alexander
PREISS, Gerhard
PREISS, Lisbeth
QUINTERO, Lazaro
RABINOWITZ, Harry
REBENFELD, Kurt
RECHER, Irene
RECHER, Moritz
REICHENTEIL, Betty
REICHENTEIL, Joseph
REIF, Chaje Leja
REIF, Friedrich
REIF, Liane
REINGENHEIM, Fanny
REINGENHEIM, Jacob
REINGENHEIM, Selma
REUTLINGER, Elly
REUTLINGER, Renate
RICHTER, Marianne
RIEGELHAUPT, Cypora
RIEGELHAUPT, Israel
RIESENHURGER, Hermann
RING, Erich
RING, Erna
RING, Jacques
RINTELN, Elisabeth
RINTELN, Walter
RITTER. Wilhelm
ROSENBACH, Heinz
ROSENBAUM, Rosa

ROSENBERG, Louis
ROSENBERG, Ricka
ROSENBERG, Selig
ROSENFELD, Hans
ROSENFELD, Selma
ROSENFELD, Steffi
ROSENTHAL, Johanna
ROSENTHAL, Kurt
ROSENTHAL, Margrit
ROSENTHAL, Max
ROSENTHAL, Rolf
ROSENZWEIG, Siegfried
ROSS, Heinrich
ROTH, Camilla
ROTH, Ernst
ROTH, Harry
ROTHMANN, Jenny
ROTHMANN, Martin
ROTHOLZ, Berthold
ROTHOLZ, Guenther
ROTHOLZ, Horst
ROTHOLZ, Margarete
ROTHOLZ, Siegfried
ROTHSCHILD, Erwin
ROTHSCHILD, Eva
ROTHSCHILD, Frieda
ROUBITSCHEK, Ernst
ROUBITSCHEK, Pauline
ROUBITSCHEK, Richard
RYNDSIONSKI, Ferdinand
SAFIER, Cypora
SAFIER, Eva
SAFIER, Jakob
SAFIER, Ida
SALM, Leopold
SALMON, Edith
SALMON, Egon
SALMON, Erna
SALOMON, Moritz
SALOMON, Sybilla
SANDBERG, Delta
SANDBERG, Ruth
SCHAFRANIK, Heinrich
SCHAFRANIK, Leontine

SCHAPIRA, Henriette
SCHAPIRA, Leib
SCHELANSKY, Frieda
SCHELANSKY, Hans Heinz
SCHEUER, Gertrud
SCHEYER, Martha
SCHILD, Irma
SCHILD, Ison
SCHILLINGER. Georg Jezi
SCHILLINGER, Jan
SCHILLINGER, Marie
SCHILLINGER, Samuel
SCHLESINGER, Frederike
SCHLESINGER, Max
SCHLESINGER, Meta
SCHLESINGER, Richard
SCHOEPS, Anni
SCHOEPS, Beate
SCHOEPS, Kurt
SCHÖNBERGER, Moritz
SCHÖNEMANN, Gertrud
SCHÖNEMANN, Siegfried
SCHÖNEMANN, Wolfgang
SCHOTT, Else
SCHOTT, Kurt
SCHOTT, Siegfried
SCHUCK, Gertrud
SCHÜFFTAN, Therese
SCHÜFFTAN, Walter
SCHÜFFTAN, Wolfgang
SCHULHOF, Julius
SCHULHOF, Stella
SCHUMANOVSKY, Emil
SCHWAGER, Albert
SCHWAGER, Resi
SCHWALBENDORF, Josef
SCHWARTZ, Oskar
SCHWARTZ, Regina
SCHWEIGER, Sofie
SCHWEITZER, Jenny
SCHWEITZER, Max
SECEMSKI, Aron
SECEMSKI, Hanna
SECEMSKI, Luise

SEGAL, Moses
SEGAL, Sabine
SELIGER, Walter
SELIGMANN, Alma
SELIGMANN, Max
SELIGMANN, Rosa
SELIGMANN, Siegbert
SELIGMANN, Siegfried
SELIGMANN, Ursula
SIEGEL, Arthur
SIETZ, Lea
SILBER, Chaja
SILBER, Leo
SILBER, Salomon
SILBERSTEIN, Gert
SILBERSTEIN, Kurt
SILBERSTEIN, Renate
SILBERSTEIN, Thea
SILZER, Leontine
SILZER, Paul
SIMON, Karl
SIMON, Edith
SIMON, Ilse
SIMÖN, Martin
SIMON, Rolf
SIMON, Selma
SINGER, Amalie
SINGER, Josef
SINGER, Max
SIPERSTEIN, Josefine
SKLOW, Betty
SKOTZKI, Charlotte
SKOTZKI, Günther
SKOTZKI, Helga
SKOTZKI, Inge
SPANIER, Babette
SPANIER, Fritz
SPANIER, Ines
SPANIER, Renate
SPEIER, Meier
SPIRA, Helene
SPITZ, Erich
SPITZ, Ursula
SPITZ, Vera

SPRINGER, Julius
SROG, Abraham
SROG, Mathilde
STAHL, Rosa
STARK, Moses
STARK, Paul
STARK, Pessel
STEIN, Else
STEIN, Erich
STEIN, Fanny
STEIN, Grete
STEIN, Joseph
STEIN, Kurt
STEIN, Mauritius
STEIN, Werner
STERNBERG, Alice
STERNLICHT, Gertrud
STERNLICHT, Lotte
STRAUSS, Alfons
STRAUSS, Emma
STRAUSS, Heinrich
STRAUSS, Hermann
STRAUSS, Josef
STRAUSS, Kurt
STRAUSS, Max
SYDOWER, Wilhelm
TANNENBAUM, Karl
TANNENBAUM, Malchen
TICHAUER, Else
TICHAUER, Herbert
TISCHLER, Harry
TISCHLER, Lina
TRÖDEL, Blanca
TRÖDEL, Erich
TRÖDEL, Leopold
TRÖDEL, Walter
TURKOWICZ, Edith
TURKOWICZ, Helene
TURKOWICZ, Joer
UNGER, Bertha
VELMAN, Hilde
VELMAN, Walter
VENDIG, Charlotte
VENDIG, Ernst

VENDIG, Fritz-Dieter
VENDIG, Heiner
VENDIG, Paulina
WACHTEL, Amanda
WACHTEL, Joseph
WALDBAUM, Gerda
WALDBAUM, Margarete
WALDBAUM, Viktor
WALLERSTEIN, Anton
WALLERSTEIN, Edith
WALLERSTEIN, Julius
WALLERSTEIN, Paula
WARSCHAWSKY, Franz Peter
WARSCHAWSKY, Hans
WARSCHAWSKY, Johanna
WARSCHAWSKY, Ursula
WARTELSKI, Leo
WASSERMANN, Paula
WASSERVOGEL, Irma
WASSERVOGEL, Viktor
WECHSELMANN, Margarete
WECHSELMANN, Oskar
WEIL, Anneliese
WEIL, Arthur
WEIL, Berthold
WEIL, Clara
WEIL, Eduard
WEIL, Emma
WEIL, Ernst
WEIL, Felix
WEIL, Gustav
WEIL, Ingeborg
WEIL, Julius
WEIL, Susanna
WEIL, Thekla
WEILER, Meier
WEILER Recha
WEINBERG Walter
WEINSTEIN, Dina
WEINSTEIN, Siegfried
WEINSTOCK, Arthur
WEINSTOCK, Charlotte

WEINSTOCK, Ernst
WEIS, Bella
WEIS, Max
WEISEL, Friederike
WEISER, Chawa
WEISER, Ignaz
WEISS, Gerda
WEISS, Laja
WEISS, Leopold
WEISS, Majer
WEISSLER, Walter
WEISZ, Samuel
WELTMANN, Elly
WELTMANN, Erich
WELTMANN, Renate
WERTHEIM, Fritz
WESTHEIMER, Klara
WIESENFELDER, Martin
WILMERSDÖRFER, Flora
WILMERSDÖRFER, Siegfried
WINDMÜLLER, Berta
WINDMÜLLER, Hans
WINDMÜLLER, Rudi
WINDMÜLLER, Salomon
WINKLER, Istvan
WOLF, Abraham
WOLF, Elisabeth
WOLF, Johanna
WOLF, Lina
WOLF, Moritz
WOLFERMANN, Flora
WOLFERMANN, Jacob
WOLFF, Adolf
WOLFF, Else
WOLFF, Hildegard
WOLFF, Max
ZEHNER, Gertrud
ZEHNER, Margot
ZEILNER, Max
ZEILNER, Ruth
ZWEIGENTHAL, Fritz

Sources

1. *Témoigner, paroles de la Shoah,* Paris, Flammarion, 2000.
2. John TOLAND, *Adolf Hitler,* Paris, Pygmalion, 1986.
3. *Ibid.*
4. *Ibid.*, p. 13.
5. *El Mundo,* 7 mars 1939.
6. United States Holocaust Memorial Museum de Washington, Center for Advanced Holocaust Studies.
7. Catherine NICAULT, « L'Abandon des Juifs avant la Shoah : la France et la conférence d'Évian », in *Les Cahiers de la Shoah,* n° 1, Paris, Liana Levi, 1994.
8. *Documents on American Foreign Relations,* note 2, p. 438-442 ; traduction française : *Actes du comité intergouvernemental, Évian, 6-15 juillet 1938. Compte rendu des séances plénières du comité. Résolutions et rapports,* juillet 1938, *in* Catherine NICAULT, « L'Abandon des Juifs avant la Shoah : la France et la conférence d'Évian », *op. cit.*
9. *Actes du comité intergouvernemental, ibid.* Discours du lieutenant-colonel White, ministre australien du Commerce et des Douanes, p. 19-20. M. BLAKENEY, *Australia and the Jewish Refugees. 1933-1948,* Sydney, Croom Helm, 1985.
10. *Actes du comité intergouvernemental, ibid.*, note 27, discours de M. Garcia Calderon, p. 31-32.
11. John TOLAND, *Adolf Hitler, op. cit.*
12. *Ibid.*
13. *Le Voyage du Saint-Louis,* réalisé par Maziar Bahari, produit par Gala Film inc., Montréal, Les Films d'Ici, Paris, le National film board of Canada et Canal +, 1994.
14. Extraits. United States Holocaust Memorial Museum de Washington.

15. Témoignage recueilli dans le document filmé *Le Voyage du Saint-Louis, op. cit.*

16. Gordon THOMAS, Max MORGAN-WITTS, *Le Voyage des damnés*, Paris, Belfond, 1976.

17. United States Holocaust Memorial Museum de Washington.

18. American Jewish Joint Distribution Committee of New York.

19. Gordon THOMAS, Max MORGAN-WITTS, *Le Voyage des damnés, op. cit.*

20. Journal de bord d'Erich Dublon.

21. *Le Voyage du Saint-Louis, op. cit.*

22. *Ibid.*

23. *Ibid.*

24. Gustav SCHRÖDER, *Heimatlos auf hoher See* (« En haute mer, sans patrie »), Berlin, Beckerdruck, 1949.

25. United States Holocaust Memorial Museum de Washington.

26. Gordon THOMAS, Max MORGAN-WITTS, *Le Voyage des damnés, op. cit.*

27. Journal de bord d'Erich Dublon.

28. *Ibid.*

29. *Ibid.*

30. United States Holocaust Memorial Museum de Washington.

31. Gordon THOMAS, Max MORGAN-WITTS, *Le Voyage des damnés, op. cit.*

32. Journal de bord d'Erich Dublon.

33. Gustav SCHRÖDER, *Heimatlos auf hoher See, op. cit.*

34. *Le Voyage du Saint-Louis, op. cit.*

35. *Ibid.*

36. *Ibid.*

37. *Ibid.*

38. *Ibid.*

39. Gustav SCHRÖDER, *Heimatlos auf hoher See, op. cit.*

40. Journal de bord d'Erich Dublon.

41. Gordon THOMAS, Max MORGAN-WITTS, *Le Voyage des damnés, op. cit.*

42. John TOLAND, *Adolf Hitler, op. cit.*

43. Gustav SCHRÖDER, *Heimatlos auf hoher See, op. cit.*

44. Journal de bord d'Erich Dublon.

45. *Le Voyage du Saint-Louis, op. cit.*

46. United States Holocaust Memorial Museum de Washington.

47. Journal de bord d'Erich Dublon.

48. *Le Voyage du Saint-Louis, op. cit.*

49. *Ibid.*
50. *Ibid.*
51. Journal de bord d'Erich Dublon.
52. United States Holocaust Memorial Museum de Washington.
53. *Le Voyage du Saint-Louis, op. cit.*
54. *Ibid.*
55. Journal de bord d'Erich Dublon.
56. *Le Voyage du Saint-Louis, op. cit.*
57. Albert SPEER, *Au cœur du IIIe Reich*, Paris, Fayard, 1971.
58. Gordon THOMAS, Max MORGAN-WITTS, *Le Voyage des damnés, op. cit.*
59. Gustav SCHRÖDER, *Heimatlos auf hoher See, op. cit.*
60. United States Holocaust Memorial Museum de Washington, Center for Advanced Holocaust Studies.
61. United States Holocaust Memorial Museum de Washington.
62. Gordon THOMAS, Max MORGAN-WITTS, *Le Voyage des damnés, op. cit.*
63. *Le Voyage du Saint-Louis, op. cit.*
64. *Ibid.*
65. Journal de bord d'Erich Dublon.
66. John TOLAND, *Adolf Hitler, op. cit.*
67. Gordon THOMAS, Max MORGAN-WITTS, *Le Voyage des damnés, op. cit.*
68. *Le Voyage du Saint-Louis, op. cit.*
69. *Ibid.*
70. *Ibid.*
71. United States Holocaust Memorial Museum de Washington.
72. *Le Voyage du Saint-Louis, op. cit.*
73. United States Holocaust Memorial Museum de Washington.
74. *Ibid.*
75. *Ibid.*
76. Gustav SCHRÖDER, *Heimatlos auf hoher See, op. cit.*
77. United States Holocaust Memorial Museum de Washington.
78. Gustav SCHRÖDER, *Heimatlos auf hoher See, op. cit.*
79. Journal de bord d'Erich Dublon.
80. United States Holocaust Memorial Museum de Washington.
81. *Ibid.*
82. *Le Voyage du Saint-Louis, op. cit.*
83. Journal de bord d'Erich Dublon.
84. *Le Voyage du Saint-Louis, op. cit.*
85. United States Holocaust Memorial Museum de Washington.
86. Conversation interceptée par les garde-côtes américains et

que l'on peut retrouver sur le site http://www.uscg.mil/hq/g-cp/history/faqs/Hull_Morgenthau_1.html.

87. United States Holocaust Memorial Museum de Washington.

88. *Ibid.*

89. *Ibid.*

90. *Le Voyage du Saint-Louis, op. cit.*

91. United States Holocaust Memorial Museum de Washington.

92. *Ibid.*

93. American Jewish Joint Distribution Committee of New York.

94. United States Holocaust Memorial Museum de Washington.

95. *Ibid.*

96. Gustav SCHRÖDER, *Heimatlos auf hoher See, op. cit.*

97. *Le Voyage du Saint-Louis, op. cit.*

98. American Jewish Joint Distribution Committee of New York.

99. *Ibid.*

100. United States Holocaust Memorial Museum de Washington.

101. Irving ABELLA, Harold TROPER, *None Is too many. Canada and the Jews of Europe, 1933-1948*, Toronto, Lester & Dennys, 1982.

102. United States Holocaust Memorial Museum de Washington.

103. *Le Voyage du Saint-Louis, op. cit.*

104. American Jewish Joint Distribution Committee of New York.

105. *Ibid.*

106. *Ibid.*

107. *Ibid.*

108. Gordon THOMAS, Max MORGAN-WITTS, *Le Voyage des damnés, op. cit.*

109. Gustav SCHRÖDER, *Heimatlos auf hoher See, op. cit.*

110. *Ibid.*

111. *Ibid.*

112. *Ibid.*

113. United States Holocaust Memorial Museum de Washington.

114. *Ibid.*

115. American Jewish Joint Distribution Committee of New York.

116. United States Holocaust Memorial Museum de Washington.

117. *Ibid.*

118. American Jewish Joint Distribution Committee of New York.

119. United States Holocaust Memorial Museum de Washington.

120. *Ibid.*

121. *Ibid.*

122. *Ibid.*

123. Serge KLARSFELD, *Le Mémorial des enfants juifs déportés de France*, additif n° 3.